김익희의 가고 싶은 섬 50

섬에서 쓴 일기

김익회의 가고 싶은 섬 50

섬에서 쓴 일기

글 · 사진 김익회

초판 인쇄 | 2010년 09월 10일
초판 발행 | 2010년 09월 15일

지은이 | 김익회
펴낸이 | 신현운
펴낸곳 | 연인M&B
디자인 | 이수영
기　획 | 여인화
등　록 | 2000년 3월 7일 제2-3037호
주　소 | 143-874 서울특별시 광진구 자양동 (680-25호(2층)
전　화 | (02)455-3987　팩스 | (02)3437-5975
홈주소 | www.yeoninmb.co.kr
이메일 | yeonin7@hanmail.net

값 20,000원

김익회의 가고 싶은 섬 50

섬에서 쓴 일기

글·사진 김익회

연인M&B

꾸미지 않아서 더 화려한 섬

왜 하필 '섬' 이었을까.

40년 공직생활에서 풀려났다. 그동안 마음에 묶어두었던 섬 여행이 떠오른다. 섬은 내게 그리움과 기다림의 이미지로 알 수 없는 향수를 자극했다.

지도를 펼쳐보면 사방을 바다로 두른 섬이 외로워 보인다. 그들은 해무에 가린 전설과 고독을 안고 뭍과 뚝 떨어져 바다와 살고 있다.

어느 섬에 가든 꿈틀거리는 자연과 고유의 문화, 순박한 섬 인심을 만난다. 그들은 성정(性情)이 유별하여 제각각 특유의 향취를 지녔기에 낯선 생활공간 어디에서나 풋풋한 사람 냄새를 맡을 수 있었다. 한편으로는 삶의 편익과 함께 시류에 영합하여 개발이라는 문명의 이기(利器)에 섬 고유의 순수가 신음하는 소리도 들었다.

나의 인생은 모험보다 안정을 추구하며 살아왔다고 생각된다. 공무원 생활 속에서 억압되었던 '모험심' 이 뒤늦게 찾아온 것일까. 익숙한 삶에서 탈출하여 시간이 멈춘 원초적 자연 속에 나를 풀어놓고 낯섬과 충돌하고 싶었다.

기행 중에 크고 작은 사고도 만났다. 죽을 뻔한 적도 있었다. 청산도 해안 벼랑에서 굴러떨어질 때 나를 붙잡아준 작은 나무가 아니었다면 그대로 황천길로 갔을 것이다.

나는 생명의 은목(恩木)인 암벽의 작은 나무에게 '생명나무' 라고 이름을 붙여주었다. 생은 이렇듯 작은 것들이 서로를 붙잡아주고 지켜주는 것이란 생각을 했다.

　우리나라의 섬은 3,170여 개로 그중에서 유인도(有人島)는 450여 개다. 아직도 삶에 얽힌 끈을 다 내려놓을 수는 없지만, 틈틈이 시간을 내어 불쑥불쑥 섬을 찾아 나섰다. 나의 섬 기행은 비교적 사람들에게 잘 알려지지 않은 섬을 위주로 홀로 돌아다니며 섬 일기를 썼다. 글도 사진도 아마추어 수준이다.

　이 책은 전문여행자가 아닌 늙은 돈키호테의 열정으로 쓴 섬 기행수필이다. 그 열정이 있었기에 나는 인생의 아름다움을 말할 수 있게 되었을지도 모른다.

　불현듯 섬이 그리우신 분의 배낭 속에서 그이의 여행에 동행할 수 있는 책이 되었으면 하는 바람을 부끄럽게 고백한다. 나의 배낭에도 누군가의 책 한 권이 함께하곤 했듯이 말이다. 이 책에서 다루지 못한 제주, 경북지역의 섬들과 그밖의 섬들은 제2집에 실을 계획이다.

　마지막으로 철없는 남편을 걱정하며 기도해 준 아내에게 고마운 마음을 전해야겠다. 밤이 깊었다.

　늙어서 더 젊고, 꾸미지 않아서 더 화려한 섬.

　오늘 밤에도 어느 섬에서는 등대의 불빛이 밤의 뱃길을 보살피고 있을 것이다.

2010. 8

김익희

| 차례 |

전북지역

충청지역

경상지역

경기지역

백령도 / 대청도 / 소청도 / 주문도 / 아차도 / 볼음도 / 대이작도
소이작도 / 승봉도(昇鳳島) / 자월도(紫月島) / 딕적도 / 소아도(蘇爺鳥)

백령도

10 섬개화인

선대암(위), 코끼리바위(중), 촛대바위(아래)

2007. 5. 7

여행 전날이면 잠이 얕아진다. 꿈은 내 여행의 선발대인 모양이다. 여행은 수많은 인연을 묶어놓는 여유이고 쉼표이고 느낌표다.

새벽 4시에 일어났다. 4박 5일 동안 여행할 백령도, 대청도, 소청도를 상상하며 배낭을 점검했다.

설렘을 안고 인천 연안부두에 왔다. 햇살에 데워진 5월의 신록이 싱그럽다.

오전 8시, 백령도로 가는 데모크라시 5호 여객선에 승선했다. 이 여객선은 실족 위험 때문에 갑판에 올라가 바다를 바라볼 수 없도록 되어 있다. 그나마 운 좋게 여객선 창가 좌석에 앉아 바다를 볼 수 있었다. 일상에서 풀려나서일까. 풍경이 새로워지는 만큼 마음도 새로워진다.

배는 비단 물 주름을 힘차게 가르고, 햇살이 엎질러진 바다는 황금비늘로 눈부시다. 소청도, 대청도에서 잠시 숨을 돌리고 12시, 목쉰 기적을 토하며 백령도 용기포항에 닿았다.

민박, 렌터카, 택시가 관광객을 기다린다. 수련원에 여장을 풀고 인접해 있는 우체국에 들러 관광정보를 들었다. 아무리 인터넷 세상이라지만 오지나 섬에서 우체국은 여전히 소식통이며 정보통인 것이다. 우체국 직원분들의 친절이 참 따뜻했다.

백령도(白翎島)의 지명은 원래 곡도(鵠島)였으나, 섬이 희고 따오기가 흰 날개를 펴고 나는 모습이라 하여 백령도라 했다고 한다.

백령도는 인천 연안부두에서 191.4km 떨어진 서해 최북단의 섬으로 우리나라에서 여덟 번째로 큰 섬이다. 북한 땅 황해도 장연군과는 직선거리로 불과 10km. 인구는 4,750여 명이고 어가(漁家)보다 농가가 많다. 국가지정문화재로는 사곶천연비행장, 콩돌해안, 감람암포획현무암, 두무진 등이 있고 특산물은 까나리아 액젓이다.

서둘러 백령도 제일의 관광명소이자 '서해의 해금강'이라는 두무진(頭武津)으로 향했다. '두무진'은 그 모양이 무장한 장수들이 모여 머리를 맞대고 회의하는 모습 같다 하여 지어진 이름이다.

유람선을 탔다. 억겁의 세월이 빚어낸 불가사의한 자연의 조각품들이 파도를 맞고 있었다. 고려 충신 이기대가 '늙은 신의 마지막 작품'이라 했던 바위들이다.

바다 속에 기암괴석으로 갑옷을 두른 태산 같은 장수들이 사열하듯 늘어섰다. 촛대바위, 코끼리바위, 선대암, 장군바위, 용트림바위. 카메라 셔터를 눌러대고 눈과 펜을 암만 움직여도 이 풍광을 그대로 담을 수는 없다. 한계를 거부하는 자연의 섭리 앞에 인간의 한계를 실감한다. 자연은 그 자체로 모든 것을 초월한다. 자연 앞에서 인간이 겸허해지는 것은 그 때문이다. 지척에 있는 북한 땅 장산곶이 해무에 가려 보이지 않아 안타깝다.

수만 리도 쉬이 가는데 몇 발 안 되는 뱃길을 갈 수 없다니, 언제 통일이 되어 뱃길이 뚫릴까. 이 아름다운 섬에 웬 철조망인가.

해상에서의 구경을 마치고, 1896년 우리나라에서 두 번째로 세워진 중화동교회를 방문했다. 110년의 역사를 지닌 교회다.

초대 당회장은 언더우드 선교사였다. 바로 옆에는 백령기독교역사관이 있다. 이곳에서는 우리나라의 교회발전사를 한눈에 훑어볼 수 있다. 현재 백령도에는 10개의 교회가 있고, 이 지역에서 50여 명의 목사가 배출되었다고 하니 놀랍다.

섬 여행에서 알게 된 것 중 하나가 일반인들 생각과 달리 섬에는 특별히 교회가 많다는 것이다. 섬은 인간을 종교적으로 만드나 보다.

다음 발걸음이 닿은 곳은 오군포의 콩돌해변. 안내문에 따르면 '이곳은

중화교회

콩돌해안

천연기념물 제392호로 지정된 콩돌해안으로 토석(콩돌)을 이 구역 밖으로 반출
시에는 문화재보호법에 의하여 5년 이하의 징역 또는 5천만 원 이하의 벌금에
처한다' 고 쓰여 있다. 콩돌은 작은 보석 같다.

광활하다. 콩알만한 오색 빛깔의 조약돌이 남쪽 해안을 따라 1km쯤 드넓은
띠를 둘렀다. 내륙 쪽으로는 해군부대의 초소와 철조망이 설치되어 있다.

자갈이 오랜 세월 파식작용으로 마모되어 콩처럼 작고 둥글어졌다고 한다. 색
상은 다채로워 흰색, 회색, 갈색, 청색 같은 여러 색깔로 매끄럽고 보석 같다. 그
러니 누군들 하나쯤 호주머니에 넣고 싶지 않을까. 하지만 꽃을 꺾으면 시들듯
이 콩돌은 콩돌밭을 벗어나면 그 빛깔을 잃는 걸. 이곳을 찾는 이여, 그냥 두고
보길······.

파도가 밀려온다. 나는 아름다운 파도소리를 들으며 맨발로 한참을 걸었다.
파도가 콩돌을 굴리는 해조음이 곱다 못해 애절하다.

어둠의 그림자가 황혼을 덮는다.

새벽 5시 20분, 효녀 심청을 만나려고 길을 나섰다. 심청각 가는 길은 말끔히 정돈되어 있고 길가에는 해당화가 줄지어 피어 있다. 심청각에 들어섰다. 심청각에서 바라보는 저 먼 바다, 아침 햇살이 바다를 붉게 물들였다.

공양미 삼백 석으로 인당수에 몸을 던진 심청이 환생했다는 연봉바위가 흐릿하게 가물거린다.

심청의 효심을 그린 조병화의 글이 새겨져 있다.

어찌 이렇게도 순수 무구한 눈물겨운 효녀가 있으랴. 네 순수 무구한 극진한 이 효심은 드디어 늙은 아버지의 눈을 크게 뜨게 하여, 세상의 밝은 광명을 드렸으니……

심청각의 주위를 걸으면서 문득 오늘이 어버이날이라는 것을 깨달았다. 때마침 딸과 사위한테서 온 문자 메시지. 이 아이들이 왠지 모르게 쓸쓸해지던 내 마음을 엿보았던 것일까.

사곶해수욕장에 왔다. 천연기념물 제391호인 사곶은 규암가루가 오랜 세월 모래와 섞여 이루어진 단단한 모래사장이다.

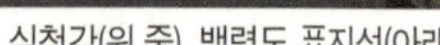

심청각(위,중), 백령도 표지석(아래)

길이 3km, 폭 200m의 천연백사장이다. 이 모래 속에는 게, 조개, 골뱅이 같은 어패류가 서식한다고 한다. 때가 일러서인지 인적이 드물다.

이곳에서는 오토바이나 자동차가 달려도 바퀴가 모래에 빠지지 않고 아스팔트처럼 자국만 남는다. 6·25 전쟁 때는 천연비행장으로 이용되어 비행기가 이착륙했다고 한다. 이런 천연비행장은 전 세계에서 이곳 사곶과 이태리 나폴리 두 곳뿐이란다. 나는 차를 타고 이곳을 한 바퀴 도는 행운을 얻었다.

사곶해수욕장

　주변에는 검푸른 송림지대에 해당화와 야생식물이 운치를 보탠다. 수심이 낮고 경사가 완만하여 큰 파도에도 사고가 없다고 한다. 하지만 이곳에 방파제를 만든 후 차츰 모래사장이 물러진다니 안타깝다. 자연의 심기를 건드려서일까. 주변에 서해 최북단 표지석이 북쪽 바다를 바라보고 서 있다.

　관창동 해변에 이르렀다. 사자바위가 늠름한 자태로 북쪽을 바라본다. 어부들은 사자바위 옆에서 안심하고 고기를 잡는다.

　물범바위가 보인다는 군부대가 주둔한 해안에 이르렀다. 겹겹이 두른 철조망이 긴장감을 준다. 높은 망루의 초소에는 어리게 보이는 병사가 북쪽을 감시하고 있다. 용기를 내어 신분을 밝히고 물범바위에서 노는 물범을 보고 싶다고 했다. 병사는 처음엔 의심스런 눈초리로 보았지만 이내 표정을 바꾸고 망루에 올라오라고 한다. 망원경으로 물범바위를 담아주었으니 내 인상이 그리 험하지는 않았나 보다.

　물개 수 마리가 바위에서 바다로 들락거린다. 이 바위에는 천연기념물인 물범 2~300마리뿐 아니라 노랑부리백로, 가마우지 같은 희귀조류들도 서식한다. 관광가이드 역할도 하는 군인을

사자바위

바다 멀리 보이는 물범바위

만났으니 나는 참 운이 좋았다. 숙소로 향했다.

백령도의 밤. 유흥가에서 흘러오는 오색 불빛과 검은 바다의 철조망은 백령도의 두 얼굴이다. 백령도의 바닷새들처럼 우리도 철조망 없이 남북을 가로지를 수 있는 날은 언제일까.
내일은 대청도의 모래사막을 만날 것이다. 오늘은 발이 먼 길을 걸었으니 이제 단잠이 발을 어루만지리라.

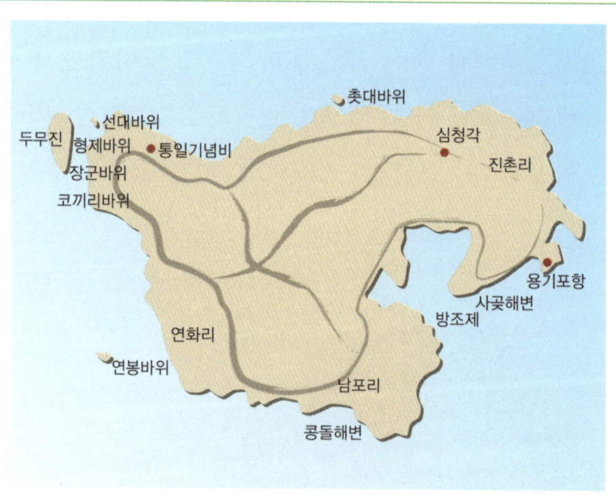

🚌 여행자 수첩

찾아가는 길(선편)
- 인천 연안부두 → 백령도 : 소청도 대청도 경유, 하루 2회 왕복 (08시, 12시, 4시간 소요)
- 백령도 → 인천 연안부두 : 하루 2회(13시, 17시)

문의
- 우리고속(032-887-2891~3)
- 청해진해운(032-884-8700)
- 인천항 여객터미널(1544-1114)

섬 둘러보기
- 두무진　• 사곶해변, 콩돌해변
- 심청각, 연봉바위　• 동화교회　• 사자바위, 물범바위　• 현무암분포지(천연기념물 제393호)

대청도

모래사막(옥죽동 사구)

5월의 향훈(香薰) 속에 비가 내린다. 오전 8시, 백령도에서 프린스호 여객선에 승선했다. 배는 20여 분 만에 대청도 선진포 선착장에 닿는다. 인천에서 서북쪽으로 186.4km, 북한 장산곶과는 19km거리다.

대청도 선진포항

대청도(인천광역시 옹진군 대청면)는 해안선 길이 26.4km , 인구는 1,400여 명으로 백령도 소청도와 함께 군사분계선에 근접해 있다. 특산물은 까나리 액젓, 전복, 꽃게, 흑염소이고 유난히 해수욕장이 많다. 모래사막은 전국적으로 유명하다. 이곳은 백령도와 달리 어업이 90% 이상이고 섬 전체가 낚시터다.

배에서 내렸다. 비 맞는 포구를 보며 부둣가를 천천히 걷는다. 선착장 부근에 '어부 상'이 눈길을 끈다. 모진 풍파를 견디며 바다생활을 굳건히 헤쳐가는 어부들의 강인함을 보여준다.

민박을 정하고 포구 옆 답동해수욕장에 이르렀다. 노송과 함께 길게 펼쳐진 백사장은 파도에 젖고 비에 젖는다. 나도 비에 젖고 마음도 젖는다.

엽서를 부치려고 우체국에 들렀다. 알아보는 이가 있다. 내가 정보통신공무원 교육원에 있을 때 우체국에서 근무하는 많은 분들을 만났는데 그중의 한 분이 우체국장이었다. 정년한 지 8년이 지났는데도 서로의 기억이 남아 있으니 참으로 고맙고 애틋한 일이 아닌가. 가족은 부천에 있고 혼자 지낸다면서 짐을 관사에 옮기라고 강권한다. 이 국장의 인정어린 고집으로 예약한 민박을 취소하고 관사에 여장을 풀었다.

우체국은 택배가 많아 직원들의 노고가 많다. 우체국 사람들과 함께 점심을 먹었는데 식대를 미리 계산했다. 마음이 편하고 기분이 좋다.

비는 계속 내렸다. 빗속에서 대청도의 명물인 모래사막에 왔다.

길이 2km, 폭 1km에 달하는 사막이다. 비를 맞으며 사막을 걷는다. 구름을 밟는 기분이다.

몇 해 전에 다녀온 우이도의 모래언덕처럼 높지는 않지만 이와 비할 수 없이 광활하다. 한국에 이런 사막이 있다니 놀랍다.

이 모래사막은 모래가 바람에 날려 이동하면서 계절에 따라 형태가 변화하는 활동성 사구다. 이곳에는 여러 야생동물이 서식하고 멸종위기 1급인 노랑부리백로를 비롯하여 다양한 조류가 발견되었으며 2급 곤충인 애기뿔소동구리도 서식하는 것으로 확인되었다 한다.

이 사구는 관광객들에게는 큰 선물이지만 주민들에게는 불편한 점도 많다고 한다. 주민들은 모래를 피하기 위해 1980년대 후반부터 해안가에 소나무를 심었는데 그 뒤로 옥죽동 사구는 차츰 줄어들고 있단다. 소나무가 모래를 차단하기 때문이다.

농여해변에 왔다. 비는 계속 내린다. 카메라가 젖어 작동이 중단되곤 한다.

농여해변은 길이 2km, 폭 500m의 고운 모래가 주변 솔밭과 어울려 훌륭한 풍광을 만든다. 비를 맞으며 모래사장으로 들어갔다.

농여해수욕장(위), 노송 보호구역(중), 동백 자생지(아래)

모래 위에 새겨진 파도무늬가 아름답다. 하지만 물살이 세서 초보자가 수영하기에는 위험이 따른다고 한다. 잠수함 바위섬이 인상적이다. 이곳은 바다낚시로도 그 이름이 알려져 있다.

축동 소나무 보호구역에 이르렀다. 나는 노송을 좋아한다. 수령 200여 년 된 노송 200여 그루가 장관을 이룬다. 늙어가면서 품격이 고상하고 운치가 깊어가는 노송을 닮고 싶다.

이어서 동백 자생지로 발걸음을 옮겼다. 해변에서 137개의 계단을 올라와 동백 자생지를 만났다. 이곳은 1933년 천연기념물 제66호로 지정된 우리나라 최북단의 자생지다. 동백꽃은 의지와 자존심을 지닌 정열의 상징이라고들 하던가.

지두리해변에 왔다. 아름다운 해수욕장이 많기도 한 대청도. 지두리해변은 파도가 거칠다. 비를 맞으며 백사장을 걷는 기분은 낭만이지만, 거친 파도는 낭만을 넘어선다. 파도가 무릎까지 차고 오른다.

사탄동해수욕장에 이르렀다. 황금색 모래가 곱다. 비구름에 속살을 가린 채 노송군락과 기암괴석이 파란 파도와 아우러져 한 폭의 그림을 그린다.

이름도 특이한 기름아가리해변에 왔다. 왜 기름아가리라 했을까. 모래사장이 자갈밭으로 이어진다. 반들반들 수마된 각양각색의 돌들이 보석 같다. 기암괴석으로 병풍을 두른 경관이 서정으로 다가온다. 천혜의 낚시터이기도 하다.

오후 5시, 다시 선진포항에 왔다.

비가 개이고 해가 얼굴을 내민다. 선착장 부근 모래사장에 왔다. 파도는 빈손으로 왔다가 빈손으로 간다. 온갖 세상사처럼 자잘한 욕망이 무성한 나에게 '마

사탄동해수욕장

기름아가리해변 / 파도의 충고로 모래 위에 마음을 표한다

음의 잡초를 다 뽑아내라'고 충고하는 것 같다. 탐욕과 의욕, 순리와 배리의 한계는 어디까지일까.

파도가 밀려온다. 모래 위에 써놓은 글자는 파도가 지우겠지. 그러나 모래 위에 글을 쓰던 내 다짐은 지우지 말아야지. 그건 파도의 몫이 아니라 내 몫이 아닌가.

땅거미가 석양을 잠재운다. 숙소에 들어왔다.

이 국장은 싱싱한 우럭을 가져와 손수 회를 뜬다. 직원들도 모두 가족이 되어 모인다. 훈훈한 풍경이다. 우체국 사람들의 따뜻한 마음을 읽는 것 같다.

소주잔에 인정이 출렁이고 창밖 바다에는 외로운 등대가 불꽃놀이를 한다.

소청도

소청도 등대

간밤에 요란하던 바람이 새벽녘이 되어서야 잔다. 선착장에 나왔다. 이른 아침부터 고깃배들이 분주하다. 여객선이 들어온다. 8시 20분, 이곳 대청도에서 소청도로 가는 프린세스호에 승선했다. 배는 15분 만인 8시 35분에 소청도에 닿는다.

이곳 정보를 얻으려고 우체국에 들렀다. 10여 년 전, 교육원에서 교육을 받았다는 분이 이곳 소청도 우체국장이다. 십 년이면 강산도 변한다는데 기억해 주어 감사하다. 그는 관광할 만한 곳을 짚어주며 "이곳은 민박이 여의치 않으니 관사에서 주무세요." 하면서 배낭을 옮겨놓는다. 계속 우체국 사람들한테서 신세를 져 미안하다. 가족은 인천에 있고 홀로 관사에서 지내면서 시간이 나면 서예를 한다고 한다. 순수와 감사로 받아들이고 서울에 가면 붓이라도 사서 보내야겠다.

밖에 나왔다. 우체국 위치는 시가 있는 한 폭의 그림 같다. 좁은 길 하나를 놓고 바다와 우체국이 접해 있다. 수많은 사연을 품고 말없이 바다를 바라보는 빨간 우체통을 보며 시상(詩想)에 젖는다.

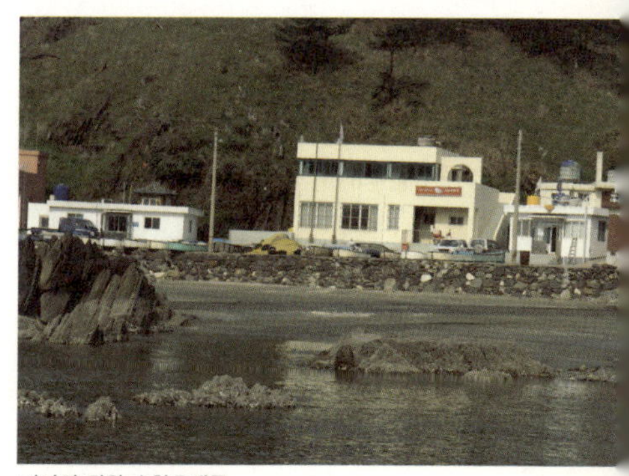

바다와 접한 소청우체국

바다가 보이는 언덕 위에 우체국이 있다.
나는 며칠 동안 그 마을에 머물며
옛 사랑이 살던 집을 두근거리며 쳐다보듯이
오래오래 우체국을 바라보았다.

안도현의 시 한 구절이다.

소청도는 인천 연안부두에서 164.4km, 대청도와는 2km 떨어진 거리다. 해안선 길이 13.1km이고, 260여 명이 사는 작은 섬이다. 이곳 주민들은 거의가 어업에 종사하며 우럭, 도미 같은 고급 어종이 많이 잡히고 낚시도 잘 된다고 한다.

소청도 등대를 만나러 노화마을로 향했다. 깎아지른 듯한 해벽 정상에 하얀 등대가 외로이 서 있다. 소청도 등대는 1908년, 우리나라에서 두 번째로 설치되었다. 첫 번째 등대는 인천의 팔미도 등대다.

등대 장은 친절히 맞는다. 나는 이곳 등대에 관한 역사를 듣고 전시실을 관람했다.

소청도 등대는 서쪽 끝 83m의 고지에 서서 100년 동안이나 거친 비바람과 눈보라를 견디며 한결같이 밤바다의 길을 밝혀준 길라잡이다.

얼마나 고독하느냐고 물으니 "고독을 30년 먹었더니 면역이 되었다."며 혼자 사는 법도, 고독을 이기는 법도 터득했다며 웃는다. 방명록에 기재하고 고마움을 표했다.

경사가 심한 해벽을 타고 등대 아래 자갈밭에 왔다. 대청도와 소청도의 갯바위는 붉은 색깔을 띤 것들이 많다. 쏴~ 쉬~ 철썩 가슴을 쓸어내리는 파도소리가 발길을 잡는다. 한참이나 여유를 만끽하며 해안을 거닐었다.

등대 아래 붉은 바위섬

시장기가 든다. 준비한 육포와 빵으로 점심을 해결하고 소청도의 명물인 분바위로 향한다. 길가에 민들레 군락이 발길을 잡는다.

유난히 민들레가 많다. 천식에 효험이 있다 하여 민들레 뿌리를 캐는 사람들이 보인다. 민들레를 보면 왠지 애수에 젖은 할머니 소녀 같다는 느낌이 든다.

길가에 널브러진 민들레

곱게 빗은 노랑 단발머리 소녀여, 언제 할머니가 되었는가. 파란 치마폭에 안겨 긴 목을 곧게 세우고 머리에는 하얀 솜털 망사를 둘렀구나. 바람 따라 훌훌 날아다니다가 어디선가 애기 소녀로 태어나겠지.

분바위

　분바위에 왔다. 해안선을 따라 1km 정도 형성된 이 바위산은 험산준령의 형상이다. 이 거대한 바위산이 하얀 분을 바른 것처럼 하얗다 하여 분바위라 부른다. 이 분바위는 건축 자재로 가치가 있는 양질의 대리석이라 한다.

　분바위는 어두운 그믐날 밤에 마을 앞으로 들어오는 배들이 하얀 바위를 보고 방향을 알았다 하여 '월띠' 라고도 한다. 이 바위에서 원나라 순제가 놀다갔다는 설이 있다. 나는 분바위 꼭대기에 올라 바다를 바라보았다. 파도는 거칠고 파란 바다는 햇살에 쏘여 은비늘로 반짝인다. 이 바위섬이 등대 역할도 한다니 시(詩)를 감상할 것 같다.

　참 좋다. 안분지족(安分知足)이 이런 것인가 보다.

　분바위를 보고 선착장으로 오는 길에 색다른 해변으로 내려가는 오솔길이 나타난다. 호기심이 생겼다. 길인지 분간할 수 없는 험한 산길을 따라 더듬더듬 해변 쪽으로 내려간다. 20여 분 만에 어느 자갈밭 해변에 닿았다. 원초적 자연의 해변이 이런 곳인가 싶다. 무서운 생각이 든다. 북한 땅이 바로 코앞인데 간첩이라도 나타날 것 같다. 하지만 두려움도 잠시다.

　내가 좋아하는 돌밭과 바다가 있지 않은가. 나는 한 시간이나 평온한 여유와 고독을 안고 파도소리를 듣는다. 하얀 포말이 돌을 간지럽히듯 파도소리가 내 귀를 적신다.

외진 자갈밭

소청도 선착장

서산이 붉어진다. 숙소에 들어왔다. 이장 집에서 저녁식사를 하며 소청도에 관한 많은 이야기를 들었다. 밤바다를 바라보며 일기를 썼다.

2007. 5. 11

창문을 열고 새벽 공기를 마신다. 기분이 상쾌하다. 바다에서는 파도가 하얀 이빨을 드러내고 요동을 친다.

바닷가에 나왔다. 썰물로 바닷물이 밀려나고, 보이지 않던 갯바위들이 작은 조개류를 몸에 다닥다닥 달고 얼굴을 내민다.

떠날 시간이 다가온다. 배낭을 꾸리고 선착장에 나왔다. 오전 8시 35분, 인천행 프린세스 여객선이 들어온다. 따뜻한 인정을 한 아름 안고 승선했다. 배에 올라 손을 흔들었다. 가슴이 찡하다.

4박 5일 동안, 많은 것을 보았고, 따뜻한 분들을 만나 행복했다.
우정(郵政)인들의 우정(友情)은 아름다웠다.

주문도

뒷장술해변

비가 내린다. 봄기운이 완연하다. 찾아가는 섬은 강화군에 속하는 주문도, 아차도, 볼음도다.

강화 외포리에 도착했다. 오후 4시, 여객선에 승선하여 갑판에 올랐다. 갈매기 떼가 몰려온다. 승객들이 던져주는 새우깡을 받아먹는 솜씨가 비상하다. 어떤 녀석은 겁도 없이 손에 든 것을 낚아채 가기도 한다.

선실에는 스무 명 남짓의 승객이 눕거나 앉아서 담소를 나누고 있다. 나도 한몫 끼어 섬 정보를 주어 담는다. 오후 5시 40분, 주문도에서 내렸다.

주문도는 어떤 섬일까. 강화도에서 서쪽으로 39km 떨어진 거리에 위치해 있으며, 부근에는 볼음도, 말도, 아차도와 함께 민통선에 접하고 있다. 주민은 360여 명, 섬이지만 농업이 주이고 주민 80%가 크리스천이다. 술집과 다방, 도둑이 없어 일명 '예수의 섬' 이라 부른다.

청소년 수련장으로도 애용되는 대빈창해수욕장에 먼저 들렀다. 길이가 1km나 되는 해변은 백사장과 몽돌밭, 갯벌이 끝없이 펼쳐지고 빽빽이 들어찬 소나무와 해당화 숲이 얽혀서 한 폭의 수채화를 연상시켰다.

대빈창은 조선시대에 외국 사신을 영접했던 '대변청'(무기창고)이 있었던 곳으로 당시 중국 사신이 이곳에 와서 이것저것을 내놓으라고 주문하여 주문도(注文島)라 했다는 설이 있다. 설(說)대로 주문도라는 이름이 붙여졌다면 슬픈 이름이 아닐 수 없다.

산과 모래, 펄이 잘 어울리는 해안이다. 한가로운 산책자가 되어 한참을 걷다가 '이 지역은 민통선 주변으로 주의를 요한다' 는 경고 푯말을 보고 역사의 슬픔은 끝나지 않았다는 생각을 새삼스럽게 했다. 아름다운 자연 속에서도 인간의 현실은 낭만이 아니라 냉혹하다.

민박을 구하려고 마을로 내려왔다. 비수기여서일까. 두 곳이나 들렀지만 영업을 안 한다. 초소를 찾아가 경찰에게 사정을 말했다. 그는 친절하게 몇 집을 알아보다가 어렵게 방을 구해 주었다. 방은 할머니가 사용하는 방이었다. 할머니는 방이 누추하다며 미안해하면서 옆방으로 자신의 잠자리를 옮긴다. 정작 미안해야 할 사람은 본의 아니게 할머니의 잠자리를 뺏은 나그네이건만 할머니의 마음은 또 그렇지 않은 모양이다. 곧 저녁을 지어주며 반찬이 없다고 또 미안해한다. 이 세상에 할머니 같은 사람만 있다면 얼마나 평화로울까.

차를 내놓고 섬 생활의 애환을 털어놓는다.

2008. 4. 23

단잠으로 심신이 가볍다.

사양하는 숙박비를 억지로 쥐어주고 또 다른 여정에 나섰다. 1902년, 한옥교회로 세워졌다가 재건축된 유서 깊은 서도중앙교회(지방문화재 제14호)에 왔다.

목사님을 만났다. 교회의 역사와 참고자료를 복사해 주며 교회에 얽힌 일화를 들려준다. 이 교회는 정면에서 보면 2층인데, 종루형태의 지붕이 있고 종루에는 옛 이름인 진천교회 현판이 걸려 있다. 본당 쪽은 전통한옥 형태의 팔각지붕으로 동서양의 건축술이 절묘하게 조화된 바실리카 양식을 원형대로 보존하고 있다. 문화재의 가치가 충분한 건물이다.

서도중앙교회

뒷장술해수욕장으로 발걸음을 옮겼다. 때마침 조개류를 채취하려고 아낙들이 경운기 옆에 모였다. 나도 갯벌에 나가고 싶다고 하니 타라고 한다. 고마움을 표하고 아낙들과 함께 경운기에 탔다. 경운기는 터덜거리며 갯벌에 접근한다.

고운 모래사장이 2km나 펼쳐지고 갯벌은 끝이 안 보인다. 할머니 한 분은 나이가 여든인데도 허리까지 오는 긴 장화를 신고 하루 5~7시간 갯벌에서 작업하며 3~4만원을 번다고 한다. 힘들지만 갯벌이 있어서 돈도 벌고 건강도 얻는다며 순박하게 웃는다.

갯벌은 태초의 자연이고 생명의 원천이다. 하천으로 흘러가는 육지의 오염물질을 여과시키는 자연의 콩팥이며 생태계의 보고(寶庫)다. 갯벌은 우리에게 개발문화보다 보존문화의 유산이 요구되는 현주소가 아닐까. 아낙들이 갯벌에 들어간다.

썰물로 바다 속이 드러나자 2km 앞 무인도인 '분지도'가 속살을 들춘다. 분지도의 실체를 좀 더 가까이에서 만나고 싶은 호기심이 발동한다. 조개를 잡는 아낙에게 밀물 때를 물어보았다. 앞으로 3시간 정도 여유가 있으니 '분지도'까지 갔다 올 시간이 충분하다고 한다. 장화가 없어 망설이다가 용기를 내어 바지를 걷어붙이고 맨발로 펄에 들어갔다. 한 할머니는 "장화 한 벌을 더 준비할걸." 하며 마음의 장화를 신겨주었다. 발은 시려도 감촉은 부드럽다.

갯벌은 평지와 달리 걷는 것 자체가 힘들다. 이를 악물고 40여 분 만에 '분지도'에 도달했다. 섬이 두 개로 갈라졌고 거대한 바위들은 오랜 세월 톱날처럼 파이고 깎이고 닳아 별스런 모습으로 널브러져 있다.

섬 해안을 걷는다. 격포 채석강처럼 수만 권의 책을 쌓아놓은 것 같은 바위 절벽이 나타난다. 억겁의 세월, 파도에 찢기고 조수(潮水)에 물리고 햇살에 아문 상처가 신비하다. 이름 모를 새들이 자기 영역에 들어왔다고 환영인지 항의인지 입방아를 찧어댄다. 벼랑에 핀 철쭉꽃이 마음을 편하게 한다.

섬 정상에 올랐다. 소나무와 잡목이 얽힌 틈바구니에서 노란 꽃 한 송이가 숨은 듯 피어 있다. 귀양 온 선비의 영혼일까. 속세를 떠나온 운둔자의 영혼일까. 시상이 떠오른다.

섬 속에 섬이 있다
모세의 지팡이가 물을 가르고/섬 속에서 섬이 솟는다
해조음은 기력을 잃고/무인도는 고독을 삼킨다
분지도가 언제 속옷을 입을지/밀물은 침묵을 지킨다

무인도인 분지도

점심 무렵, 밀물에 쫓기지나 않을까 내심 마음 졸이며 분지도에서 물러나왔
다. 옷이 엉망이다. 오후 2시, 여기서부터 1km 떨어진 아차도에 가려고 배를 기
다린다. 잠시 후, 배는 '아차' 하고 아차도에 떨어질 것이다.

아차도

아차도 선착장과 해변

주문도에서 섬 일기를 쓰고 오후 2시 배로 1km 떨어진 이곳 아차도에 왔다.

'아차도'는 어떤 섬인가. 육지에서 천년, 바다에 천년을 살아온 이무기가 용의 꿈을 안고 하늘로 오르던 중, 임신한 여자를 보고 '아차' 하는 순간에 바다에 추락하여 '아차섬'이 되었다는 전설이 이름에 담겨 있다. 용의 꿈을 좌절시킨 '아차' 하는 순간에 왜 하필 임신한 여자가 등장하는 것일까. 용의 꿈보다 소중한 것이 새 '생명'이라는 뜻일까.

스물일곱 가구에 45명이 거주하는 작고 소박한 섬마을, 특산물은 소라와 가무라기로 이 섬마을의 생계를 마련해 주는 것들이다.

이곳에는 100년 전통의 아차감리교회가 있고 주민 90% 이상이 교인들로 교회가 이 섬을 이끌어가는 셈이다. 이 작은 아차도는 선착장이 100여m 간격으로 세 곳이나 있다. 물때에 따라 서로 다른 곳에 배를 대야 하기 때문이다. 배 타는 곳이 그때그때 달라 여행객들은 안내방송을 듣고 해당 선착장으로 가야 한다.

이 섬에서 칠십 평생을 살았다는 노인장을 만나 섬에 관한 이런저런 이야기를 들을 수 있었다.

한때는 이 섬이 강화도에서 돈이 가장 많고 가구 수도 127이나 되고 학교와 면사무소, 어업조합과 양조장까지 있었다고 한다. 파시 때는 수백 적의 고깃배가 몰려 장관을 이루었던 한 시절을 노인은 다듬어 보는 듯하였다.

나는 빼물고개를 넘어 해안을 따라 오솔길을 걷는다. 빨간 등대가 외롭게 서 있다. 멀지 않은 곳에 '얼음냉'이라는 샘터가 있다. 옛날 어부들이 배 타기 전에 이곳에서 목욕재계하며 안전을 기원했다고 한다.

수리봉에 왔다. 진달래가 활짝 피고 산 벚꽃이 요염하다. 주변 소나무 숲과 꼬치산 매바위가 경관을 돋운다. 밀물이 들기 전에 해안을 따라 섬 한 바퀴를 돌고서 갯바위에 앉아 끝없이 펼쳐진 펄을 바라본다.

갯벌에서 캔 가무라기(조개류)를 담은 망태를 경운기에 실어 나른다. 하루 일과를 마치고 돌아가는 뒷모습이 아름답다. 고단함이 배어 있는 등이지만, 노동의 뼈

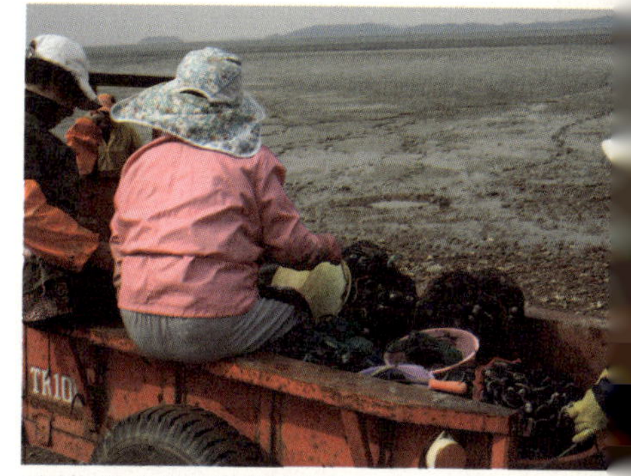

채취한 가무라기를 경운기로 나른다

근함이야말로 생을 살아가게 하는 신성함이 아니겠는가.

오후 4시 25분, 밀물이 들기 시작한다. 광활한 갯벌이 바다로 변신한다. 물이 들기 전에 섬 일주를 한 것이 다행이다.

나는 지금 지쳐 있고 배도 고프다. 아침 식사를 7시에 하고 지금까지 물 한 모금으로 버티고 있는 것이다. 이곳에는 상점이나 식당이 없다.

해를 한 뼘 남겨놓고 민박집(경태민박)을 정했다. 숙박업을 하는 곳이라기보다는 평범한 시골의 방 한 칸이다. 그래도 자고 먹을 수 있는 곳을 찾았으니 얼마나 감사한가. 내 비어 있는 위장을 생각한다면 더욱 그렇다.

주인아주머니는 믿음이 신실한 교인이며 교양도 있어 보인다. 얼마나 시장하냐며 누룽지와 꿀차를 먼저 내놓고 급히 저녁밥을 짓는다. 시장이 반찬인가. 밥이 꿀차보다 더 달다. 바깥어른은 무슨 일을 하느냐고 물으니 산에 계신다고

고기잡는 어선과 먹이를 찾는 갈매기

한다. 남편의 죽음을 그녀는 그렇게 말했다. 괜한 걸 물었나 싶어 미안한 마음이 들었다.

45세에 홀로 되어 환갑 나이까지 갖은 고생을 하며 아이들을 공부시켜 외지에 보내고 조개를 캐며 홀로 산다고 한다. 벽에 걸린 딸 사진을 가리키며 93년 미스화문석(강화)에 선발된 기념사진이라고 한다. 그녀에게도 그렇게 어여뻤던 젊은 날이 있었을 것이다. 차 한 잔을 정성스레 내놓고 오늘 수요저녁예배가 있다며 집을 나갔다. "방은 따뜻하게 해놓았으니 편히 주무세요." 그녀의 인사말이다.

주인아주머니는 교회에 갔고, 민박 손님은 나 혼자다. 일찍 잠을 청했지만 너무 피곤해서일까. 잠이 쉬 오지 않는다. 폭풍주의보 속에 바람소리가 요란하다. 이무기가 세찬 바람소리에 또 한 번 '아차' 하고 떨어지지 않을까.

2008. 4. 24

간밤에는 강풍이 그리 매서웠는데, 아침이 되니 한결 누그러지고 폭풍주의보도 해제되었다.

얕은 잠 속에서 궁싯거리다가 미명에 일어나 해변을 산책하였다. 아침바다가 싱그럽다. 고깃배들이 분주히 움직이고 있다. 물에 잠겼던 갯벌이 썰물로 차츰 넓어지고 바다가 멀어진다.

여느 유명 섬처럼 내세울 만한 해수욕장도, 기암절벽도 없지만 잔잔한 해변 경관이 아담하고 산세가 완만하여 정감이 간다. 외지인의 발걸음이 많지 않아 자연도 인심도 때묻지 않은 순수함을 간직하고 있다.

사납던 파도는 비단결로 얼굴을 바꾸었지만 햇살은 아직도 구름에 가려 얼굴을 내놓지 않는다. 갯벌은 빠른 속도로 영토를 확장하고 갈매기는 낯선 이를 보고 먹이질을 잠깐 멈추었다가 이내 제 알 바가 아니라는 듯 먹이 찾기에 바쁘다.

민박 주인은 갯벌이 일터라며 바다에 나갈 준비를 한다. 나도 같이 갈 수 없느냐고 물었다. "아이고 뻘이 깊어 허벅지까지 빠지는데요."라며 손사래를 친다. 나는 갯벌을 체험하고 싶다고 간곡하게 부탁했다. 이곳은 민통선 지역이어서 외지인들은 신고를 해야 갯벌에 들어갈 수 있다며 마을 이장에게 전화로 허락

작업 준비하는 아낙들

을 받아준다. 오늘 오후에 보름도로 갈 예정이어서 숙박비(식대 포함 4만 원)를 미리 지불하고 주인아주머니를 따라 나설 채비를 했다.

아주머니는 작업에 필요한 작업복, 장화, 호미까지 챙겨준다. 함께 마을 언덕을 지나 갯벌로 나왔다. 몇몇 아낙들은 벌써 바닷가에 주저앉아 광활한 갯벌이 펼쳐지는 바다의 신비를 바라본다.

무슨 생각을 하고 있을까. 무심한 듯하지만 그들의 눈빛은 깊어 보인다. 평생을 바다와 함께한 이들에게 바다는 무엇일까. 지나가는 여행객이 헤아릴 수 없는 관계를 그들은 바다와 맺고 있을 것이다. 그들이 갯벌에 옮긴 발걸음은 얼마고, 함께한 애환은 얼마일까.

오전 9시 40분경, 나는 아낙들과 함께 갯벌에 들어갔다. 한 할머니는 나이가 여든다섯인데도 놀랍게 정정하고 힘 있어 보였다. 어떤 아낙은 장화 윗부분을 혁대에 묶어야 한다며 나의 복장을 고쳐주기도 하였다.

갯벌은 지역에 따라 토양이 다른 모양이다. 이곳 아차도는 주문도와 달리 뻘이 물러 허벅지까지 빠지는데, 한 발 떼기도 힘들다. 하지만 조개가 손에 걸리는 감촉은 짜릿한 데가 있었다. 한 사람이 하루에 5~7kg(1kg에 6천 원 정도)를 잡는다고 한다.

어느새 시간이 많이 흘렀다. 잡은 것을 주인아주머니에게 주고, 가야 할 시간이 되었다고 했다. 주인아주머니는 "나는 작업을 더 해야 하니 먼저 집에 가셔서 차려놓은 점심식사 드시고 가세요."라며 나의 점심 끼니까지 챙겨준다.

갯벌에서 가무라기를 채취하는 필자

따뜻한 인정은 섬마을 어디서나 만난다. 아무도 없는 민박집에 다시 들렀다.

문을 이중 삼중으로 잠그고도 불안해하는 도시의 현실에 익숙한 내게 빈 집을 이렇게 낯선 나그네에게 열어주는 섬마을의 넉넉한 마음은 자못 감동스럽기까지 하였다.

메모지에 나의 감동을 살짝 비추었다. "아주머니 고맙습니다. 갯벌체험도, 이곳의 따듯한 마음도, 잊지 못할 것입니다. 건강하시고 복 많이 받으세요."라고 쓴 글을 남기고 민박집을 나섰다.

오후 2시, 새들의 낙원이라는 볼음도에 가는 여객선에 승선한다.

갯벌에 빠진 발목처럼 내 마음은 아직도 아차도 갯벌에 빠져 있는 것 같다.

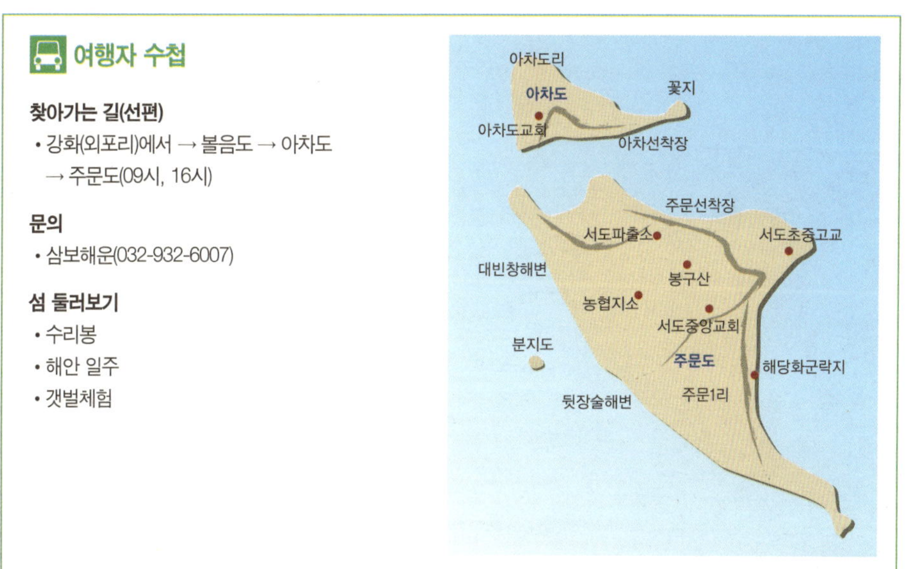

볼음도

썰물로 갯벌을 드러낸 채 황혼을 맞은 영뜰해변

아차도의 갯벌체험을 안고, 배로 10분 거리인 볼음도에 왔다. 볼음도를 연음하면 보름도다. 선착장 주변에 민박안내 전화번호가 호객을 한다. 바다민박을 택했다.

볼음도(강화군 서도면)는 여의도 면적의 두 배나 되는 민통선 안의 섬이다. 140여 가구에 250여 명(2008년), 황해도 연백군과 5.5km 떨어진 서해 최북단에 위치한 조용한 섬마을이다. 섬이지만 간척사업으로 농지가 많아 농사가 주업이다.

한국조류협회에 의하면 이곳 영뜰갯벌은 천연기념물 419호로 지정된 저어새의 번식지이고 도요새, 노랑지빠귀, 노랑부리백로를 비롯한 20여 종에 달하는 새들의 낙원이다. 한국관광공사가 '이달에 가고 싶은 섬'으로 선정한 곳이기도 하다.

지명은 조선 인조 때, 임경업 장군이 사신으로 명나라로 출국하려던 중에 풍랑으로 보름 동안 체류하다가 둥근 달을 보았다 하여 만월도(滿月島)라 했는데, 그 후 체류기간과 보름달을 상징하여 볼음도라 부르게 되었단다.

먼저 이 섬의 북단 끝 안머리골에 자리한 서도 은행나무를 보러 왔다. 천연기념물 제304호로 지정된 은행나무. 수령은 800년, 높이 24.5m, 둘레 9.8m, 사슴둘레 9m인 노거수(老巨樹)다. 이 나뭇가지를 다치게 하거나 부러진 가지를 태우면 목신(木神)이 진노하여 재앙을 입는다는 전설이 전해진다. 그만큼 신령한 기운이 서려 있다는 것이다.

이 은행나무는 800여 년 전, 수해로 동갑내기 짝을 황해도 연백군 개울가에 두고 홀로 내려와 뿌리를 내렸다는데, 바람이 불 때마다 '우우웅 ~ 웅 웅' 짝을 그리며 서럽게 운다고 한다.

서도 은행나무(천연기념물 제304호)

은행나무 앞에는 10만 평 규모의 바다를 막아 만든 저수지가 있다. 볼음도 저수지는 이 섬 안에 있는 60여 만 평의 논에 3년간 물을 댈 수 있는 담수량을 갖고 있다고 한다.

해를 한 뼘쯤 남겨놓고 볼음도의 명소인 영뜰해변으로 발걸음을 옮겼다.

민가도 인적도 없고 나 홀로다. 해변에 들어서자 '일몰 후, 일몰 전 출입금지'라는 푯말이 군부대 명의로 세워져 있다. 민통선 지역임을 실감하며 지금이 출입금지 시간이어서 다소 긴장감이 느껴졌다.

빽빽이 들어찬 소나무 숲과 함께 2km나 뻗은 모래사장을 끼고 이 섬보다 네다섯 배 넓은 갯벌이 펼쳐져 있다. 황금으로 물든 갯벌이 찬란하다.

태양이 진홍으로 물든 서쪽 수평선에 내려앉는 순간 해는 해무에 묶여 마지막 정열을 토해 놓지 못한 채 임종을 맞는다. 태양이 종언(終焉)을 고하자 석양에 반사된 갯벌은 황금빛으로 물든다. 천지는 고요에 쌓이고 먹이를 쪼는 바닷새들이 무척이나 고즈넉해 보인다.

밀물이 들기 시작한다. 바닷물이 해조음(海潮音)을 높이면서 밀려온다. 군함을 삼키고도 트림조차 않는 야성, 그러면서 낮은 곳부터 채우는 바다는 자연의 순리를 따르고 있다. 어스레한 땅거미를 밟으며 민박으로 향한다.

안주인은 없고 아저씨가 편치 않은 표정으로 저녁식사를 차려준다. 방은 지저분하고 옆방에서는 밤늦게까지 술주정하는 소리가 들린다. 다른 곳으로 옮길까 망설이다가 꾹 참았다. 어찌 내 집 같으랴. 날카로워지려는 심기를 달래며 잠을 청한다. 바람소리까지 사나워 날밤을 맞는다.

2008. 4. 25

바람이 모질다. 오후 배가 떠날 수 있을지 걱정된다.

주인 아저씨가 새벽부터 경운기에 고구마 순을 실어 나른다. "어젯밤 시끄러웠지요." 하면서 미안해한다. 수고한다고 인사를 건네니, "물때에 맞추어 한밤중에도 바다에 나가 그물을 칩니다." 그러면서 오늘은 오전 10시경에 바다에 나가 그물에 걸린 물고기를 잡을 거라고 한다. 나도 따라갈 수 없겠느냐고 물었다. 그는 고개를 끄덕이며 10시에 집 앞으로 나오라고 한다. 어젯밤 불편한 잠

선착장 앞바다

자리에 대한 기억이 씻겨나가는 것 같았다.

약속시간이 넉넉하여 선착장에 나왔다. 갯바람에 삽상하다. 날씨는 잔뜩 찌푸려 있고 파도는 허연 이빨을 드러내고 있다.

망망대해에 고깃배 한 척이 거친 파도와 싸우며 그물을 던진다. 갈매기가 떼로 몰려와 나뭇잎 같은 배를 에워싼다. 어부를 응원하는 것인지 잡은 고기를 달라고 조르는 것인지 알 수 없다.

조개골해수욕장에 왔다. 노송 군락을 병풍처럼 두르고 뻗어 있는 부드러운 모래사장이 파란 바다와 아름다운 조화를 이룬다.

조개가 얼마나 많았으면 '조개골해수욕장'이라 했을까. 이곳은 해수욕하면서 주먹만한 상합조개와 바지락, 딱지조개, 구슬골뱅이를 캘 수 있어 일석이조의 놀이터가 된다고 한다.

약속시간에 경운기를 탔다. 섬 여행의 매력은 낯선 경험 속으로 들어가는

조개골해수욕장

일이다. 건강망, 개막이 그물이라고도 하는 뻘그물은 조수간만의 차이가 많은 갯벌에 설치하여 손으로 물고기를 잡는 재래식 어로 도구다.

갈매기가 따라붙는다. 경운기는 반쯤 물에 잠기면서 바다로 들어간다. 뒤뚱뒤뚱 넘어질 듯하다가 멈칫하기도 한다.

이곳 영뜰갯벌은 주문도나 아차도와 달리 갯벌이 시멘트바닥처럼 단단하다. 어젯밤 꿈속에서 바닷물이 산맥 같은 파도를 동반하고 나를 공격하던 장면이 떠올라 어쩐지 위태로운 느낌을 더했다.

경운기는 점점 해변과 멀어지고 갯벌은 깊어만 간다. 하지만 불안 속에서도 안심되는 것은 해조(海潮)의 물때는 자연의 이치를 거역하지 않기 때문이다. 물 때를 아는 베테랑 어부와 함께하고 있으니 괜한 걱정은 붙들어매 두어도 좋을 것이다. 40여 분을 덜커덕거리며 그물 친 곳에 당도했다. 고기 잡는 방식이 원 시적인 듯하여 여간 흥미롭지 않다.

나는 지금 바다 한가운데서 배도 아닌 경운기에 앉아 재수 없이 그물에 걸린 물고기를 주워 담는 장면을 보고 있다.

갯벌을 달리는 경운기

그물에 걸린 고기를 딴다

그물에 걸린 고기를 주어 담는 장면

그물에 걸린 손가락만한 잡어부터 팔뚝만한 숭어까지 주워 담는다. 먼저 본 것이 임자라고 물때에 맞춰 못 오면 갈매기들의 몫이 된다고 한다.

이제 돌아가야 할 시간이다. 경운기는 해변을 향하여 달린다. 같이 탄 아저씨 한 분이 갓 잡은 꼴뚜기를 주며 먹어 보라고 한다. 초장도 없이 맛있게 다섯 마리나 먹었다. 경운기로 오고 가는 동안 말은 못했어도 궁둥이가 부서지는 것 같았다. 이런 것을 '즐거운 고통' 이라 해야 하나.
오후 2시 15분, 외포리행 여객선에 몸을 실었다.
섬도 나도 말없이 먼 바다만 바라보았다.

🚐 여행자 수첩

찾아가는 길(선편)
• 강화 외포리 → 볼음도(1시간 40분 소요) → 아차도(1시간 30분) → 주문도(1시간 40분) : 하루 2회(9시, 16시)
• 볼음도 → 외포리(07:15, 14:15)

문의
• 삼보해운(032-932-6007)

섬 둘러보기
• 서도 은행나무
• 영뜰갯벌
• 조개골해수욕장
• 갯벌체험

대이작도

계남해수욕장

섬 여행을 떠나는 날은 항상 설렌다. 새벽 4시에 기상했다. 배낭을 재점검하며 자월도, 승봉도, 대이작도, 소이작도를 그려본다. 홀로 섬 여행할 때마다 아내에게 미안하고 이해해 주어 감사한다.

인천 연안부두에 도착했다. 오전 9시, 레인보우 카페리에 승선했다. 갈매기의 환송이 대단하다. 배는 짙은 해무를 뚫고 미끄러지듯 잔잔한 파도를 가른다.

자월도, 승봉도에 잠시 정박하고 소이작도에 닿았다가 거기서 뱃길로 5분 거리인 대이작도에서 10시 40분 하선했다.

대이작도는 어떤 섬인가. 인천에서 44km 떨어진 거리에 위치한다. 옛날 해적들이 숨어 살았다 하여 이적도라 했는데 세월이 흐르면서 이작도가 되었다.

여든여섯 가구에 100여 명의 주민이 살고 더덕, 둥굴레, 도라지 같은 산나물이 많고 흑염소를 방목한다.

먼저 찾은 곳은 '이작분교'다. 2년 전, 우정사업본부 주관 '제14회 전국 우체국예금보험 어린이 글짓기대회'에서 놀랍게도 전체 학생이 10명도 채 안 되는 이곳 분교 어린이(김가람 당시 3학년)가 응모한 작품이 3만여 점 가운데 금상을 수상했다. 이때 나는 글짓기 심사를 맡고 있었다. 매번 보물찾기 하는 기분으로 아이들의 원고지를 넘긴다. 동심이란 나처럼 나이가 많아도 사라지지 않는 근원적인 감정인 것 같다. 어쨌든 그런 기억이 있어 호기심을 갖고 이 학교를 찾았다.

부부 교사가 친절히 맞으며 차를 대접한다. 한때 이작도에는 학교가 네 개나 있었는데 모두 폐교되고 대이작분교 하나만 남아서 소이작도 어린이들은 배로 통학한다고 한다. 나는 김가람 어린이를 만날 수 있었다. 어린이들을 격려해 주고 글짓기 얘기도 나누었다.

이작도분교 어린이들과 함께 글로 한 번 만난 적이 있으니까 두 번째 만난 셈이다. 얘야, 신기한 인연이지. 세상은 이렇게 멋진 만남들이 반짝이고 있단다. 부부 교사의 표정에는 미소가 담겨 있었다. 좋은 선생님, 나는 이들 부부에게서 '선생

이작도분교 어린이들과 함께

님의 사랑'이 얼마나 아름다운 표정으로 나타나는지를 보았다.

　내일 오전 중에 소이작도에 갈 예정인데 오전 중에는 그곳에 가는 배가 없단
다. "매일 아침 8시에 소이작도에서 통학하는 어린이들이 타고 오는 배가 있는
데 선장님한테 말해서 그 배로 가실 수 있도록 해 보겠다."고 부부 선생님이 신
경을 써주었다. 여행은 따뜻한 사람들을 만나는 일이기도 하다.

　선착장 바로 뒤에 있는 '이작횟집민박'에 여장을 풀었다. 주인 아주머니는 바
다가 보이는 조용한 이층 방을 내주었다. 뒤로는 산이고 앞은 소이작도의 손가
락바위가 보인다.

　이 섬은 산이 험하여 농사는 어렵지만 아름다운 풍광이 알려지면서 관광객이
해마다 늘어 팔십여섯 가구 중 오십여 가구가 민박을 한단다.

부아산 구름다리

　전망이 좋기로 이름난 해발 159m
의 부아산(負兒山) 입구에 왔다. 부
아산의 한자가 일러주듯이, 아이를
업은 형상을 한 산이다. 비포장 산
길을 걷다가 68m의 구름다리를 만
난다.

　구름다리 아래는 아찔한 낭떠러
지다. 출렁이는 구름다리를 한 발
한 발 옮길 때마다 전신이 출렁인
다. 그렇게 흔들리며 걷다 보니 부

아산 정상에 세워진 팔각정이 나타난다. 아이가 없는 사람은 이 산에 와서 기도
를 드리면 아이를 얻는다는 영험한 명산이라고 한다.

　팔각정에 앉아 물을 마시며 주변을 둘러보았다. 소나무가 군락을 이루고 바다
풍광이 빼어나다. 모래섬(풀등)이 바다에 나타나 있다.

　작은풀안해수욕장 앞에 길게 뻗은 풀등이 해무에 가려 희미하게 보인다. 풀등
(풀치라고도 부른다)은 바다 안의 사막 같은 모래섬으로 썰물 때는 바닷물 위로
모래언덕처럼 떠오른다. 풀등의 모양과 크기는 물때에 따라 다르다. 조금 때는
등성이만 드러나지만 간조 때는 바다를 두 갈래로 갈라놓고 6시간 동안 사람들

부아산에서 내려다본 풀등

의 눈길을 사로잡는다고 한다.

작은풀안해변에 왔다. 모래가 가늘고 곱다. 백사장이 200m나 된다. 썰물 때는 갯벌에서 소라와 고동을 잡는다. 물때가 맞지 않아 풀등 모래섬을 지척에 두고 들어갈 수 없어 아쉬움이 크다. 모래사장과 함께 길게 늘어선 바위가 운치를 보탠다.

작은풀안해변

큰풀안해변

큰풀해안해변에 왔다. 활처럼 굽은 깔끔한 모래사장이 펼쳐진다. 사람 대신 갈매기들이 도란도란 여유를 즐기고 있다. 작은풀해안과 큰풀해안은 형제 해수욕장 같다. 작은풀안해변 둘 다 풀등모래섬을 앞에 두고 덕진말 해벽으로 서로 얼굴을 가린 채 좌우로 길게 뻗혀 있다. 나는 다시 자리를 옮긴다.

도중에 장승공원을 구경하고, 구절초, 코스모스 그리고 새소리, 파도소리와 동행하며 2.7km의 거리를 지루함 없이 걸어서 목장불해수욕장에 이르렀다. 영화에서 선생님을 짝사랑하던 섬 처녀와 선생님의 약혼녀가 거닐던 해변이다. 어쩐지 마음이 쨍하다.

영화 「섬마을 선생님」 촬영지인 계남분교에 이르렀다. 아무도 찾는 이 없는 폐교로 버려져 있다.

40여 년 전에 만들어진 영화 「섬마을 선생님」의 실제 무대였던 곳이다. 서울서 온 총각 선생님과 섬 처녀 사이의 수채화 같은 사랑 이야기가 담겼던 곳이다.

배를 타고 서울로 떠나는 선생님의 모습을 소나무 뒤에 숨어 눈물을 훔치며 남몰래 바라보았던 순진한 섬 처녀의 애절한 사랑. 그런 사랑이 '섬' 의 외로운 존재론 속에 녹아 있다.

폐교된 계남분교

학교 안으로 들어갔다. 잡풀 속에 노란 꽃이 애잔하다. 창틀마저 뜯겨나간 교실에는 먼지만 자욱한 채 추억마저 잃어가고 있다.

그러나 이곳에서의 추억을 잊지 못하는 이들이 어디선가 살아가고 있을 것이다. 그들의 꿈속에는 여전히 계남분교의 운동장에서 뛰어다니는 아이들이 있을 것이다.

분교 인근에 '떼넘어' 라고 불리는 계남 해수욕장으로 발길을 돌렸다.

파도가 들락거리는 모래밭을 걷는다. 어떤 양탄자가 이처럼 부드럽고 포근할까. 앞바다에는 사승봉도가 평화롭게 누워 있고 뒤에는 울창한 산림으로 병풍을 둘렀다. 독수리 바위가 모래사장을 지키고 있다.

핸드폰이 울린다. 고즈넉한 풍경 속을 울리는 전화벨 소리는 매번 낯설지만 그만큼 반갑기도 하다. 이작분교 선생님이다. 내일 오전 8시에 소이작도로 갈 수 있도록 이야기가 되었으니 시간에 맞추어 선착장으로 나오라는 전화다. 깊이 감사 드린다.

오후 5시가 되어서야 민박집으로 향한다. 좀 지치긴 했어도 아름다운 풍경이 좋아 즐겁게 걸어서 민박집에 들어왔다.

샤워를 하고 선창에 나왔다. 밀물이 깊숙이 들어와 있다. 낮에 배를 대던 곳까지 바닷물이 들어와 찰랑거린다. 밤이 깊어간다.

밤하늘에는 눈썹달이 외로움을 보탠다. 나의 눈빛은 밤바다에 떠 있다.

2008. 9. 4

숙면으로 기분이 상쾌하다. 창문을 열고 바다를 바라본다. 얇은 해무를 뚫고 소이작도가 유혹하는 것 같다. 그런 유혹이라면 얼마든지 홀리고 싶다.

선착장에 나왔다. 초등학생들을 태우고 배가 들어온다. 작은 배다. 선착장과 조금 떨어진 곳에 배를 대고 조잘거리는 아이들을 내려놓았다. 그리고 나를 태운 배는 5분 만에 소이작도 선착장에 닿는다.

이작분교 선생님, 선장님, 낯선 여행자에게 끊긴 길을 연결해 주셨군요. 감사 드립니다.

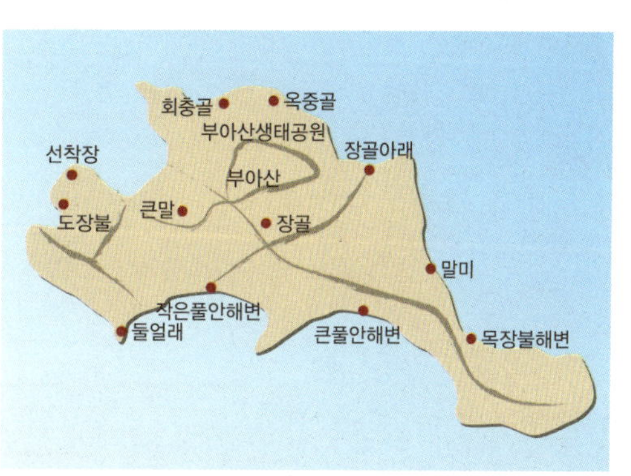

소이작도

우측에서 본 손가락바위

대이작도에서 오전 8시, 어린이 통학배로 5분 거리인 소이작도에 왔다. 막막하다. 해변 끝자락에 해군기지와 군함 한 척이 있을 뿐 선착장 주변에는 민가가 없고 대합실에도 인적이 없다.

마을로 가는 길은 경사가 심한 언덕바지를 한참 올라야 한다. 무거운 배낭을 메고 걸어갈 엄두가 나지 않는다. 이곳은 버스나 택시가 없다. 미리 정보를 얻고 민박을 예약했어야 했다.

막막한 기분으로 서성이고 있는데 차 한 대가 선착장으로 들어온다. 다가가 섬을 여행하는 사람인데 민박을 구하고 싶다고 말했다. 운전자는 친절하게 자기 차를 타라고 한다.

"저는 이 섬 경찰초소 소장(김경태)입니다." 씩씩한 목소리다. 나는 운 좋게 민중의 지팡이를 만난 것이다. 그는 경사가 높은 언덕을 지나 '부영민박' 으로 데려다 주었다.

민박 할머니는 "초소 소장은 좋은 일을 많이 하는 분이어요. 이 동네는 거의가 노인들인데 노인들의 손발이 되어주고 동네 어려운 일을 도맡아 합니다." 하며 칭찬을 아끼지 않는다.

소이작도는 어떤 섬인가. 인천에서 45km, 해안선 길이 10km, 57 가구에 96명이 거주하는 작은 섬마을이다. 인근에 대이작도, 자월도, 문갑도, 승봉도가 있다. 젊은이들은 몇 명 안 되고 거의가 노인들이라고 한다.

여장을 풀고 곧바로 민박 앞 벌안해변으로 왔다. 곳곳이 낚시터고 해변 바위들이 기기묘묘하다. 물에 잠겼던 바위들이 조개류를 훈장처럼 몸에 달고 나타났다.

물이 빠지고 갯벌이 넓어진다. 해무가 짙게 깔리고 파도가 밀려나면서 백사장에 썰물이 그린 무늬는 자연의 비밀이 감추어져 있는 암호 같다. 해독할 길이 없으니 아름답다고만 말할 수밖에 없다.

간조로 물이 빠진 벌안해수욕장

소이작도의 길은 온통 경사진 산길이어서 마을 간 이동은 산을 넘어야 한다. 이 해변 뒤편에는 일곱 그루의 600살 된 팽나무들이 보호수로 지정되었다. 나무에 신령함이 깃들어 있는 것 같다.

보호수로 지정된 팽나무

민박집에 왔다. 선착장 근처 해변에 있는 손가락바위에 갈 수 있는 차편을 알아보기 위해서다. 두드리면 열리기 마련인가. 마침 이곳 민박집에서 식사하고 있는 트럭 기사에게 "나가는 길에 이 손님을 태워주라."고 주인 할머니가 부탁한다.

기사는 운전하면서 친절히 이곳의 명소들을 알려주었다. 그는 한전직원으로 자기 부인이 승봉도에서 봉숭아민박(032-831-3097)을 경영하고 있단다. 내일 승봉도에 갈 계획인데 마침 잘 되었다. '봉숭아민박'에서 머물겠다고 약속했다. 그는 손가락바위가 있는 해변 근처에 나를 내려주었다.

자연이 조각한 위대한 작품이다. 명품이다. 검지손가락을 펴고 주먹을 쥐고

정면에서 본 손가락바위

좌측에서 본 손가락바위

있는 모습이 어쩌나 당당하고 정교한지 신비스럽다.

저 검지손가락이 가리키는 방향을 쳐다보지 않을 수 없었다. 저 커다란 손가락은 인간에게 무엇을 가르쳐 주고자 하는가. 미욱한 인간은 그것을 제대로 알 수 없지만 우리는 저마다 바위 앞에서 마음의 향방을 다시 한 번 묻게 된다. 그

고슴도치 모양의 해변

썰물로 몸체를 드러낸 바위산

것으로 족하지 않겠는가.

나도 검지손가락을 하늘로 세워 본다. 하나님, 거기 계셔요? 나는 기도하는 마음이 된다.

손가락바위는 보는 각도에 따라 세 개의 얼굴을 가졌다. 정면에서 보면 당당한 승리자의 모습이고, 우측에서 보면 거인이 아이를 품에 안고 있는 모습이다. 좌측에서 보면 천사가 기도하는 모습이다.

바위는 내 마음의 소망을 보여주는 듯하다. 아마도 그 손가락바위의 얼굴은 보는 사람에 따라 영혼의 날씨에 따라 다른 모습으로 나타날 것이다.

물 한 모금 마시고 해안을 계속 걷는다. 고슴도치처럼 생긴 해변을 걸었다. 수많은 바위산과 갯바위 동굴을 만나며 자연의 신비에 사로잡힌다. 물에 잠겼던 갯바위들이 썰물로 속살을 드러내고 바위산을 쌓는다.

조금만 더 돌면 민박 앞 벌안해변에 이를 것 같아 걸음을 서두른다. 물이 들기 전에 돌아야 한다. 손가락바위를 떠나 해안을 걸은 지 세 시간이 지났다. 갈증은 극에 달하고 다리는 휘청거린다. 가파른 암반이 가로막고 칼날바위가 걸음을 방해한다. 잠시 정신을 가다듬는다.

앞으로 계속 걸을까, 되돌아갈까, 갈등이 생긴다. 전진하다가 물이 들고 해안길이 절벽으로 막히면 최악의 상황이 될 수도 있지 않은가. 온 길로 되돌아가는 것이 안전하다. 괜한 모험을 할 필요는 없지 않은가.

되돌아섰다. 물이 빠른 속도로 밀려온다. 위험이 감지된다. 넘어지고 상처도 나면서 당황하며 뛴다. 목에 건 카메라, 어깨에는 삼각대와 작은 배낭이 걸음을 힘들게 만든다. 아름답던 갯바위 하나하나가 창살로 여겨진다.

한 시간 이상을 도망치듯 뛰고 나서야 안전한 곳으로 빠져나왔다. 모골이 송연하다. 자연은 한없는 도취를 허락하지 않는다. 자연은 인간에게 절제하라고 말한다.

육지 사람은 시계를 보고 일하지만 섬사람은 물때를 보고 바다에 나간다고 하지 않았던가.

물 한 모금의 소중함을 느낀다.

선착장에 다다랐다. 민박집까지는 4.5km, 나는 지쳐 있다. 민박집까지 걷기에는 무리다. 차편을 알아보려고 민박집에 전화를 걸었다. 주인할머니는 아들이 낚시에 나가 아직 안 들어왔다며 미안해한다. 염치불구하고 경찰 초소 김 소장에게 전화를 걸었다. "지금 어르신네를 모시고 가는 중인데 잠시 기다리세요." 친절한 음성이다.

얼마 후 김 소장이 차를 갖고 왔다. 고향이 전북 부안 격포라고 한다. 민박까지 태워다 주고는 모시러 가야 하는 어른들 때문에 가야 한다며 급히 떠났다. 고마운 마음을 어떻게라도 표하고 싶었는데, 사례를 거절한다.

저녁 식사시간이다. 주인할머니는 아들이 갓 낚아온 우럭이라며 회를 푸짐하게 내놓는다. 이 집은 원래 개인 민박은 안 받고 단체 낚시인들을 고객으로 한다고 한다. 바다가 훤히 보이는 널찍한 2층 방이다.

밤바다는 언제나 아름답다. 감사한 분들의 얼굴을 읽으며 일기를 쓴다.

약진해수욕장

새벽 바람을 타고 갯냄새가 달콤하게 다가온다. 민박집 낚싯배에 동승했다. 어제 힘들게 걷던 해안을 끼고 파도를 가른다. 바다에서 보는 손가락바위가 또 다른 얼굴로 바뀐다. 배는 이작도에 잠시 정박하고 소이작도로 오면서 나를 약진해수욕장 부근에 내려준다.

집채 같은 바위가 암반벼랑에 걸쳐 당장이라도 떨어져 덮칠 것 같은 기세다. 동굴을 드나드는 파도소리가 천둥소리 같다. 울창한 산림 속에 별난 암벽과 조개가 다닥다닥 붙은 갯바위들이 돌담처럼 둘러싸인 약진해수욕장이 모습을 드러낸다. 비밀을 간직한 요정의 해수욕장인가. 호젓하다 못해 적적하다.

이런 곳에서 사랑의 언약을 맺는다면 어쩐지 변치 않을 것 같다. 하얀 파도와 금빛 모래의 속삭임 속에서 사랑의 밀어를 엿듣는 기분이 들었다. 이런 모래사장에서 글 쓰고 책 읽으면서 한여름을 보낸다면 신선이 따로 있겠는가.

떠나야 할 시간이다. 다시 한 번 김 소장의 따뜻한 도움을 받으며 선착장에 당도했다. 오후 2시, 배가 기적을 울리며 들어온다.

김 소장과 작별의 악수를 하며 고마운 마음을 손에 담아 전했다.

미지의 섬을 찾아가는 여정은 새로운 사람을 찾아가는 길이기도 하다.

승봉도로 향하는 바닷길도 마음도 비단결처럼 부드럽다.

🚌 여행자 수첩

찾아가는 길(선편)
- 인천 → 자월도 파라다이스 호(주중 1회, 주말 2회), 골든진도호(화, 목, 토 운항)
- 대부 → 자월도 1일 1회
- 이작도 가는 선편은 많음(대이작도에서 소이작도는 뱃길로 5분 거리)

문의
- 우리고속(032-887-2891)
- 대부해운(032-886-3090)
- 진도운수(032-988-9600)

섬 둘러보기
- 손가락바위
- 벌안해수욕장, 약진해수욕장
- 팽나무 보호지
- 해안 걷기

승봉도(昇鳳島)

아침 햇살로 촛불을 밝힌 촛대바위

소이작도에서 뱃길로 15분 거리인 승봉도에서 내렸다. 봉숭아민박 여주인이 선착장에 차를 대기해 놓고 기다린다. 남편한테서 전화를 받았다며 몇 군데 관광안내를 하겠다고 한다.

인천시 옹진군 자월면에 속하는 승봉도(昇鳳島)는 지형이 승천하는 봉황을 닮았다 하여 지어진 이름이다. 인천에서 서남쪽으로 42km, 여의도 크기의 4분지 1이고, 아흔다섯 가구에 인구는 195명(2008년)이 거주하는 작은 섬마을이다.

목섬에 왔다. 목섬은 무인도인데 썰물로 뭍이 되기도 한다. 때마침 썰물이라 뭍과 이어져 목섬까지 걸어서 들어갈 수 있는 행운을 잡았다. 낚시로 유명한 무인도다.

나는 어느 낚시꾼의 호의로 10분쯤 낚싯대를 잡았지만 아무것도 낚지 못했다. 풋내기 낚시꾼인 것을 물고기들도 아는 모양이다.

목섬 해안을 산책하며 아름다운 풍경 속을 거닐었다. 다음으로 내 발걸음이 닿은 곳은 남대문바위가 있는 해안.

남대문바위 입구에 사자바위가 있다. 눈을 부릅뜨고 위용 있는 자세로 남대문바위를 호위한다.

사자바위 바로 뒤에서 호위를 받고 있는 거대한 남대문바위는 수백 년 묵은 소나무들을 관처럼 머리에 두르고 바다를 바라보고 있다. 문을 활짝 열고 손님을 기다리고 있는 것 같다.

나는 남대문바위를 몇 번이나 들락거리며 자연의 문(門)이 내 영혼을 정화해 주는 것 같은 느낌을 받았다. 이는 모양이 마치 남대문 같다 하여 지어진 이름이다.

목섬에서 낚시하는 조사들(위), 사자바위(아래)

남대문바위

　남대문바위에는 사랑하는 연인의 전설이 서려 있다. 옛날에 사랑하는 처녀 총각이 있었다. 여자의 부모가 딸을 다른 총각에게 시집을 보내려 하자, 여자는 사랑의 도피를 하게 되었다. 이 용감한 연인들은 우연히 이 바위를 지나가게 되었는데 이곳에서 영원한 사랑을 맹세하고 행복하게 백년해로했다는 해피엔딩의 전설이다. 그래서 지금도 사랑을 약속하려는 사람들이 이곳을 찾는다고 한다. 전설처럼 모든 연인들이 행복했으면 좋겠다. 남대문은 행복의 문인가 보다. 이 문 앞에서 결혼식을 올리는 모습을 상상해 보았다.

썰물로 속살이 드러난 촛대바위

이일레해수욕장

내 발걸음은 촛대바위로 이어졌다. 썰물로 속살을 드러낸 채 바다를 바라보며 장엄하게 서 있다. 촛불은 희망의 상징이다. 어둠 속에 절망하고 있는 이들에게 한 줄기 빛이 되는 것이 아닌가. 촛대바위 옆에 앉았다. 이 거대한 촛대바위에 누가 촛불을 댕길까.

잠시 민박집에 들어왔다. 기꺼이 가이드가 되어준 민박 주인에게 느낀 고마운 마음을 글로라도 남겨야겠다.

배낭을 내려놓고 밖으로 나서는데 주인은 바로 앞에 있는 이일레해수욕장부터 가 보라고 권한다. 그녀가 권한 대로 이일레해수욕장부터 찾았다.

해수욕장은 넓고 길다. 간지럽도록 모래가 부드럽다. 이일레는 옛날에 마을사람들이 소를 이곳에 데려와 쟁기질 훈련을 시키며 일을 가르친 곳이라는 의미를 갖는 방언이다.

이제는 사람이 소와 함께 일하는 풍경이 희귀해졌지만, 소는 오랫동안 농사꾼의 둘도 없는 친구가 아니었는가.

모래사장 중간 지점에 콩돌밭이 끼어 있어 인상적인 풍채를 더한다. 천천히 모래와 콩돌을 밟으며 모래사장 끝 부분에 이르렀다.

산이 해안 길을 가로막고 로프가 늘어져 있다. 로프를 잡고 산길로 올라 해안에 접어들었다. 사승봉도가 지천에 누워 있는데, 천인단애한 암벽 밑 아슬아슬한 칼바위에서 한 젊은이가 낚시를 하고 있다. 고기를 낚는 것인지 고독을 낚는 것인지.

밀물이 들기 시작한다. 바위가 험하여 더 나갈 수 없어 이일레해수욕장으로 돌아왔다. 바닷물이 들어차 운동장처럼 넓었던 모래사장의 크기가 반으로 줄어들었다.

밤이 시작되었다. 민박집에 들어와 일기를 쓰며 오늘 하루 여정을 뒤돌아본다.

밤은 깊어가고 풀벌레 소리가 요람을 흔드는 부드러운 손길처럼 고요한 승봉도의 밤을 흔든다.

2008. 9. 6

아침 일찍(6시 50분) 목섬을 찾았다. 어제는 썰물로 뭍이 되어 낚시마을이던 목섬이 바다 가운데 떠 있는 무인도로 얼굴을 바꾸었다. 섬은 시간의 변화를 모양으로 보여준다.

촛대바위가 있는 해안으로 나왔다. 신비하다. 경이롭고 장엄하다. 어제 오후에는 전신을 드러내었던 그 몸체의 반을 바다에 감추고서 아침 햇살로 촛불을 밝히고 있다.

촛대바위의 촛불은 아침 태양이었다. 바다는 황금 비늘로 꿈틀거리고 있다. 아름다운 시작이다. 시작은 새로움이고 도전이고 희망이다. 또 하나의 시작을

승봉도의 풍요로운 농토

보고 나는 선착장에 다다랐다.

낚싯배들이 즐비하다. 카페리호가 들어온다. 많은 사람들이 타고 내린다. 관광객과 낚시인들이 많다. 여름 관광 성수기에는 예약하지 않으면 민박을 구할 수 없단다.

승봉도의 두 얼굴, 해안의 빼어난 풍광과 풍요로운 농토가 어우러진 복 받은 섬. 두 얼굴 모두 내게 풍요로운 마음을 선사했다.

승봉도 선착장

배를 탔다. 보름달이 유난히 아름답다는 자월도에서 내릴 것이다.

여행자 수첩

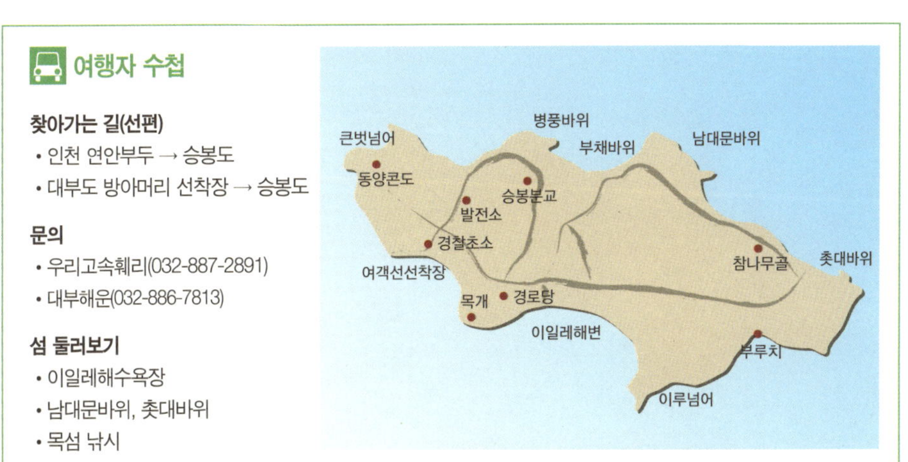

찾아가는 길(선편)
- 인천 연안부두 → 승봉도
- 대부도 방아머리 선착장 → 승봉도

문의
- 우리고속훼리(032-887-2891)
- 대부해운(032-886-7813)

섬 둘러보기
- 이일레해수욕장
- 남대문바위, 촛대바위
- 목섬 낚시

자월도(紫月島)

진모래해수욕장

2008. 9. 6

승봉도에서 20여 분 배를 타고 오전 11시 15분, 자월도에서 내렸다.

고려가 멸망하면서 공민왕의 후손들이 숨어 살았다는 자월도는 인천 연안부두에서 32km 떨어져 있고, 276가구에 563명(2008년)이 거주한다.

주위에 대이작도, 소이작도, 승봉도의 유인도와 9개의 무인도를 품은 옹진군 자월면의 중심이 되는 섬이다.

조선시대 이곳으로 귀양 온 사람이 첫날밤 억울함을 한탄하며 하늘을 보니 보름달이 유난히 밝은데 갑자기 달이 붉어지더니 폭풍우가 치자 하늘이 자기 억울함을 알아준다고 하여 자월(紫月)이라 불렀다 한다. 특산물로는 토종꿀, 흑염소, 포도가 생산된다.

택시를 불러 관광에 나섰다. 자월2리에 있는 목섬에 왔다. 만조 때는 무인도다. 지금은 간조 때여서 알몸이 드러나 걸어 들어갔다.

해안 따라 섬을 일주한다. 섬 자체가 사자형이다. 이 작은 섬에 바위들은 유별나게 크고 독특한 물형을 지녀 흥미롭다.

길을 만들어가며 정상에 올랐다. 시간은 멈추고 삶이 정지된 원초적 자연

자월2리에 있는 목섬

속에 나도 머문다. 사자 등에 앉아 먼 바다를 바라보았다. 자연의 조화가 무궁하다.

자월1리 바깥독바위에 이르렀다. 하루 2회 물이 빠지고 든다. 갯벌이 광활하다. 갯벌과 함께 장골해수욕장이 펼쳐진다.

소나무 숲이 그늘을 만들어준다. 야영장과 샤워장 같은 편의시설이 갖추어져 있고 헬기장까지 있는 하계휴양지다. 길이 1km, 폭 400m의 고운 모래다. 해수욕장 앞은 얕은 갯벌이 펼쳐 있고 물이 빠지면 바지락, 조개를 캔다. 주변에서

장골해수욕장(위), 갯벌에서 재래식 그물로 고기를 잡는다(아래 좌), 갯벌에서 조개, 게를 잡는 어느 가족(아래 우)

그물을 치고 고기를 잡는다. 달바위
와 새섬이 정취를 보탠다.

발길을 돌려 길이가 800m나 되는
큰말해수욕장에 이르렀다. 부드러운
금빛 모래를 밟으며 해조음에 취해
걷는다.

자리를 옮겨 굴양식장이 있고 온

노블하우스

통 굴 껍질로 모래를 덮은 변남금해변에 왔다. 얼마나 굴이 많았을까. 때가 되
어 기사에게 식사를 대접했다. 기사는 한 군데라도 더 보여주려고 서둔다.

차가 들어가기 어려운 좁은 길을 곡예운전하며 산 속에 있는 노블하우스에 이
른다. 서구에 온 느낌이다. 이런 섬마을에 현대식 펜션이 산 정상에 들어서 있
고 지금도 짓고 있다.

전망이 빼어나다. 이곳 산 바로 아래에는 진모래해수욕장과 파란 바다에 떠
있는 무인도가 한 폭의 그림을 그려낸다. 하지만 원초적인 자연이 무너지는 모
습이 안타깝다.

호젓한 산길을 따라 진모래해변으로 내려갔다. 파도가 만든 또 하나의 모래작
품을 감상한다. 모래산맥인가 보디빌더의 근육 살인가. 쉴 틈도 없이 하얀 파도
는 모래를 주물러 이런저런 조각품을 만들고 허문다. 파란 바다만큼이나 젊은
이들이 그물을 던져 고기를 몰고 다니며 파도를 타고 수영을 즐기는 모습이 싱
싱하다.

밀물 때는 몸을 숨기고 썰물 때는 몸매를 자랑하는 모래그림이다. 모래사장
좌우로는 기암괴석의 크고 작은 갯바위들을 품고 절벽을 두른 산이 울창하다.
지척에는 갈매기들의 서식지이기도 한 먹통도의 무인 등대가 하얀 얼굴을 내밀
고 바닷길을 안내한다.

다음 찾는 곳은 국사봉(178m)이다. 산은 높지 않아도 등산로가 험하고 숲이
우거져 애를 먹는다. 산은 온통 '서이나무'로 산을 메웠다. 5월에는 이 나무에

진모래해수욕장에서 그물로 고기잡는 모습(위), 진모래해수욕장에서 본 먹통도와 등대(아래 좌), 국사봉에서 본 목섬(물에 잠겨 무인도가 됨)(아래 우)

서 녹갈색 꽃이 화사하게 핀다고
한다.

국사봉은 나라에 국상이 날 때
관리나 백성이 이 산 정상에 올
라 국운을 기원했다 하여 국사
봉이라 한다. 예로부터 이곳에
귀양 온 사람들이 이 산에 올라
멀리 임금님을 바라보며 나라를
생각하고 자신의 억울함을 고했다고도 한다.

국사봉 팔각정

기사의 수고가 많았다. 한 군데라도 더 보려주려는 마음이 고맙다.

오늘은 토요일이어서 이곳에서 인천 가는 배가 2회 있다.

오후 4시 20분 대부고속페리 5호에 승선했다.

3박 4일의 짧은 기간이었지만 많은 것을 보고 배웠다. 생각은 머리에 가득한
데 원고지에 담을 필로(筆路)가 길을 잘 찾을지 염려된다.

🚌 여행자 수첩

찾아가는 길(선편)
- 인천 연안부두 → 자월도
  (1시간 30분 소요)
- 대부도 방아머리선착장 → 자월도
  (1시간)

문의
- 대부고속페리(032-886-7813)
- 인천대부해운(032-887-6669)
- 우리고속(032-887-2891)
- 진도운수(032-886-9600)

섬 둘러보기
- 굴밭별남금해변 • 진모래해변 • 장골해수욕장
- 무인도 목섬 걸어가기 • 국사봉

덕적도

비조봉에서 내려다본 산, 바다, 서포리해변

어느새 가을이 익어간다. 덕적도(德積島), 얼마나 축복 받은 섬이기에 ‘더도 덜도 말고 덕적도만 같아라’ 했을까.

인천 연안부두에서 오전 9시 30분, 덕적도행 여객선에 승선했다. 갈매기 무리가 새우깡을 던져주는 승객들과 한바탕 쇼를 벌인다.

덕적도는 인천에서 서남쪽으로 75km 떨어진 섬으로 8개의 유인도와 34개의 무인도로 구성되는 덕적군도의 어미 섬이다. 해물과 농산물이 풍부하고 1,000여 명의 주민이 거주한다.

10시 40분, 여객선은 덕적도 진리선착장에 닿는다. 많은 사람들이 내리고 탄다. 선착장 입구에는 갓 잡은 게, 낙지, 해삼 같은 해물을 판다. 많은 여행객들이 여행 선물로 한두 박스씩 사들고 승선한다. 여행의 마지막 즐거움이다. 덕적도우체국 수련원에 여장을 풀었다.

덕적도 선착장의 한 모습

카메라와 물병을 들고 명산인 비조봉(292m) 등반길에 나섰다. 등산로 주변에는 수백 년 된 노송 군락이 장관이다. 40여 분 만에 비조봉 정상에 올랐다. 숨을 고르고 바다를 내려다본다.

한 폭의 그림이다. 서포리해수욕장을 감싸고 있는 넓은 바다, 깊은 산, 평화로운 마을이 잘 어우러진 산수화다. 멀리 먹도, 문갑도, 굴업도가 아스라하다.

비조봉에서 능선을 타고 서포리해수욕장을 향한다. 등산로가 험하면서도 볼거리가 많다. 로프를 잡고 오르고 내리는 산행 맛을 느끼며 1970년, 국민관광휴양지로 지정된 서포리해수욕장에 도달했다.

울창한 산림으로 둘러싸인 길이 2km, 폭 0.5km의 백사장이 시원스럽다.

고운 모래, 호수 같은 아늑함, 수심이 얕아 한참을 걸어 들어가도 발목 깊이다. 서포리해변과 접해 있는 이삼백 년 나이를 먹은 노송 군락인 산림웰빙 산책

능동자갈마당의 낙조

로가 펼쳐지고, 1km쯤에는 최분도 신부의 공덕비가 자리하고 있다.

　‘서포리 웰빙산림 산책로’는 해수욕과 산림욕을 동시에 즐길 수 있는 일석이조, 금상첨화의 산책로다. 모래사장과 접한 솔밭. 꽉 찬 소나무 군락 속에 연리목(사랑나무)이 사랑의 전설을 들려준다.

　솔향을 마시며 걷다 보면 최분도 신부의 공덕비가 나타난다. 최분도 신부(Benedict Zweber)는 서해 낙도에 문명을 심은 벽안의 신부다.

　‘미국 태생의 최 신부는 AID로부터 바다의 별이라는 병원선을 인수 받아 섬을 순회하면서 환자들을 보살폈다. 자가발전, 상수도, 병원개설 같은 많은 공적

웰빙산림욕 산책로

최분도 신부 공덕비

을 세웠다'고 새긴 비문을 읽었다.

덕적도에는 공영버스 2대가 배 운항시간에 맞춰 하루 2회 운항한다. 선착장 가는 버스를 탔다. 운임은 1,000원이다. 밧지름해수욕장에서 내렸다.

밧지름은 밭을 가로질러 간다 하여 붙여진 이름이다. 황금빛 모래사장과 소나무 군락이 일품이다.

밧지름해변가 노송 군락

밧지름해수욕장

길이 1.2km, 폭 100m로 물이 빠지면 각종 조개류가 널려 있다. 해변 뒤쪽에는 비조봉이 운치를 보태고 모래사장과 연결된 노송 600여 그루가 아우러져 독특한 풍광을 그려낸다.

금강산도 식후경이라 했던가. 준비한 육포와 빵을 꺼내먹으며 파도와 함께 노래사장을 걷는다. 산허리에 이르자 모래사장을 가로막으며 기암괴석과 갯바위가 맞는다. 갯바위를 오르내리며 걷는 것도 별미다.

진리선착장에 이르렀다. 인천에서 들어오는 여객선에 맞추어 북리행 공영버스가 승객을 기다린다. 이 버스를 타고 능동자갈밭에 왔다. 원형으로 1.5km 길게 뻗힌 자갈마당에는 크고 작은 조약돌부터 몽돌까지 각양각색의 무늬와 형태를 지닌 돌들이 가득하다.

70대 후반의 노인장이 이 해변의 돌을 지키고 있다. 인사를 나누었다. 작년부터 이곳 관광자원을 보호하기 위해 돌 지킴이로 근무한다고 한다.

수년 전 차떼기로 돌을 훔쳐가고 관광객마저 한두 점씩 가져가 돌밭이 크게 훼손되었다 한다. 왼쪽으로 천 길 낭떠러지 산허리를 끼고 펼쳐지는 갯바위와

지갈마당의 해당화와 낙타바위

기암괴석은 자연의 위엄을 드러낸다. 오른쪽에는 키가 큰 선바위가 바다를 굽어보고 있다. 장수바위, 또는 낙타바위라고 한다.

자갈마당 중앙에 해당화 한 포기가 외롭게 꽃망울을 터트리고 있다. 한때는 이 해변에 해당화가 군락을 이루어 낙조와 함께 바다를 붉게 물들여 보는 이의 가슴까지 붉게 했다고 한다. 언제부터인가 해당화 뿌리가 약초에 사용된다 하여 다 캐가고 지금은 외지에서 구하여 심는 형편이란다.

능동자갈마당의 진수는 덕적 8경의 하나인 낙조다. 바다는 붉게 물들고 고요가 찾아든다. 환상적이다. 시상이 흐른다.

우리가 아무 생각 없이 살아가는 동안, 가을빛은 제 몫을 다한다.
늘 우리 뒤편에 서서도 욕심내지 않는 가을 햇살,
오늘은 또 누구를 만나려는지.
일찌감치 사과밭에 와서 고 작은 사과를 만지작거린다.
햇살은 가을을 위해 모두를 주면서도 소리 내지 않고 조용히 떠난다.

노원호의 시다.

겸손이 아름답다. 나는 태양이 잠자리에 들 때까지 해와 눈을 맞췄다.

종언(終焉)의 여광이 찬란하다. 벌겋게 물든 하늘과 바다가 어둠 속으로 동반한다. 황혼을 잠재운 어둠과 동행하여 숙소에 왔다.

오늘 만난 사람들, 그리고 풍광을 재생하면서 일기를 쓴다.

내일 다섯 개 섬이 모세의 기적을 연출할 소야도가 기대된다.

🚌 여행자 수첩

찾아가는 길(선편)
• 인천 연안부두 → 덕적도(차 적재 가능)
 성수기는 1일 7회, 비수기는 2회
 방아머리선착장에서도 운행

문의
• 우리고속페리(032-887-2891)
• 대부고속페리(032-887-7813)

섬 둘러보기
• 비조봉
• 서포리해수욕장과 웰빙산책로
• 밧지름해수욕장
• 능동자갈마당 • 최분도 공덕비

소야도(蘇爺島)

장군바위섬

무인도, 다섯 개 섬을 걸어 들어가 만날 것이다.

덕적도 진리선착장에 왔다. 소야도는 이곳 선착장에서 뱃길로 5분이면 닿는 0.5km의 가까운 거리에 있다.

소야도로 가는 정기 여객선은 없다. 하지만 이곳 덕적도 선착장에서 하루 2~3시간 간격으로 소야호(일종의 나룻배)가 수차례 왕복 운행한다.

오전 8시 35분, 소야도에서 덕적도로 통학하는 학생들을 태우고 소야호(선장 016-379-6869)가 들어온다. 승선료 1,000원을 내고 승선했다.

배가 소야도 선착장에 닿자 전화로 예약한 대기민박이라고 쓴 차가 기다린다. 민박 주인(기사)과 인사를 나누고 관광길에 나섰다.

소야도의 지명은 신라 무열왕 7년에 나당연합군 편성을 위해 소정방이 대군을 이끌고 머물다 간 곳이라 하여 지어진 이름이라는 설, 무의도와 좌월도 두 섬 사이에 있다는 뜻으로 사야도라 했다가 소야도로 부르게 되었다는 설이 있다.

소야도는 90가구에 260여 명이 거주하고 어업과 농사를 겸하며 관광객보다 낚시인들에게 더 알려진 섬이다. 하지만 관광자원의 잠재력

덕적도 ↔ 소야도 간의 도선

이 깨어나고 있다. 영화 「연애소설」의 촬영지이기도 하다. 봄철에 꽃게가 많이 잡히고 해변에는 야행성 어패류가 많아 물이 빠진 밤에 랜턴을 들고 조개, 소라, 게, 낙지 같은 해물을 손으로 잡는 현장체험의 재미를 맛볼 수 있다고 한다.

더욱 흥미로운 것은 썰물 때 다른 섬에서 보기 드문 진풍경이 벌어진다. 운 좋게도 오늘 오전 10시 조금 지나 썰물 때가 되면 모세의 기적처럼 바닷물이 갈라져 소야도 주변 바다에 떠 있는 무인도 다섯 개 섬이 네다섯 시간 동안 뭍으로 탈바꿈하는 광경을 연출할 거라고 한다.

상록휴양원 객실(위), 폐교된 소야분교(중), 기사와 필자(중), 간데섬(아래)

먼저 선착장에서 2km 떨어진 상록휴양원에 왔다.

폐교된 소야분교를 활용하여 주변에 콘도식 주택을 만들고 캠핑장, 식당, 캠프파이어장 같은 시설을 갖추고 있다.

이곳 폐교된 휴양원은 영화 「연애소설」에서 주인공 차태현이 이은주, 손예진을 위해 모닥불로 반딧불을 만들어 주던 장면을 찍었던 촬영장이고 60여 명의 영화촬영스태프가 이 숙소를 이용했다.

나는 숲속에 묻힌 폐교에 들어갔다. 어린이들이 뛰어놀던 좁은 운동장에는 이런저런 잡풀과 야생화가 그리움에 목말라 있는 듯하다. 쓸쓸한 여운이 감돈다. 어릴 적 시골 초등학교의 추억을 떠올리며 폐교 주변을 한참이나 서성거렸다. 세월 앞에 모든 것은 다 지나가기 마련이다.

모세의 기적을 만나러 가야겠다. 도중에 잠시 대기민박집에 들러 주인(기사)과 차를 마시며 관광정보를 듣는다.

소야도는 아직 때 묻지 않은 섬이란다. 간조 때면 물이 빠져 마을 앞은 모래사막으로 변하고 무인도를 걸어서 다녀올 수 있다고 한다.

대기민박 차로 가섬에 왔다. 가섬은 원래 무인도였으나 방파제를 만들면서 소야도와 이어졌다.

범바위

해변은 모래바닥에 몽돌과 조약돌이 널브러져 있고 집채만한 바위(범바위)에서 호랑이 한 마리가 어슬렁 걸어다니고 있는 듯하다.

바다를 바라본다. 서해라지만 물이 맑고 푸르다.

간데섬과 물푸레섬이 썰물로 바닷물이 밀려나면서 바닷길이 열리는 장면은 경이롭다. 썰물은 시시각각 물을 퍼내며 바닷길을 만들고 있다.

10시 14분, 물에 잠겼던 갯바위들이 모습을 드러내기 시작한다. 나는 해변에서 500m 거리인 간데섬 무인도에 조심스럽게 들어간다. 바닷길에서 낙지를 잡았다가 놓아주었다. 모래사장까지 갖춘 간데섬은 오래된 소나무가 우거지고 마치 금괴나 비밀지도라고 숨겨놓은 듯 집채만한 석양 빛깔의 웅장한 바위들이 수호신처럼 지키고 서 있다.

나는 길도 없는 섬 정상에 어렵게 올라 자연의 신비 속에서 통성으로 감사기도를 드리고 섬 주변을 배회하였다.

'자연이여 영원하라' 는 글을 잠시 후면 지워질 모래 위에 남기고 서둘러 이 섬과 바닷길로 이어지는 물푸레섬으로 향한다. 하얀 물거품을 토해내면서 바닷길이 열리는 모습이 장관이다.

바닷길이 기암괴석으로 오묘하다. 뾰쪽뾰쪽 솟은 바위 봉우리를 보자니 금강산을 만난 것 같다. 바다 속에 숨겨져 있던 비경을 밟고 무인도에 들어갈 수 있

물푸레섬으로 가는 바닷길이 열리고 있는 모습

다는 사실이 얼마나 감사한가. 계속 걸어 들어갔다. 도중에 진작바위를 만났다. 이 바위가 물에 잠기기 시작하면 빨리 이 섬을 나와야 밀물의 위험을 모면한다고 한다.

열리는 바닷길은 신작로처럼 넓고 물에 잠겼던 바위들은 햇살에 몸을 말린다. 물푸레섬에 이르렀다. 섬 입구에는 태산 같은 바위들이 수문장 역할을 한다. 이 섬을 한 바퀴 돌았다. 해안의 갯바위들이 특이하다. 운동장처럼 넓은 섬 주변 한쪽은 가지각색의 갯바위들이 빼곡하고 다른 쪽은 수많은 군중이 인간 띠

물푸레섬

를 형성하여 섬을 받치고 있는 것 같다. 이런 돌 속에 뿌리 내리고 자라는 나무들이 신기하다. 인접한 무인도의 섬마다 나무 종류가 다르고 바위모양도 다르다.

12시, 물푸레섬에서 나와 창구섬 해안에 이르렀다. 창구섬 (장군섬)은 무인도지만 썰물로 바닷길이 열렸다. 나는 지금 바다를 걸어가고 있다. 곳곳에는 썰물 때 빠져나가지 못한 치어들이 군데군데서 파닥거린다. 길은 없어도 파래가 많아 파란 양탄자 위를 걷는 기분이다.

드러난 바닷길을 따라 섬 안으로 들어갔다. 전설의 장군이 코끼리 형상의 섬

입구에서 바다를 바라보며 서 있다. 옛날 한 거인 장군이 육지로 걸어 나오다가 바닷가에서 굴을 따던 임신한 여인을 보고 그 자리에서 돌로 굳어졌다는 전설을 간직하고 있는 장군바위다. 이 섬에는 장군 같은 바위들이 몇 개 더 있다. 임신한 여인과는 무슨 관계일까. 이런저런 생각을 하며 섬 정상에 올랐다.

나무마저 듬성듬성한 바위산이다. 꽃도 새도 만나지 못했다. 무념무상의 고독과 정적만이 스민다. 저쪽 등대바위섬도 바닷길이 열려 있다.

등대바위에 왔다. 산처럼 거대한 바위섬 위에 빨간 등대가 우뚝 서 있다.

이른 아침 덕적도에서 볼 때는 물에 잠긴 무인도였는데 지금은 뭍으로 얼굴을 바꿨다. 드러난 바닷길을 따라 등대 옆에 앉았다.

등대에는 고독과 시어가 서려 있고 그리움이 스며 있다. 바다가 아름답다. 지나가는 배들의 사연이 궁금하다. 고독이 가슴을 파고든다.

마지막 바닷길이 열린 뒷목섬 가는 길에 떼뿌리해변에 왔다. 천혜의 해수욕장이다. 길이 700m, 폭 100m의 은빛 모래사장이다. 넓은 잔디 야영장이 있고 주변에는 바위틈에 붙어사는 명씨고동, 뻘 위에 사는 삐틀이고동, 조개, 꽃게, 소라를 잡을 수 있는 흥미로운 해변이다. 어떤 한 분은 오토바이를 타고 달린다.

바닷길이 열린 등대바위섬(위), 떼뿌리해수욕장(아래)

떼뿌리해변에 차를 주차하고 기사와 함께 산허리를 15분 걸어서 죽노골해수욕장에 왔다. 이곳은 「연애소설」의 주인공들이 수영하던 곳이다.

죽노골해수욕장과 바닷길이 열린 뒷목섬

모래가 부드럽고 곱다. 해변가에는 검은 바위들이 금빛 모래와 어울려 한 폭의 그림 같다. 이 모래사장 300m 앞바다에는 뒷목섬(무인도)이 있다. 지금 이 무인도는 썰물로 모세의 기적을 낳고 있다.

오늘 마지막 바닷길이 열리는 무인도에 들어간다. 잠시 후면 밀물이 들 시간이다. 바다에서는 시간을 재면서 섬에 머물러야 한다.

섬의 생김이 투구를 쓴 것 같기도 하고 바가지를 엎어놓은 것 같기도 하다. 드러난 바닷길이 넓고 작은 자갈들로 덮여 걷기 편하다.

섬에 다다랐다. 갯바위들은 가지각색의 물형을 이루고 크고 작은 바위산이 이 섬의 이력을 대변한다. 해식절벽 위로 아슬아슬하게 자리한 노송이 섬의 속살을 감춘다.

밀물이 밀려올 기미를 보인다. 서둘러 자생하는 여러 나무들을 관찰하고 독특한 바위들과 해식애(海蝕崖)를 사진에 담고 이 섬에서 나왔다.

오후 3시다. 피곤도 잊은 채 다섯 개의 무인도를 다섯 시간에 걸쳐 답사했다.
밀물이 들기 시작한다. 민박집에 들러 기사와 늦은 점심을 먹으며 감사의 말

과 함께 마음의 선물을 전했다. 이분은 한때 서울세종문화회관 전기기사로 일
했다고 한다.

기사는 말한다. "나는 관광안내를 오래 해 왔지만 네 시간 넘게 논스톱으로 다
섯 개 무인도를 걸어 들어가 답사한 분은 처음 보았습니다. 열정과 체력이 놀랍
습니다." 하며 덕담을 한다.

오후 4시, 덕적도 가는 배에 맞게 선착장에 데려다 준다. 차 대절 요금은 5만
원. 생각보다 비싸진 않다. 소야도는 기대 이상으로 호감이 가는 섬이다.

덕적도에 왔다. 낮에 걸어 다녔던 여러 섬들이 물에 잠겨 무인도로 변했다.
섬의 밤은 어느 곳이나 고적하다. 선창에서 먹은 꽃게탕이 별미였다.
카메라에 입력된 사진들을 정리하고 섬 일기를 쓴다.
더 많이 보려는 욕심으로 여유를 잃은 아쉬움이 남는다.

여행자 수첩

찾아가는 길(선편)
- 덕적도 진리선착장 → 소야도로 가는
  소야호 도선(016-379-6869)
  소요시간 5분(2시간마다 왕복운행)
  (덕적도 참조)

섬 둘러보기
- 상록휴양원과 폐교된 소야분교
- 간데섬, 범바위
- 물푸레섬, 장군바위섬, 등대바위섬
- 죽노골해수욕장과 뒷목섬
- 떼뿌리해수욕장

전남지역

고금도(古今島) / 금일도 / 금당도 / 거금도(금산도) / 소록도(小鹿島)
우이도 / 가거도 / 초도 / 거문도·백도 / 보길도 / 청산도 / 여서도 / 하소노
관매도 / 홍도(紅島) /흑산도 / 사도 / 추도 / 모도 / 당사도 / 소안도

고금도(古今島)

월송대

아직도 동심인가 보다. 설렘으로 밤잠을 설쳤다. 5박 6일 일정으로 섬 기행에 나섰다. 오전 8시, 강남터미널에서 완도행 고속버스에 승차했다.

가을이 영글어간다. 연둣빛 벼 알이 금풍에 출렁이고 억새 무리는 전신을 흔들어 가을을 찬미한다.

14시, 완도에 도착했다. 완도는 섬이었으나 1967년 완도교(136m)가 준공되어 뭍이 되었다. 완도와 신지도를 잇는 공사가 마무리 단계에 있다. 중장비의 굉음이 섬의 신음소리처럼 들린다. 완도 여객터미널에서 매시간 운행하는 풍진페리호에 승선했다. 10분도 채 안 되어 고금도에 닿는다.

고금도는 삼국시대에는 백제, 통일신라시대에는 탐진현에 속했고 특산물로는 김, 굴, 전복, 우럭, 매생이, 유기농 유자가 유명하다.

주요 사적(史蹟)으로는 교성리의 고인돌, 덕동리의 충무사, 덕암리의 이도재 적거가 있다. 고금도는 유배지이기도 하고 전설도 많이 간직하고 있다.

택시를 탔다. 먼저 찾은 곳은 고인돌공원(지석묘군 기념물 제231호)이다.

이곳은 청동기시대 매장 유적 중 가장 상징적인 유적지로 많은 고인돌이 밀집되어 있다. 고금도 관내 고인돌(지석묘)이 101기인데, 이곳에 53기가 있다. 이 일대에서 마제석검이 출토된 것으로 보아 그 당시에도 내륙지역과 문화교류가 있었음을 알 수 있다.

다음으로 찾은 곳은 덕암리에 있는 이도재공 적거(李道宰公 謫居)다. 고금도는 임란을 전후하여 귀양 온 선비들의 후손이 많아 문화와 풍습을 중히 여기고 불의에 항거하는 기질이 강하다고 한다.

길가에는 유자 밭이 길게 늘어서 조롱조롱 유자 알맹이가 가을과 함께 익어가고 있다. 이 섬은 완도군에서

고인돌공원

경지면적이 가장 넓다고 한다.

오래전 배고프고 어려울 때, 염전과 바다를 개간하여 완도 군민이 다 먹을 수 있을 만큼 쌀 생산을 늘렸다고 한다. 상전벽해(桑田碧海)인가. 지금은 쌀농사보다 염전이나 갯벌이 더 수익을 올릴 수 있어 개간한 것을 오히려 아쉬워하고 있다. 자연과 문명은 언제까지 충돌할 것인가.

고풍스런 한옥 두 채가 나타난다. 'ㄱ'자 형으로 잘 보존되어 있다. 할머니 한 분이 마루에 앉아 있다. 홀로 산단다. 낯선 나에게 감을 내놓고 시원한 물 한 컵을 내놓는다.

이도재공 적거

이 초가는 완도군 향토유적 제1호로 1886년 호군(護軍)으로 있던 이도재 공이 갑신정변에 연루 되어 이곳에서 9년간 귀양살이(謫居)한 가옥이다. 9년이나 지내면서 무슨 생각을 하며 어떤 생활을 했을까. 할머니에게 감사를 전하고 나왔다.

전설이 서린 봉암리에 있는 봉황산(215m) 입구에 왔다. 택시 기사는 이 산을 등반하려면 시간 반은 걸릴 거라고 한다. 기사를 오래 기다리게 할 수 없어 돌려보냈다. 큰 배낭이 문제다.

카메라와 소중품만 휴대하고 배낭은 산 입구에 놓고 '이 배낭은 주인이 있습니다. 등반 후 찾아갈 것입니다' 라고 적어놓았다.

산은 험하고 등산로마저 구별할 수 없을 만큼 잡풀과 숲이 우거졌다. 길을 만들면서 힘겹게 오른다. 나뭇가지에 걸려 넘어지고 찔리고 거미줄에 얽히며 시간과 전쟁이나 하듯 뛰다시피 정상에 올랐다. 신지도, 약산도, 청산도와 이름 모를 섬들이 바다 품에 안겨 있다. 잠시 땀을 훔치고 구멍바위에 접근했다.

산 정상에는 크고 웅장한 바위에 구멍 두 개가 뻥 뚫려 있다. 바위를 관통한 구멍으로 들어가 맞은편 바다를 바라보았다. 다른 세상이 펼쳐진 것처럼 바다와 섬들의 운치가 유별하다. 때마침 석양의 햇살이 구멍바위에 꽂힌다. 구멍 사이로 보이는 섬과 바다가 붉게 물들어 이색적인 자연미를 연출한다.

구멍바위(바람바위)의 전설이 흥미롭다. 바다 건너 완도 영풍리 처녀들이 이 구멍 때문에 바람이 난다 하여 그곳 주민들이 몰래 배를 타고 이곳에 들어와 돌로 바위구멍을 막았다. 그 후로는 고금도 처녀들이 바람이 많이 났다고 한다. 그 연유를 알고 고금도 사람들이 이곳에 와서 막은 돌을 치우고 원상으로 돌려놓았다. 이로 인하여 두 부락 사이에 불화가 잦았는데 양측이 합의하여 구멍이 보이는 부위에 나무를 심어 서로의 바람기를 막았다는 전설이다. 그래서일까. 구멍바위 주위에 나무들이 많다.

봉황산 정상의 큰 구멍바위(바람바위)

어둡기 전에 고금도 관광의 하이라이트라 하는 충무사를 보기 위해 하산했다. 마침 승용차 한 대가 지나간다. 나이가 지긋한 운전자가 어디까지 가느냐고 묻는다. 우체국이라고 하니 자기도 근처에 간다며 타라고 한다. 감사를 표하고 우체국 앞에 내렸다. 나는 섬 여행 중 우체국이 있는 섬에 이르면 가까운 분에게 발신인 주소 없이 엽서를 보낸다.

빨간 우체통만 보아도 좋은 소식이 기다리고 있을 것 같다. 편지만큼 나를 정직하게, 외롭게, 행복하게 하는 것도 드물다.

정보통신공무원교육원 재직 시 우체국에 근무하는 많은 우정인(郵政人)들을 만났다. 칠팔 년 전에 교육을 받았다는 우체국장이 반가이 맞는다. 내가 정년한 지 칠 년이나 지났는데 기억해 주는 이들을 만나면 마음이 따뜻해진다. 황 국장은 이곳 충무사에 얽힌 전설과 역사적인 의미를 들려주었다.

충무사

덕동리에 있는 충무사에 왔다.

이곳은 정유재란(1597년) 때 충무공이 삼도군의 본영을 설치하고 왜적을 물리친 유적지로 충무사(사적 114호)와 유적비, 월송대가 있다.

월송대는 순국한 충무공의 유해를 90일 동안 이곳에 안치했던 곳으로 이듬해 아산으로 이장했다. 월송대라 이름을 하게 된 전설이 전해진다.

어느 날 이순신 장군이 본영을 설치할 무렵 덕동마을 주변을 순찰하는데 달이 6시간이나 움직이지 않고 머물렀다 하여 월송대라 했다. 그 후 대보름에 이곳에서 달빛을 받으면 예뻐진다고 하여 오늘날도 처녀 총각들이 즐겨 찾는단다.

월송대에서 바다를 바라보며 충무공을 떠올려 본다. 역사의 현장을 보고 해동사에 이르렀다. 앞바다의 경관이 빼어나 한 참이나 바라보았다. 약산도로 향했다.

유·무인도가 쪽빛 바다 위에 평온하게 앉아 있다. 해는 구름에 가리고 산에 가려 석양을 드러내지도 못하고 임종을 맞는다. 태양은 매일 태어나기 위해 매일 죽는 것이리라.

고금도와 약산도를 잇는 약산연도교(306m)가 생겨 주민들의 생활은 편리해졌다고 한다. 약산연도교를 지나 가시리해수욕장에 왔다. 가족단위 휴양소처럼 아늑하다. 해수욕장을 감싼 수백 년 된 원시림이 나이를 잊고 산다.

모래사장과 접해 있는 '모산민박'에 여장을 풀었다.

주인 손 씨는 이곳 약산도의 특산물인 삼지구엽초로 담근 술을 내놓는다. 섬마을 인심을 마시며 가슴이 더워진다.

점퍼를 걸치고 해수욕장에 나왔다.

해동사 앞바다

하늘을 덮은 수많은 별들을 비집고 눈썹달이 얼굴을 내민다.

적막마저 어둠에 묻히고 찰싹찰싹 파도소리만 고요한 밤을 흔든다.

금일도

용현리 앞바다의 동굴

약산도를 보고 어제 오후 늦게 금일도로 왔다. 금일장에 여장을 풀고 일찍 잠자리에 들었다. 잠을 푹 자서인지 몸이 가뿐하다.

금일도는 어떤 섬인가. 완도에서 동쪽으로 28.8km 해상에 위치한다. 1980년 생일도와 합쳐 금일읍으로 승격했고 인구는 4,400여 명으로 비교적 큰 섬이다. 면적은 18.9㎢, 해안선 길이는 51km이고 주민 대부분은 어업에 종사한다. 특산물은 다시마, 전복, 유자다. 지형이 매를 닮아 꿩이 없다 한다.

생각나는 몇 분에게 우편주문판매로 이곳의 명물인 다시마를 선물하기 위해 우체국에 들렀다. 값도 저렴하고 청정지역에서 직송하는 의미가 있어서다. 직원들이 친절하다. 낯선 섬에서 만난 김 국장의 배려가 고맙다.

오전 9시 30분, 먼저 금일읍사무소에 들렀다. 직원은 친절히 관광안내도를 챙겨주고 관광할 만한 곳을 짚어준다.

용이 살았다는 용굴에 왔다. 아주 오래전, 용현리 앞바다에 용이 살았다. 어느 날 승천하던 용의 꼬리에 바위산이 부딪혀 구멍이 뚫렸다고 한다. 넘나드는 파도가 인상적이다.

용굴 옆에 전복종묘장이 있다. 주인 이씨는 배양장을 친절이 안내하며 삼 년생 전복을 맛보라고 한다. 염치없이 두 마리나 먹었다.

월송리에 있는 해송밭으로 자리를 옮겼다. 소나무 위로 떠오르는 달이 아름다워 월송이라 했단다. 이곳의 조상들이 강한 해풍을 막기 위하여 심었다고 한다. 백 살 넘은 2,000여 그루의 노송이 바다와 평행선을 그으며 1km나 늘어서 있어 진풍경을 이룬다. 옛사람들의 지혜가 돋보인다. 월송 해송림 가까이에 해당화공원이 자리하고 바로 그 앞에는 금일명사십리해수욕장이 펼쳐진다.

백사장 앞으로 쪽빛 바다가 시원스럽게 터졌다. 부드러운 모래 위를 걸으며 밀려오는

월송 해송림

금일해수욕장

파도를 바라본다. 갑자기 파도가 밀어닥쳐 신발과 옷이 젖었다. 파도가 반갑게 맞아준다. 길이 2.8km, 폭 200m이고 수심이 완만하여 안전하면서도 파도가 높아 파도 타는 재미가 별미란다. 간조 때도 갯벌이 드러나지 않아 물이 항상 맑고 소라, 홍합도 많다고 한다.

모래사장 앞에 있는 해당화공원으로 발걸음을 옮겼다. 예로부터 해당화는 시나 노래의 소재가 되어왔다. ' 해당화 피고 지는 섬마을에 철새 따라 가버린 총각선생님……' 이미자의 구슬픈 노랫가락이 흘러나올 것 같다. 장미가 화려한 도시 여성이라면 해당화는 순진하고 수줍은 시골 처녀 같다는 생각을 해 본다.

용항리 갯돌밭에 이르렀다. 앞바다에는 거북이가 바다에서 헤엄치는 형태의 거북섬이 눈

해당화공원

용항리 갯돌밭　　　　　　　거북섬

길을 끊다.

　자갈밭해수욕장이다. 형형색색의 크고 작은 돌들이 반질반질 수마가 잘 되었고 무늬가 다채롭다. 밟는 감촉이 발마사지를 받는 것 같다. 갯돌과 파도가 맞닥뜨려 하얀 시(詩)를 토해내고, 갯돌 구르는 소리는 관현악을 연주하다가 요란한 박수소리로 변한다. 나는 햇살에 달궈진 갯돌밭에 하늘을 지붕 삼아 큰대자로 벌렁 누웠다. 뜨거워도 시원하다고 말하는 것은 사우나의 경우만은 아닌가 보다. 마음도 몸도 이렇게 편할 수 있을까.

　금일도 기행 중에 많은 도움을 주고 소랑도 가는 소형 모터보트를 주선해 준 이 지역 유지인 김주석 님에게 감사한 마음을 여기에 적어둔다.

　오후 3시, 소랑도로 가기 위해 사동리에 왔다. 이곳 금일 사동리와 소랑도를 잇는 연도교 공사가 한창이다. 또 하나의 섬이 사라지고 있다.

🚌 여행자 수첩

찾아가는 길(선편)
- 강진 당목항 → 선편으로 금일도
  (20분 소요, 자주 왕래함)
- 완도 → 금일도

문의
- 금일읍사무소(061-550-5602)
- 완도농협(061-553-9085)

섬 둘러보기
- 감목리 용굴, 월송 해송림
- 금일해수욕장, 해당화공원
- 용항리 갯돌밭, 거북섬
- 다시마 양식장

금당도

코끼리바위와 남근석

비 맞는 바다가 서정을 덥힌다. 어제는 소랑도를 관광했다.

오전에는 충도를 둘러보고, 30여 분 뱃길인 금당도에 왔다. 면사무소에 들러 금당면 안내도를 얻고 관광지에 대한 정보를 들었다. 엽서를 띄우려고 우체국에 들렀다. 국장이 10여 년 전, 교육을 받았다며 반갑게 맞는다. 낯선 섬에서 반기는 분이 있다니, 나는 우체국만 보면 가슴이 두근거린다.

금당도에 대한 전반적인 관광정보를 듣는다. 금당도 관광의 진수는 해상관광이라고 한다. 금당도(완도군 금당면)는 완도항에서 동북쪽에 위치한 섬으로 고흥 녹동항에서 더 가깝다.

금당도는 4개의 유인도와 14개의 무인도로 구성된 섬이다. 해안선 길이는 28.2km이고 1,200여 명이 살고 있다. 교회가 3개, 천주교와 절이 하나씩 있다고 한다.

자연경관은 금당 8경을 비롯하여 해안에 산재한 괴암절벽은 홍도와 비견할 만하다. 특산물은 장어, 조개, 멸치, 다시마와 미역, 톳이고 다양한 어족자원과 바다낚시, 갯바위낚시로도 유명하다. 매년 4월에서 6월 초 사이에 금당 8경 축제가 열린다고 한다.

김 국장은 "해상관광을 안내할 소형선박 기사는 동생과 다름없는 분으로 안내를 잘할 것입니다. 내일 아침 9시에 선착장에 나오면 보트가 대기하고 있을 것입니다."고 한다. 따뜻하게 마음 써주어 감사하다.

나는 직원들의 친절에 감사를 표하고, 업무에 지장을 주지 않으려고 곧바로 소개해 준 대일장(민박 겸 식당)에 여장을 풀고 혹시라도 부담이 되는 일이 없도록 여관비부터 지불했다.

선창가에 나왔다. 어둠이 깔리고 등대가 불빛을 토한다. 파도 속에 고독이 출렁인다. 술을 즐기지 않는데도 오늘밤은 소주라도 한 잔 기울이고 싶다. 우체국에서 만났던 집배하는 분에게, 소주라도 한 잔 하자고 전화를 걸어 저녁식사 겸 소주를 마셨다. 그는 고맙다며 밤낚시 도구를 가져올 테니 같이 낚시를 하자고 한다. 컴컴한 밤, 낯선 바다에서 낯선 이들과 밤낚시를 했다. 섬사람들의 생활이 단순하고 여유로워 보인다. 부럽기도 하다.

가을이 문턱에 들어섰다. 창문을 열자 갯내음이 코를 자극한다. 이른 새벽부터 고기잡이배들이 분주하다. 아침식사는 빵과 우유로 대신했다.

오전 9시, 선착장에 나왔다. 젊은 보트 기사가 먼저 나와 기다린다. 이 배는 낚시인이나 관광객 5, 6명이 탈 수 있는 일종의 모터보트로 선외기라고도 하는 작은 배다. 해상관광이 시작된다.

카메라와 펜이 바쁘다. 눈이 뒤에도 달렸으면 좋겠다. 금당섬을 둘러싼 기암괴석과 나무들이 바로 살아 있는 산수화다. 우리나라는 어느 나라 못지않은 관광국이라는 자부심을 갖게 한다.

첫 무대에는 옥구슬을 문 용머리바위가 등장한다. 바다의 수호신처럼 위풍이 당당하다. 이어서 코끼리 형상의 바위가 긴 코를 늘어뜨리고 산허리에 자리한다. 석양을 받을 때는 금빛을 띤다고 한다. 기사는 비경을 글로, 사진으로 담으라고 배의 속도를 줄이며 해박한 해설을 해 주었다.

코끼리바위 뒷머리에 큼직한 남근석은 숲으로 어느 은밀한 부분을 아슬아슬하게 가린 치마바위를 훔쳐보고 있는 모습이라 한다. 듣고 보니 익살스럽다. 자연의 조화가 천양무궁(天壤無窮)하다.

이어지는 산수화는 흙으로 반죽하여 만든 수천 년 풍상을 견디어 온 초가집바위다. 지붕이 당장이라도 허물어 내릴 것 같다.

천당과 지옥의 양극을 가로지르는 천 길의 금당절벽에 이르자 현기증이 날 것 같다. 자연의 온갖 오묘한 경관을 감상하다가 스님바위에서 눈길이 머문다. 스님바위는 불자가 수도하는 모습과 같다 하여 붙인 이름이다.

부채바위 앞에서 배가 머문다. 부챗살과 소나무의

스님바위(위), 부채바위(중), 병풍바위(아래)

조화가 한 폭의 산수화다. 이어 병풍바위가 등장한다. 바위산을 세공한 자연의 걸작이다.

어쩌면 그렇게도 장엄한 석벽이 빗살무늬처럼 고울 수 있을까. 수만 개의 바위기둥은 하나하나 섬세하게 조각한 작품같다. 절리(節理)에 박힌 푸른 나무들이 쪽빛 바다와 아우러져 거대한 병풍을 완성했다.

작년 여름, 유명 시인과 화가들이 이곳을 찾아 스케치하고 글을 쓰면서 다시 오겠다며 감탄사를 연발했다고 한다.

한 시간 남짓한 해상관광은 긴장과 스릴의 연속이었다. 우리나라의 보배 같은 관광자원이 잠자고 있는 것 같아 안타깝다. 수박겉핥기식 해외여행만 선호할 것이 아니라 금수강산에 숨겨진 전통문화나 산간 오지, 도서의 비경부터 탐방하면 어떨까.

이제 나는 금산도(거금도)로 갈 것이다.

기사는 뱃길로 얼마 떨어지지 않은 금산도까지 데려다 주며, 금산도의 아는 택시기사에게 "손님 한 분이 그곳 금산도에 관광 차 가는 중인데 선창에 나와 있다가 잘 안내해 드려라."고 전화해 주었다.

기사의 명함을 받고 굳은 악수로 그의 친절과 배려에 고마움을 표했다.

거금도(금산도)

익금해수욕장

금당도에서 따뜻한 인정과 원색 자연의 기억을 한 아름 안고 오전_10시, 이곳 거금도에 상륙했다. 소개받은 택시가 대기하고 있다.

거금도(전남 고흥군 금산면)는 큰 금맥이 있다 하여 거금도라 했다는 설과 산수가 비단처럼 수려하다 하여 금산(錦山)이라 했다는 설이 있다. 해안선 길이 54km, 특산물은 미생이, 김, 다시마, 전복, 양파다.

면사무소와 우체국을 비롯한 몇몇 기관들, 여관과 식당도 갖춘 섬이다. 먼저 들른 곳은 '김일 전수관'이다. '운암 김일 선생 공적비'라 쓰여 있다. 김일은 거금도 출신으로 1958년, 일본으로 건너가 역도산에게 레슬링을 배웠고 1967년에 세계레슬링협회가 공인한 세계헤비급 챔피언이 되었다.

시합이 있는 날은 만사 제치고 TV 앞에서 흥분했던 기억이 떠오른다. 실컷 두들겨 맞고 쓰러져 보는 이들의 가슴을 아프게 하다가 시원한 박치기 한 방으로 자기보다 몸집이 큰 거구들을 눕혀 국민들의 가슴에 카타르시스를 심어주었던 그는 60년대의 스타이자 영웅이었다. 그 당시 김일의 열렬한 팬이었던 박정희 전 대통령은 김일을 청와대로 초청하여 공로를 치하하고 소원을 물었을 때 "거금도에 전기가 들어오게 해 주세요."라고 말해서 이 지역에 전기가 공급되었다 한다.

김일 전수관

전수관을 둘러보고 면소재지에서 가장 가까운 연소해수욕장을 보고 익금해수욕장에 왔다. 익금해수욕장은 거금도에서 모래 질이 가장 좋기로 소문이 나 있다.

잔뜩 찌푸린 잿빛 구름 대신 하얀 파도가 뭉게구름을 대신한다. 섬 동쪽 청석마을 바닷가에 위치한 이곳은 수심 2~3m 속의 해산물이 보일 만큼 물이 맑고, 울창한 방풍림으로 아늑하여 낚시객들이 즐겨찾는다.

'송광암'에 이르렀다. 규모는 크지 않아도 석탑이 있고 깔끔하다. 고려 신종 3년 서기 1209년, 해동불일 보조국사가 창건했다 한다.

이 절에는 전설이 전해진다. 국사가 모후산에 올라 터를 찾기 위해 나무로 조각한 새 세 마리를 날려 보냈다. 한 마리는 송광사 국사전에, 다른 한 마리는 여수 앞바다 오금도에, 한 마리는 이곳 금산 송광암에 앉았다 하여 삼송광이라 한다.

절이도 목장성(지방기념물 206호)에 왔다. 다 허물어진 성터에 잡초만 우거졌다. 성터를 둘러본다.

조선 세조 12년(1466), 말을 기르기 위하여 전라도 점마별감 박식의 주청으로 선군(船軍)을 동원하여 성을 쌓았다 한다. 이 절이도 목장성에는 800여 필의 말을 길렀을 것으로 예측한다. 거금도는 목장성과 봉화대가 있는 정황으로 보아 조선시대에 군사적 요충지로 추정하고 있다.

거금도의 명산인 '적대봉' 입구에 왔다. 소형배낭에 물·빵·육포·카메라를 챙겨 넣고 큰 배낭은 택시기사에게 맞기고 오후 3시경에 이 지점에서 만나기로 했다.

적대봉(위), 적대봉 봉화대(아래)

10미터 앞도 분간할 수 없을 정도로 짙은 안개가 시야를 좁힌다. 20여 분을 오르니 '적대봉 약수터'가 나타난다. 물 두 컵을 단숨에 마시고 빵을 먹는다. 이름 모를 산새들이 옥구슬을 굴리고 수꿩 대여섯 마리가 내 발자국 소리에 놀라 어디론가 날아간다. 여느 섬의 산과 달리 등산로가 분명하여 산행이 수월하다. 오후 2시, 적대봉(592.2m) 정상에 올랐다.

적대봉은 고흥군에서 팔영산(608.6m) 다음으로 높은 산이다. 일출과 일몰을 동시에 볼 수 있다는 남해안의 명산, 하지만 먹구름이 끼어 산 아래에 펼쳐지는 많은 섬들과 풍광을 볼 수 없어 안타깝다.

봉화대가 허리가 잘린 채 외롭게 역사의 현장을 지키고 있다.

봉화대 비문(牌門)에는 다음과 같은 설명이 붙

어 있다. '봉화는 변방의 긴급한 상황을 중앙 또는 변경의 기지에 알리는 군사
상의 목적으로 설치된 통신수단이다. 봉화대는 조선 초기부터 전국 직봉경로
제5거(炬) 돌산방답진을 기점으로 남서해안을 경유, 한성을 잇는 요충지로 전
국에서도 유일하게 원형이 그대로 보존된 유적지다.'

나는 허물어진 봉화대 위에 앉았다. 산비탈에 들꽃 한 송이가 외롭게 피어 있
다. 어찌나 아름다운지. 숨어서 애처롭고 고독해서 더 아름답다. 나는 고독이
두렵다. 한때, 고독 병으로 꽃다운 젊은 시절의 상흔(傷痕)이 남아서일까. 고독
은 창살 없는 감옥이었다. 수십 성상에 씻기었는가.

무서운 고독이 세월이라는 보약을 먹고 아련한 추억으로 다가와 영혼을 맑게
하고 사유(思惟)의 내밀한 반려(伴侶)가 된다. 홀로 찾는 섬 여행은 고독과 친
구가 되는 여정인지도 모르겠다.

하산을 서두른다. 적대봉은 아직도 잿빛 구름에 휩싸여 있다. 택시가 기다린
다. 소록도로 가는 배가 없어 도양으로 가는 배를 탔다. 소록도와 도양을 잇는
다리공사가 한창이다. 섬은 원초적 자연의 보고다. 생활의 편익으로 섬이 하나
하나 사라지는 모습이 안타깝다.

배는 도양에 닿는다. 간단히 요기를 하고 오후 4시 20분, 소록도로 가는 배를
탔다. 소록도는 아름다운 섬이지만, 한이 서린 두 얼굴의 섬이기도 하다.

소록도(小鹿島)

어린 사슴을 닮았다 하여 소록도라 했단다. 혜(惠)와 한(恨)의 천운(天運)이 공존하는 두 얼굴의 섬, 이름도 외모도 빼어났지만 속은 까맣게 그을린 눈물의 섬 소록도.

여느 섬에서도 파도소리는 시어(詩語)이련만, 소록의 것은 가녀린 사슴이 토해내는 신음이었다.

금당도와 거금도를 보고 오늘 오후 4시 30분 이곳 소록도에 왔다. 여느 섬과 달리 언행이 자제되고 숙연해진다.

소록도는 고흥반도 녹동에서 뱃길로 1km 미만의 거리에 4.42km²의 면 적을 가진 작은 섬이다. 천혜의 아름다운 관광지로 널리 알려져 있지만 한인(恨人)들의 애환이 서렸다. 하늘이 보이지 않을 만큼 울창한 숲, 조용한 도로, 잘 정돈된 표지판을 보며 걸었다. 맑은 공기, 거목들이 뿜어낸 향이 은은하다.

깊숙한 숲속에 간간히 보이는 하얀 집들이 인상적이다. 계속 걸었다. 교회, 성당, 원불교 건물이 깔끔하게 세워져 있다. 교회에 들어갔다. 사모가 어찌 왔느냐고 묻는다. 여행객이라며 한센인들과 예배를 같이 드리고 싶다고 하니 한센인들은 2번지에서 별도로 예배를 드린다고 한다. 소록도 교회에 관한 이야기를 들려주며 내일이 주일인데 시간이 되면 예배 드리러 오라고 한다.

2번지로 향했다. 우체국, 매점, 주차장이 나타난다. 이 지점이 경계선으로 1번지와 2번지로 구분된다고 한다.

1번지는 직원지대로 환자가 아닌 병원직원, 공무나 봉사하는 분들이 거주하는 곳이고, 2번지는 병사지대로 한센인들이 거주하는 지역이다. 1950~1960년대에는 이 경계선에 철조망이 쳐 있었다.

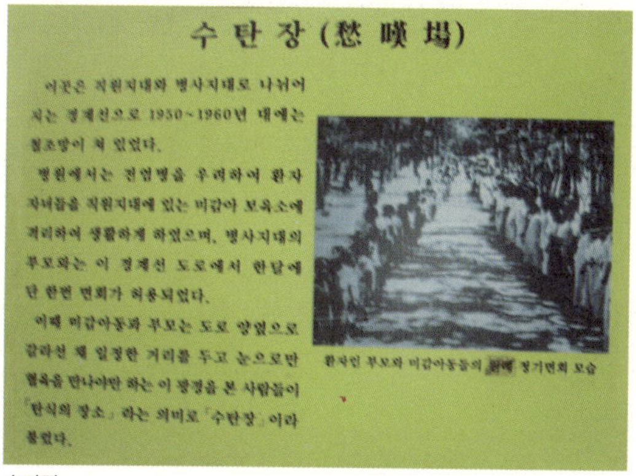

그 당시 이 지역은 눈물 없이는 볼 수 없는 인간 비극의 논픽션 드라마의 현장인 수탄장

수탄장

(愁嘆場)이 있던 곳이다.

병원에서는 전염병을 우려하여 환자의 자녀들을 직원지대에 있는 미감아 보육소에 격리하여 생활하게 했다. 병사지대의 부모와는 한 달에 한 번 면회가 허용되었다. 면회방식은 마치 영화의 한 장면 같다.

부모와 미감아 아동이 도로를 마주보고 서로 갈라서서 눈과 가슴으로만 혈육의 정을 나누는 안타까운 관경을 보고 탄식의 장소라는 뜻으로 수탄장이라 불렀다.

눈에 넣어도 아프지 않을 어린 자식들 앞에 손발이 썩고 뭉겨진 자기 살을 감추고 어린 자식을 바라보는 부모의 심경을 어떻게 표현해야 할까.

철모르는 어린 자식은 부모의 마음을 헤아리지 못하고 얼마나 부모를 원망했을까. 목불인견(目不忍見)의 슬픔이 아름다운 소록도에 서려 있다는 것이다.

중앙공원의 적송과 희귀한 나무들

중앙공원의 구라탑

메도 죽고 놓아도 죽는 바위

2번지에 들어섰다.

나이가 지긋하고 얼굴과 손이 심하게 뭉개진 나환자 두 분이 벤치에 앉아 있다. 나는 그들에게 다가가 인사하고 조심스럽게 대화를 이끌었다. 그들도 외로움에 지쳤는지 반기며 소록도의 역사를 이야기해 주었다.

이곳 중앙공원에 있는 나무들은 왜정시대에 환자인 원생들이 성하지 못한 몸으로 금산에서 캐와 이렇게 거목이 되었다 한다. 지금 이곳에 있는 나환자는 600여 명인데 거의가 고령이어서 하루에 3, 4명이 죽어간다고 한다.

소록도의 비극은 1916년 일본 총독부에서 한국의 나환자들을 '도립소록도자혜병원'에 강제로 격리하면서 시작되었다. 그들은 노예 취급을 받으며 노역과 폭력, 감금, 강제정관수술 같은 비인간적인 인권 유린의 희생자가 되었다.

지금 이곳에는 식민지 시절 강제로 수용되었던 한센인들이 일본 정부를 상대로 피해보상을 요구하는 소송을 제기한 상태라고 한다.

그들은 감금실(監禁室)로 나를 인도한다. 옛 교도소 감방과 유사한 구조로 음침하다. 1935~1945년까지 병원규정에 위반했다는 이유로 재판절차 없이 이곳에 감금, 처형했던 곳으로 형집행장이나 다름없이 운영되었다고 한다.

중앙공원 안으로 들어왔다. 공원에는 가지가 유별난 적송, 희말리아시다와 희귀한 나무들이 들어차 있다. 구라탑(救癩塔)의 하얀 천사가 소록도의 아픔을 달랜다. 중앙공원 중앙에는 수만 근의 평평한 바위가 누워 있다. 이 바위 때문에 죽어서 떠도는 혼령들은 얼마나 될까. 이 바위를 완도에서 떠메올 때 목도를 메었던 소록도 사람들은 허리가 부러져 죽고, 목도를 놓으면 채찍에 맞아 죽었다 하여 이 바위를 '메도 죽고 놓아도 죽는 바위'라고 한다.

나병 치료차 소록도 병원에 머물렀던 한하운(1920~1975) 시인의 「보리피리」

가 이 바위에 새겨져 있다.

시인의 애절한 마음을 들여다본다. 시인은 썩어 뭉그러지는 고통보다 소록도
의 고독이 더 무서웠을 것이다.

서둘러야겠다. 소록도를 떠나는 막배가 오후 6시다. 이곳은 민박이나 여관이
없어 외지인은 마지막 배로 떠나야 한다. 내일 다시 와야겠다. 시간에 쫓겨 힘
겹게 배를 탔다.

소록도 바로 앞 녹동에서 내려 근처 녹원모텔에 여장을 풀었다. 인근 식당에
들러 굶주린 배를 채웠다. 식당 주인은 내가 외로워 보였는지 "참한 애인 한 사
람 소개해 드릴까요." 한다. 웃음만 남기고 밖에 나와 한 시간여 녹동의 밤거리
를 거닐었다.

2005. 10. 2

선창은 어느 곳이나 갯냄새가 물씬하고 시끌벅적하다.

오전 9시 30분, 녹동에서 소록도 가는
배를 다시 탔다. 뱃길로 10여 분 거리
다. 아름드리 숲으로 덮인 저 아름다운
섬은 아직도 눈물이 가득하다. 소록도
선창을 거닐다가 교회에 들러 예배를
드렸다.

소록도 해수욕장에 이르렀다. 넓은 모
래사장, 울창한 숲, 파란 바다가 어우러
져 한 폭의 그림을 그려낸다.

나는 아름드리 소나무 밑에 앉아 엽서

소록도해수욕장

를 꺼내어 몇 분에게 편지를 썼다. 내가 공직을 떠나면서 '제도권과의 석별'이라는 글에서 "어느 날 섬을 여행하면서 님에게 글을 띄울 생각을 하면 행복합니다."라고 썼던 퇴임인사 글이 떠오른다.

한 시간쯤 해변을 배회하며 많은 생각에 젖었다. 천혜의 아름다운 섬마을 소록도, 고통의 땅이 아니라 희망의 땅이 되길 기원한다.

소록도와 녹동을 잇는 다리공사가 마무리 단계에 있다. 머지않아 뱃길이 무너지듯, 소록도 안에 그어진 1번지와 2번지의 경계선도 무너질 것이다.

여행자 수첩

찾아가는 길(선편)
• 녹동(도양) 선착장에서 소록도까지
  도선이 수시로 왕복

문의
• 고흥군청 관광과(061-830-5240)
  곧 육로 통행이 됨

섬 둘러보기
• 수탄장
• 중앙공원 내 '구라탑',
  '메도 죽고 놓아도 죽는 바위'
• 2번지와 감금실
• 소록도해수욕장

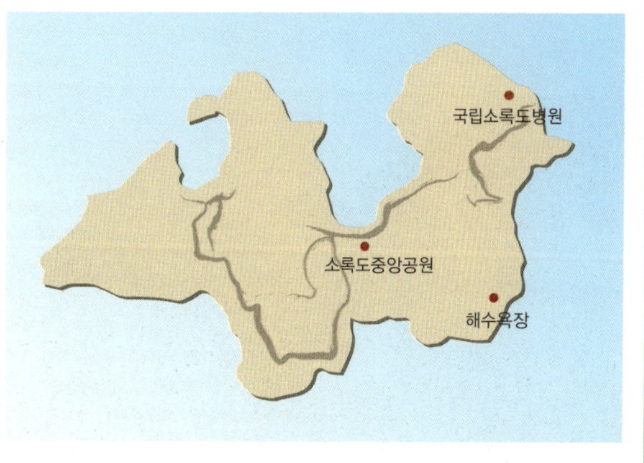

우이도

돈목해변의 석양

10월의 끝 날, 어둑한 새벽에 설렘을 안고 하루를 연다. 4박 5일 일정으로 우이도, 도초도, 가거도 섬 여행을 계획했다.

KTX 열차로 11시 50분 목포역에 도착했다. 이난영의 「목포의 눈물」 노랫가락이 심금을 울린다. 여객터미널에 왔다. 시끌벅적한 삶들이 북적인다.

12시 50분, 우이도로 가는 여객선에 승선했다. 크고 작은 유·무인도가 바다 위에 흩어져 있다. 오후 2시 50분, 우이도 돈목선착장에 하선했다. 예약한 '다모아민박' (061-261-4455)에 여장을 풀고 곧바로 돈목해수욕장으로 향했다.

우이도(신안군 도초면)는 대부분 산악지역으로 마을 간 왕래가 어려워 선착장이 여러 곳에 있다. 북쪽의 소래산과 남쪽의 도리산을 품은 돌출된 두 곶(串)이 소의 귀를 닮았다 하여 우이도(牛耳島)라 한다.

이곳 돈목해수욕장과 모래언덕(산태)은 방송인들도 찾아오고 사진작가들도 즐겨 찾는 우이도의 대표적인 관광명소다.

확 트인 바다, 산으로 병풍을 두른 아늑함, 가슴을 파고드는 파도소리, 파도가 들락거리며 새겨놓은 갖가지 형상의 무늬가 백사장을 수놓고 있다.

모래언덕과 연결된 돈목해수욕장(위)
모래언덕(모래산 또는 산태)(중)
모래언덕에서 바라본 돈목해수욕장과 주변(아래)

모래는 밀가루처럼 가늘고 부드러우면서 달라붙지 않고, 물에 젖으면 시멘트처럼 단단해지는 모래바닥은 백령도의 사곶해안과 유사하다.

모래언덕 앞에 왔다. 80m의 모래산이 산허리를 점했다. 모래언덕은 북쪽 해

모래산의 중간지역

안에서 밀려와 쌓인 모래를 동절기에 강한 북풍이 계속 모래를 끌어올리는 과정
이 반복되어 만들어진 모래산(風成砂丘)이다. 이 모래산은 높이가 80m라고 하
지만 사람들이 오르고 내리며 미끄럼질하여 실제로는 50여m 정도로 낮아졌다.

나는 모래가 상하지 않도록 옆 산길로 정상에 올랐다. 입구에서 볼 때보다 높
고 광활하다. 인적은 끊기고 나 홀로 모래언덕을 걸으며 바다를 내려다본다. 화
폭에 담은 한 편의 시화(詩畵)가 펼쳐져 있다.

선이 곱고 부드러운 은빛 모래가 햇살에 눈부시다. 나는 작열하는 태양을 안
고 모래 위에 큰 대자로 벌렁 누었다. 갑자기 생에 대한 감사의 마음이 뜨겁게
달아온다.

이 모래언덕에는 애련한 사랑의 전설이 묻혀 있다.

성촌마을 처녀와 돈목마을 총각이 매일 밤 이곳 모래언덕에서 사랑을 속삭였
다. 하루는 약속시간에 총각이 나타나지 않았다. 수소문 끝에 총각이 고기를 잡
으러 바다에 나갔다가 풍랑을 만나 목숨을 잃었다는 소식을 들었다. 그리움과
아픈 마음을 달랠 길 없어 성촌 처녀는 스스로 바다에 몸을 던졌다. 그 후 총각
은 바람이 되고, 처녀는 모래가 되어 매일 밤 모래언덕에서 만난다는 전설이다.
전설을 듣고 나자 바람소리가 새삼스럽고 모래의 부드러움이 애절하다.

이 모래언덕에는 통보리사초, 갯방풍 같은 사구식물이 자라고 있다. 중간 중간에 작은 돌탑이 널브러져 있고 바람에 따라 모래 무늬가 여러 형상의 그림을 그린다. 모래언덕에서 성촌마을 방향으로 내려와 큰대치미장굴해수욕장에 이르렀다. 1km나 되는 넓은 모래사장이 펼쳐져 있다. 망망대해를 바라보며 양탄자를 밟는 감촉으로 모래밭을 걷는다. 어느새 서쪽 하늘이 붉어지고 황혼이 찾아왔다. 돈목해수욕장에서 지는 해를 맞으려고 발길을 돌렸다.

온 천지에 빛을 골고루 뿌리고 마지막 정열을 태우는 종언(終焉)의 의식이 화려하다. 불덩어리가 바다에 잠길 때까지 나는 태양과 눈맞춤을 하였다. 서산을 곱게 물들이던 햇빛은 내 마음까지 붉게 물들였다.

어둑한 밤기운이 감돌 때쯤 해서야 민박에 들어왔다.

모래언덕을 취재하러 온 EBS방송국 사람들과 같은 민박집에 숙식하게 되어 저녁식사를 함께하며 소주도 한 잔 곁들였다. 그들은 자유롭게 섬 여행하는 내가 부럽다며 응원을 해 주었다.

밤 10시, 홀로 밖에 나왔다.

깜깜한 밤하늘이 황홀경이다. 별들이 꽉 들어찼다. 당장이라도 쏟아질 것 같다. 별은 밤하늘의 시(詩)다. 우이도는 아직도 밤의 순결을 잃지 않았나 보다. 서울은 공해로 깜깜한 밤하늘을 잃어버렸고 그와 함께 별빛을 잃어버렸는데.

칠흑처럼 깜깜한 밤, 반걸음으로 더듬더듬 돈목해변에 이르렀다. 너무 고적하여 두렵다. 찰싹찰싹 우르르 쾅쾅 파도소리만 밤을 흔든다. 혼자만의 벅찬 감정을 추스르기 어려워 휴대폰을 꺼냈다. 기지국을 벗어난 지역이라 불통이다. 휴대폰을 무용지물로 만드는 천애고도의 고요함 속으로 젖어들었다. 무엇이 나를 붙잡았는지 한 시간이 넘도록 이곳을 떠나지 못했다.

2005. 11. 1

어느덧 11월, 쏜살같은 세월 속에서도 12월이 있어 여유롭다.

나는 11월을 좋아한다. 고즈넉한 오솔길에서 안으로 숨쉬고 침묵으로 대화한다. 11월은 자신을 꾸미지도, 포장하지도 않는다. 잎사귀가 다 떨어지면 감춰진 나무 등허리를 드러낸 채 살아간다. 푸른 옷도, 붉은 옷도 걸치지 않고 자신의

상상봉 정상에서 바라본 우이도 앞바다

흉터를 숨기지도 않는다.

나는 산을 좋아한다. 산에 오르면 마음이 비워지면서 평안이 찾아온다.

아침 8시, 우이도 최고봉인 상상봉(359m) 등반에 나섰다. 우이도는 자동차가 필요 없다. 배와 걷는 것만이 유일한 교통수단이다. 산 주변까지 모래가 덮였다. 오죽했으면 "여자가 태어나면 모래 서 말은 먹어야 시집갈 수 있다."고 했을까.

후박나무, 동백나무 잡목이 꽉 들어찬 험한 산길을 30여 분 걸었다. 기백 년은 지났을 법한 폐가(廢家)가 허물어진 돌담 안에서 서까래를 드러낸 채 아름드리 팽나무와 함께 쓰러져가고 있다. 갑자기 폐가에서 요란한 말굽소리가 들려 가슴이 철렁한다. 방목한 십여 마리의 검은 염소 떼가 내 발자국 소리를 듣고 비호처럼 바위산으로 줄행랑을 친다. 누가 이런 외딴 섬, 외딴 산속에서 살았을까. 유배된 선비였을까. 욕망으로 들끓는 세상이 싫어 은둔한 산림처사였을까.

등산로가 가시덩굴 숲에 가려 헤매다가 어렵게 촌로(村老) 한 분을 만났다. 상상봉 가는 길을 물으니 길을 잘못 들었다며 안내한다. 산길이 험한데 상상봉에 갈 사연이라도 있느냐고 묻는다. 산이 좋아서라고 답했다. 이분은 방목한 염소의 동태를 보러 다닌다고 한다. 염소들은 나뭇잎이나 열매, 산에 널브러진 약초를 먹으며 산에서 자생한다고 한다. 잡을 때가 되면 가을에 그물을 치고 몰아서 잡는다고 한다. 감사를 전하고 그분이 일러준 산 능선을 타고 힘겹게 등반한다. 우거진 가시덩굴에 몇 번이나 할퀴고 넘어지고 아슬아슬한 바위능선을 오르는 와중에도 장엄하고 아름다운 경관에 도취된다.

10시 40분, 상상봉 정상에 올랐다.

크고 작은 섬들이 바다를 수놓고 있다. 한 줄기 시원한 바람을 깊이 들이마시며 가쁜 숨을 고른다. 억새는 가볍게 몸을 흔들고 산새들은 입방아를 찧는다. 사방이 바다고, 산이고, 섬이다. 하늘도 푸르고 바다도 푸르고 마음도 푸르다. 푸른 마음을 안고 하산했다.

비밀해수욕장

　민박집에 들러 숙박비를 지불하고 배낭을 챙겨 선착장 근처에 숨겨진 비밀해수욕장으로 향했다. 무슨 비밀이 숨겨져 있을까. 가파른 절벽 아래 남몰래 둥지를 튼 초미니 해수욕장이다. 바다는 시원스럽게 창문을 열었고 잔잔한 파도가 고운 모래를 쓰다듬는다. 고독과 낭만이 파도와 함께 출렁인다. 한 가족이 호젓하게 즐기기에 안성맞춤이다.

　흙 한 점 없는 바위틈에 이름 모를 노란 꽃 한 송이가 곱게 피었다. 모래언덕의 전설에 나오는 성촌 처녀의 정령(精靈)일까. 바위 위에 바닷새 한 마리가 나를 감시하는 것 같다. 나를 이방인으로 본 것일까. 바닷새가 몇 번이고 기웃거린다.

　세월이 비껴가는 원초적인 자연의 풍광에 빠졌다가 시간 개념을 잃어 배를 놓칠 뻔했다. 급히 선착장에 달려와 아슬아슬하게 도초행 배를 탔다. 흔들리는 뱃머리에서 우이도가 가물거릴 때까지 눈을 떼지 못했다.

　섬은 아무 말이 없다. 섬은 침묵으로 나그네를 맞았다가 침묵으로 떠나보낸다. 나는 아무 말도 하지 않는 그들의 은어(隱語)를 사랑한다.

가거도

가거도 마을

여행은 우이도의 모래언덕처럼 마음에 새로운 풍경과 추억을 쌓고 흩날리는 바람처럼 떠나는 일이다.

우이도의 모래언덕을 떠나 도초도에 왔다. 반달 모형의 시묵해수욕장과 고란리 장군상, 도초초가집, 염전을 보고 이곳에서 하룻밤을 보냈다.

2005. 11. 2

가거도, 이름만 들어도 여행의 마음이 출렁인다. 어쩐지 슬픈 이름 같기도 하고 그리운 이름 같기도 하다.

오전 8시 55분, 도초도에서 가거도행 쾌속선 남해퀸호에 승선했다. 선상에서 하태도가 고향이라는 어떤 분과 말벗이 된다. 회갑은 넘겼음직한 얼굴의 주름을 가졌다. "망망대해인데 파도가 잔잔하네요." 했더니 "여자 얼굴 고운 것하고 바다 얼굴 고운 것은 믿을 수 없지요."라고 한다.

아름다운 것의 이면에 또 다른 얼굴이 숨어 있는 것이 어찌 이것뿐이랴. 망망대해에 망부석처럼 떠 있는 바위섬에 바닷새들이 앉아 고도(孤島)의 서정을 돋운다.

12시 10분, 배는 목쉰 고동을 울리며 절해고도(絶海孤島) 가거도에 닿는다. 가거도는 목포에서 직선거리로 145km 떨어진 우리나라 최첨단에 위치한 섬으로 중국에서 닭 우는 소리가 들린다는 섬이다. 후박나무 숲으로 둘러싸인 가파른 산비탈에 벌집처럼 다닥다닥 붙어 있는 집들이 이색적이다.

지명은 '아름다운 섬' 가가도(嘉佳島)라고 했다가 '가히 살 만한 섬'이라 하여 가거도(可居島)라 한다.

섬 둘레는 22km, 해안은 깎아지른 절벽이고 산림이 섬 전체의 96%를 차지하는 산악지대로 한약재인 후박나무가 산림의 1/4을 차지한다. 홍도가 여성미를 지녔다면 가거도는 근육질의 남성미를 지녔다고 한다.

패총이 발견된 것으로 보아 오래전부터 가거도에 사람이 살았을 것으로 추정된다. 가가도 패총(지방기념물 130호), 멸치잡이노래(지방문화재 22호), 구굴도 조류번식지(천연기념물 341호)의 문화유산이 있다.

엽서도 띄우고 정보도 얻을 겸해서 우체국에 들렀다. 나는 우체국과는 남다른

가거도 우체국(위), 독실산 오르는 중간지점(중)
독실산 정상(아래)

인연을 가졌다. 그 인연은 운명에 가까운 것이어서 그곳에는 으레 지인들이 있다. 10여 년 전, 나의 강의를 들었다는 윤 국장이 반갑게 맞아준다. 내가 공직을 떠난 지 어언 6년이 흘렀는데……

만남의 인연이란 이렇듯 '10년 후'와 같은 아득하고 새로운 시간을 품고 있는 것이다. 때마침 우체국을 방문한 순복음가거도교회 목사님과 인사를 나누고 함께 기념사진을 찍었다. 국장과 직원들은 찾아오는 주민들을 친절하게 돕고 차도 대접한다. 섬마을에서 우체국의 역할은 세상과의 메신저이자 사랑방 같은 곳이다.

민박집(여명)에 여장을 풀고 신안군의 '에베레스트'라 불리는 가거도의 제1경인 독실산(639m)에 홀로 오른다. 얇은 구름이 햇살을 숨기고 날씨는 무덥다. 나이가 많은 후박나무를 비롯한 이름 모를 나무들이 거대한 산을 덮고 있다. 매가 날개를 접고 웅크리고 있는 형상의 매바위를 바라보며 잠시 휴식을 취한다. 산새들이 은방울을 굴리며 나의 휴식 속을 방문해 주었다.

1시간 40분 만에 산 정상 입구에 이르렀다. 이 일대의 해안과 바다를 감시하는 경찰기지 초소가 나타난다. 경찰견들이 짖으며 물듯이 달려든다. 겁을 먹고 몸을 움츠리는데 초소 경찰이 나와서 나의 신분을 확인하고 상관에게 보고한다. 잠시 후 책임자인 기지장이 친절하게 영내로 안내하며 음료수도 내주었다. 마침 나는 목이 말랐다. 시를 좋아한다는 신 기지장은 대원 한 분과 함께 정상에 오를 수 있도록 배려하였다.

정상에는 독실산(犢實山)이라고 새긴 오석표지석이 세워져 있다. 억새가 온몸을 흔들어 반기고 실바람이 삽상하다. 일 년 중에 80일 정도만 산 아래 바다를 볼 수 있다고 한다. 오늘도 아쉽게 운무가 바다를 가리고 있었다. 맑은 날은 진도, 흑산도, 홍도와 제주도, 한라산까지 보인단다.

독실산에는 등대 역할을 했다는 천리향과 고산지대의 식물인 풍란, 죽란, 춘란과 후박나무, 동백나무, 산살나무와 30여 종의 희귀 약재가 자생한다고 한다. 천리향이 등대 역할을 했다는 것은 참으로 낭만적인 이야기로 들렸다.

오후 4시, 고마운 마음을 표하고 하산을 서둘렀다. 하산 길에 회룡산(282m) 등반을 강행했다. 섬 여행 중 산행은 또 하나의 즐거움이다. 후박나무와 동백나무가 빼곡한 사이사이에 우람한 바위들이 기기묘묘하게 솟아 있고 천 길 절벽 아래 바위섬들이 운치를 덧칠한다.

이 산은 용이 땅으로 기어오르는 형상 같다 하여 회룡산(回龍山)이라 한다. 독실산보다 낮지만 등산로가 좁고 나무숲이 길을 막은 암벽 산이라 등반은 만만치 않다. 손과 얼굴에 상처를 만들며 힘겹게 정상에 올랐다. 바다에 떠 있는 녹섬과 장군봉은 전설을 토로하듯 하얀 파도를 토해내고 있다.

녹섬과 장군봉이 간직하고 있는 이야기는 이렇다. 용궁의 왕자가 회룡산에서 수도하는 중에 선녀들과 놀아났다. 이에 용왕의 노여움으로 왕자는 반이 물에 잠기고 반은 물에 떠 있는 녹섬이 되고, 왕자를 호위하던 장군은 임무를 다하지 못한 죄로 장군봉이 되었다고 한다.

회룡산과 장군봉

몸의 반을 물에 두고 나머지 반을 허공에 내어주고 있는 녹섬은 근원적인 존재론적 불안감을 표상한다. 이렇게 불완전한 존재론적 지위가 인간으로 하여금 욕망을 갖게 하며 꿈꾸게 하는 것이 아니겠는가. 서로를 그리워

파시가 열리고 있는 가거도 선창

하고 그래서 사랑을 찾고 꿈을 품는 존재가 아닌가.

초저녁, 선창에 나와 파시(波市)의 현장을 보았다. 대낮처럼 불을 밝히고 방금 건져올린 그물에서 남녀 십여 명이 어부가를 부르면서 그물에 잡힌 고기를 밤새워 따는 풍경이 펼쳐져 있다. 통상 6시에 시작하여 새벽 3~4시까지 장이 열린다. 어떤 아낙은 자기가 '왈순아줌마' 라며 "나는 뜨는 여자"라고 노래한다. 즐겁게 노래하는 모습은 언제나 싱싱하다. 이 풍경 속에 그대로 시장이 들어앉는다.

수요 저녁예배에 참석했다. 감사할 일이 많았다.

2005. 11. 3

어느 날보다 깊은 잠을 잤다. 몸이 가뿐하고 상쾌하다.

아침 일찍 장군봉에 올랐다. 운무에 가렸던 태양이 한 뼘이나 솟고 나서야 얼굴을 보여주며 바다에 황금 물감을 풀어놓는다. 이곳은 평지가 거의 없고 민가는 산을 깎아 계단식으로 층층 이어졌다.

자리를 옮겨 향리 언덕배기에 왔다. 239개의 계단을 걸어 내려가 짝지해수욕장에 이르렀다. 모래사장이라기보다 검은 자갈밭이다. 세상과 단절된 세계 같다. 무섭도록 적적하다. 때마침 놀랍게도 오색 무지개가 하늘과 바다를 잇는다. 선녀가 이 무지개를 타고 내려올 것 같다. 적막 속에서 동화를 읽고 있는 느낌이다.

가거도의 진수를 보려면 배를 타고 주변 해안을 관광해야 한다고 한다. 오후 2시, 낚싯배로 대리마을을 출발하여 해상관광에 나섰다.

목사님, 윤 국장, 그리고 가거도의 가인(歌人)이자 무형문화재 '가거도멸치잡

짝지(몽돌)해수욕장   천장굴

이' 시문 작가인 최길호 선생께서 동행해 주었다. 멋진 분들과 함께하니 바닷길 여정이 더욱 근사해졌다.

회룡산 뒤쪽자락에 범선 돛 모양의 바위 두 개가 떠 있다. 여신을 짝사랑한 청년의 전설적인 사랑 이야기가 깃들어져 있는 돛단바위다. 사랑은 가까이 가고 싶지만 바위는 꿈쩍도 않는다. 나는 메모하고 연신 카메라 셔터를 누르느라 정신이 없다.

배는 천천히 전진하다가 기둥바위와 신여, 빠진여라는 기기묘묘한 바위섬들을 보여준다. 가거도 주위의 바다에는 천의 얼굴을 가진 크고 작은 섬들이 바다를 조각공원처럼 만들어 놓고 있다. 갈수록 파도가 거세지고 우리가 탄 낚싯배는 많이 흔들린다. 하지만 유람선보다 세밀하게 풍광을 만날 수 있다는 장점이 있다. '흔들림' 자체가 바다의 흐름과 그대로 만나는 것이니 그대로 느껴 볼 만하다.

목을 길게 뻗은 거북 모양을 한 섬등반도의 아찔한 절벽이 나타난다. 이곳은 우리나라에서 해가 가장 늦게 진다고 한다. 그러니까 이곳이 해의 침소인 모양이다. 섬등반도 중간지점 바다 위에 망부석이 있다.

옛날 한 어부가 고기잡이 나갔다가 돌아오지 않자 부인인 '오동' 이는 아이를 안고 고기잡이 떠난 남편을 그리워하다가 바위가 되었다고 한다. 망부석은 아기를 안은 아낙네의 형상으로 먼 바다를 바라보며 서 있다. 섬을 여행하다 보면 나도 망부석처럼 먼바다에 던진 시선을 거둘 수 없을 때가 있다. 사람의 마음속에는 저마다의 망부석이 한 개쯤은 있는 모양이다.

망부석에서 50m쯤 가면 작은 배가 드나들 수 있는 자연의 걸작인 거대한 천장동굴이 나타난다. 배는 두 동강난 바위섬 사이를 비집고 아슬아슬하게 들어

간다. 천 길 낭떠러지 절벽에서 찬 물방울이 식은땀처럼 흘러내린다. 하늘이 가물거린다. 주위에 떠 있는 바위섬들은 기암괴석의 만물상이고 저마다 전설을 간직한 위대한 조각품이다.

손가락바위를 지나 국흘도에 이르렀다. 바람이 점점 강해진다. 파도가 물벼락을 치고 배 안에 침입하여 얼굴을 덮친다. 파도는 하얀 이빨을 드러내고 나뭇잎 같이 바다에 떠 있는 작은 배를 흔들어 댄다. 하늘을 찌를 듯한 칼바위가 자연의 위엄을 가르쳐 주었다. 자연 앞에 인간은 얼마나 나약한가. 나는 어느새 기도를 하고 있었다.

국흘도는 새들이 쿨쿨 운다 하여 쿨쿨도라 부르기도 한다. 쿨쿨 자는 것이 아니라 쿨쿨 우는 것은 잠결에 듣는 소리 같다는 것일까. 이런 엉뚱한 생각을 해보았다. 국흘도는 바다제비, 슴새, 뿔쇠오리, 흑비둘기 같은 희귀성 새들의 산란장이며 천연기념물 341호로 지정되어 있다.

가거도 주위 섬은 안간여, 밖간여, 납덕여같이 섬 끝에 '여' 자가 붙는 바위섬들이 많다. '여'는 '물속에 잠겨 있는 바위'라는 뜻을 지녔다.

신이 숨겨놓았는가. 우리는 마당바위(개린여)라는 특이한 돌섬에 상륙했다. 마당바위는 일반 섬과 달리 광장처럼 된 암반과 산처럼 높은 바위로 형성된 무인도다. 높은 돌산의 바닥은 파도무늬로 굴곡을 이룬 300여 평 넓이의 평평한 광장이다. 이곳에서 용왕이 물개와 바다표범을 훈련시켰다 하여 '논산훈련소'라고도 한다. 재치 있는 명명이다. 광장 한구석에는 30m 정도의 용굴이 있다. 용왕의 침실이 아닐까, 전설처럼 상상의 날개를 펴본다.

거대한 군함에 상륙한 느낌으로 마당바위의 광장을 돌며 기묘한 만상의 형태에 감탄을 쏟는다.

개린여 바로 앞에는 처녀의 젖멍울처럼 생겼다 하여 '젖개린여'라는 섬이 외롭게 떠 있다. 자연은 남성과 여성의 조화로 이루어져 있다는 생각을 새삼스럽게 했다.

이제 배는 2구 마을을 지나 3구 해안으로 접어들었다.

마당바위

천인단애, 빈주암이 나타난다. 이곳은 물살이 빨라 해난사고가 잦다고 한다.

우리 일행 중 한 분이 심하게 멀미를 한다. 파도의 흔들림이 드디어 누군가의 위장을 괴롭히기 시작한 것이다.

한 노인이 고향을 그리다가 이곳 바다에 빠져 바위가 되었다는 '망향바위'가 높은 파도에 물 폭탄을 맞으며 서 있다.

진짝지, 고랫여, 용머리, 남문의 독특한 경관을 감상하는 것으로 가거도 해안을 한 바퀴 돌고 배는 오후 4시 40분, 출발지인 대리에 닿았다.

비경이 많아서 내 수필 그릇에 모두 담기에는 역부족이다. 흥분되고 황홀한 시간이었다. 안전하게 뱃길을 안내한 사공과 동행한 분들의 따뜻한 마음은 오래 기억될 것이다.

밤에 홀로 방파제에 나왔다. 가거도, 내 무형통장에 많은 추억을 저축해 준 곳이다. 따뜻한 사람들을 만났고 저마다의 사연을 새긴 바위들과 자연의 비밀을 만났다.

내일은 방파제공사현장과 가거도 분교를 방문하고 12시 10분 남해스타호를 타고 흑산도를 떠날 것이다.

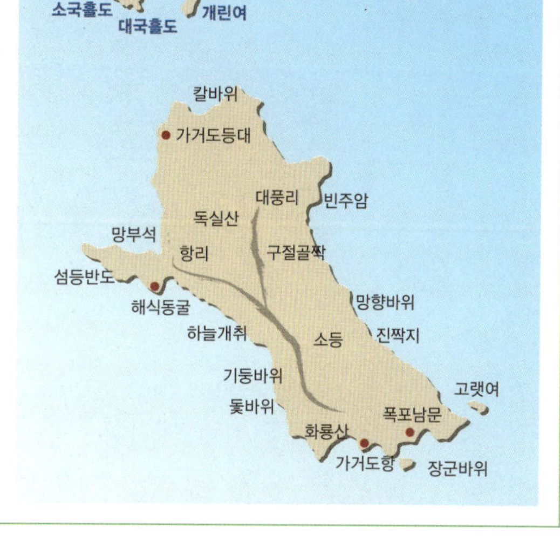

초도

목섬과 다라지

늦가을이 비에 젖는다. 초도, 거문도, 백도의 섬 기행에 나섰다.

오전 7시 50분, 서울을 출발한 열차는 젖은 가을을 달리다가 구례에서 햇살을 만났다. 사색에 물든 단풍이 처연히 조락(凋落)한다.

여수여객터미널에서 오후 1시 40분, 갈매기 군무의 전송을 받으며 거문도행 오가고호에 승선했다. 크고 작은 섬들이 검푸른 파도를 마시고 하얀 포말을 토해낸다.

3시 25분, 배는 초도 의성리선척장에 닿았다. 이곳에서 내렸다. 때마침 우편물을 접수하던 초도우체국 고행승 사무장님을 만나 우체국에 들렀다. 상상봉을 병풍으로

초도우체국과 팽나무(위), 의성리선착장(아래)

두르고 바다와 맞닿는 곳에 우체국이 자리하고 앞마당에는 300살이 넘은 팽나무가 영물스럽게 서 있다. 이 국장님이 따뜻하게 맞는다.

초도는 여수에서 남서쪽으로 90km, 면소재지인 거문도에서 북서쪽으로 25km 지점에 있다. 섬 이름은 염씨가 입도하여 구미리(九味里)라 하였다가 풀이 많아서 초도(草島)라 했다고 한다. 대동리, 의성리, 진막리의 3개 마을에 400여 주민이 거주하는 조용한 풀섬이다. 특산물은 전복을 비롯하여 자연산 농어, 광어, 꽃게, 굴, 소라 외에도 다양하다.

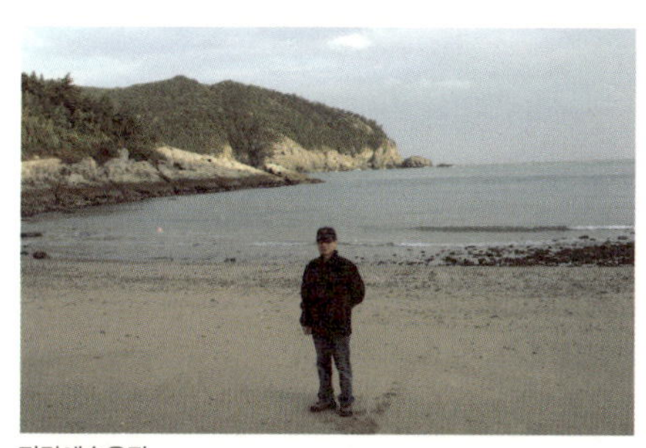

정강해수욕장

대동리를 둘러보고 진막리 정강해수욕장에 왔다. 모래가 곱다. 눈이 시리도록 푸른 바다에 비단 주름이 하얀 거품을 문다. 울창한 천연수림과 잘 발달된 해식애가 쪽빛 바다와 어울려 경관이 수려하다.

이 국장님은 해안 모서리를 가리키며 저곳이 전복 소라의 보고(寶庫)라 한다. 한 달에 두 번 15일 간격으로 해녀 10여 명을 동원, 직접 채취한다고 한다. 시중에서 판매하는 전복은 대부분이 양식이지만 파도가 높고 수심이 깊어 양식이 안 되는 초도지역의 것은 전량 자연산이라 한다.

어느새 햇살은 하루를 베풀고 말없이 바다에 내려앉아 저녁노을을 붉은 비단 치마처럼 풀어놓는다. 우정인(郵政人)들의 따뜻한 우정(友情)을 새삼 생각하며 하루를 닫는다.

2006. 11. 7

간밤에 바람이 크게 일더니 오전에 출항하는 여객선의 발이 묶였다. 오후에 거문도에 갈 예정인데 배가 떠날지 걱정된다.

아침 6시 30분, 상상봉 등반길에 오른다. 등산로가 잘 닦여져 편하게 주위의 아름다운 정경을 감상하며 정상에 올랐다. 깎아지른 듯한 바위와 맞서 상록수림이 기둥을 이루고 아슬아슬한 묘기를 연출한다. 공기가 달고 삽상하다.

많은 유·무인도가 바다 품에 잠들고 나라도, 손죽도, 거문도, 백도가 아스라하다. 바다와 섬은 급하지도 서두르지도 않는다. 그들은 세월도, 나이도, 끝도 없다. 과거와 현재와 미래가 무엇인지 모르고 살아가는 원초적 자연일 뿐이다.

마음껏 심호흡을 하며 맑은 공기를 마셨다. 내 안의 찌든 노폐물이 파도에 쓸려가는 것 같다.

상상봉에서 내려다본 바다

일출의 막이 열리는 순간

진막리에 왔다. 산자락에서 바다를 본다. 집 곳곳마다 파란 플라스틱 물탱크가 있다. 섬지방의 물 사정을 말해 주는 것 같다. 해변에는 몽돌 밭이 길게 펼쳐

초도 자연농원에서

지고 지척에는 잘 생긴 무인도가 바다에 떠 있다.

한 폭의 그림이고 한 점의 수석 같은 목섬이 의연하게 바다의 품에 안겨 있다. 월 2회 정도 썰물 때 500m의 바다가 갈라져 모세의 기적을 연출한다고 한다. 바닷길이 열리면 풍요로운 체험학습장이 된단다.

목섬 앞에는 많은 섬들이 널브러져 있는데, 그중에서도 다라지섬이 유난히 눈길을 끈다. 바닷길이 열릴 때에 왔으면 들어가 걷고 싶었을 텐데.

초도자연농원에 왔다. 자연농원 대표인 주여식 님의 안내로 3만여 평의 농원을 둘러본다. 허브, 소나무, 석류 같은 15종의 자연식물을 비롯하여 갖가지 나무와 화초들을 아름답게 가꾸어 놓았다. 특수 차라며 황매차를 내놓는다.

감사를 전하고 거문도로 가기 위해 선착장에 왔다.

초도 섬 기행 중 따뜻한 마음으로 도움을 준 이 지역 이영재 님, 고행승 님, 주여식 님, 그리고 이번 섬 여행에 동행한 친구 김병륜 벗에게 깊이 감사한다.

거문도 가는 여객선이 힘차게 물살을 가르며 모습을 드러낸다.

🚌 여행자 수첩

찾아가는 길(선편)
- 여수연안여객터미널 → 거문도(1일 4회 왕복 7:40, 8:00, 14:00, 14:20 계절에 따라 바뀔 수 있음. 나로도, 손죽도, 초도 경유)

문의
- 여수연안여객터미널(061-663-0116, 7)

섬 둘러보기
- 상산봉
- 정강해수욕장, 대풍해수욕장
- 진막리 몽돌밭, 목섬과 생태체험
- 우체국 팽나무, 초도 자연농원
- 3개 마을 선착장
- 용섬, 모자바위, 솔거섬 등대

거문도·백도

거문도 등대

섬 날씨는 변덕도 많다. 어제는 초도를 관광했다. 오늘 오전만 해도 풍랑주의 보가 유효했는데 다행히 오후에 해제되어 3시 30분, 거문도행 여객선에 승선했다. 높은 파도로 힘들어 하는 여객선이 녹산 등대의 안내를 받으며 거문도항에 들어서자 그렇게도 거칠던 파도가 부드러워진다.

거문도는 동도, 서도, 고도의 세 개의 섬으로 이루어져 삼도라고도 한다. 이들 세 섬이 병풍처럼 바다를 둘러싸고 파도와 대화를 나눈다.

선착장 인근에 숙소를 정했다. 거문도(巨文島)는 청나라 제독 정여창이 이 섬에 귀양 왔던 조선 말 학자인 김유(金劉)와 글로 대담하던 중 김유의 문장에 감탄하여 '큰 글이 있는 섬' 이라 했다는 데서 유래했다는 설이 있다. 1845년 영국이 이 섬을 발견했을 때 함장의 이름을 따서 '해밀턴항' 이라 부르기도 했다.

거문도는 여수항에서 117km 해상에 위치하며 2시간 10여 분이 소요된다. 590여 가구에 1,400여 명이 거주하는 섬으로 파란만장한 풍운의 역사와 아름다운 풍광을 동시에 안고 있다.

세 섬 중 제일 작은 고도는 1885년 영국군의 불법점거와 일본인들이 살기 시작하면서 인구가 많이 유입되어 거문도의 행정과 경제의 중심이 된다.

먼저 찾은 곳은 영국군 병사의 묘소다. 거문도 해안도로로부터 400여m 떨어진 미양봉 기슭에 두 개의 묘지가 있다.

왜 이들은 이역만리에서 죽어야 했는가. 사자(死者)는 말이 없다. 영국 대사관 직원이 놓고 간 꽃다발이 외로운 영혼을 달랜다.

영국 해군병사 묘지

거문도는 1885년 영국이 2년 남짓 불법점거한 '거문도사건' 으로 널리 알려진 섬으로 영국뿐 아니라 일본, 러시아, 미국도 욕심을 부린 보배 같은 섬이다.

그림 같은 해안을 걷는다. 거문도 앞바다는 석양에 취한 구름과 바다가 섬들

석양에 취한 거문도 앞바다

과 희롱한다.

어느새 밤하늘에 둥근 만월이 얼굴을 내민다. 삼도의 등대가 여기저기에서 불빛을 흘리는 야경이 황홀하다. 내일 일찍 유람선으로 백도를 만나고, 거문도 등대를 만날 기대를 하며 잠자리에 들었다.

2006. 11. 8

새로운 하루가 시작되었다. 오전 7시, 백도 유람선에 승선했다. 절해고도, 원초적 자연의 섬들이 옹기종기 모여 사는 백도는 다도해상국립공원의 진주로 거문도에서 70리 물길이다. 평상시 해무로 만나기 어렵다는 일출을 선상에서 맞는 행운을 잡았다.

구름도 바다도 원근의 섬들도 온통 붉게 물들어 장관이다. 백도는 섬마다 개성과 전설을 지닌 신비의 바위섬 군(群)이다. 오랜 옛날, 옥황상제가 방자한 아들의 버릇을 고치려고

백도 초입의 모습

왕관바위

등대섬

잠시 바다로 귀양을 보냈다. 귀양 온 아들은 용왕의 딸과 사랑에 빠진다. 상제는 신하에게 아들을 데려오라고 명한다. 데리러 간 100여 신하들도 궁녀들과 놀아나자 황제는 화가 치밀어 모두 바위로 굳혀버린 것이 백도라고 한다.

백도는 39개의 크고 작은 바위섬으로 크게는 상백도와 하백도로 구분한다.

유람선은 입담 좋은 안내자의 해학 섞인 해설과 함께 상백도에 들어선다. 왕관바위가 모습을 드러낸다. 황혼녘에 이 바위는 마치 황금을 부어 만든 왕관처럼 빛난다고 한다. 유람선은 파란 물살을 가르며 백도의 속살을 더듬는다.

옥황상제의 신하들이 내려올 때 탕건을 쓰고 왔다는 탕건여, 옥황상제의 아들이 풍류를 즐기면서 낚아챈 새가 돌로 변했다는 매바위, 그 옆 정상에는 해발 130m 높이로 하늘을 찌를 듯한 하얀 등대가 세워져 있는데 보기만 해도 아찔하다.

이어지는 섬은 형제바위, 물개바위, 시루떡바위, 촛대바위……, 이들 바위는 모두 전설을 지녔다. 이들을 감상하기도 바쁜데 사진 찍고 메모까지……, 정신이 없다.

하백도로 뱃머리를 돌린다. 문섬이 열리고 개섬이 등장한다. 상제의 아들과 용왕의 딸이 살았다는 궁성, 성섬 하단에 뚫린 동굴은 사랑의 비밀통로가 아니었을까.

석불바위, 궁전바위, 서방바위, 쌍돛대바위, 진돗개바위……, 계속 이어진다. 백도는 형형색색의 자연 조형물을 전시한 만물상이다.

촛대바위(위), 성섬(아래)

불탄봉 정상에서 내려본 고도

　신기하게도 백도에서는 조난당한 일이 없다고 한다. 태풍이나 폭풍우가 오기 전에 어디선가 괴성이 들려 어부들이 미리 대피하는 '신기루현상' 이 나타난다고 한다.

　백도는 신비한 풍광에 더하여 천연기념물 215호인 흑비둘기를 비롯한 팔색조, 휘파람새 같은 희귀한 30여 종의 조류와 120여 종의 진귀한 식물이 바위섬과 함께 산다고 한다. 백도는 인간의 필적을 거부하는 자연이 연출한 조각예술의 극치라는 생각이 든다. 2시간여 만에 짜릿한 백도 관광을 마쳤다.

　오전 9시 30분경에 거문도에 돌아왔다. 유명하다는 거문도의 갈치회로 늦은 아침 식사를 마치고, 어제 본 영국군 묘지 관광에 이어 거문도 관광길이 나섰다. 고도와 서도를 잇는 삼호교를 건너 서도에 왔다.

　불탄봉 등산길에 오른다. 등산길은 순한 편이다. 유난히 많은 동백, 고사목, 야들야들한 억새와 동행하며 정상에 올랐다. 한 폭의 그림이 펼쳐진다.

　짙푸른 바다에 고도가 역사의 상흔을 지우고 평화롭게 좌정해 있다. 삼도에 서 있는 등대의 안내를 받으며 여객선이 하얀 포말을 토해내고 거문항을 찾는다. 파란 하늘과 접한 수평선에 백도가 가물거리고 아치형 삼호교가 산수화를 완성한다.

보로봉으로 발길을 옮겼다. 길게 늘어선 억새 무리가 전신을 흔들어 반긴다. 365개의 계단이 또 하나의 정취를 덧칠한다. 정상에는 거문도사건 당시 영국 해군이 망대를 설치했던 석축의 흔적이 남아 있다.

하산한다. 절벽 끝자락에 붙어 풍류를 지닌 거대한 바위가 나타난다. 신선바위다. 신선들이 바둑을 두고 풍류를 즐겼다는 바위다. 바위 정상은 수직으로 깎아놓은 듯한 반석으로 네다섯 명이 앉을 만큼 넓고 평평하다.

신선바위

'목넘어'에 이르렀다. 수월산을 이어주는 길목으로 태풍이나 해일이 일면 바닷물이 넘나든다 하여 지어진 이름이다. 이는 바다를 가로지른 40여m 갯바위 암반 길로 수월산으로 이어진다. 이곳에서 거문도 등대까지는 2km의 동백터널이 이끈다. 잘 다듬어진 수월산 동백터널은 동백 숲과 뒤똥나무, 생살나무, 까마귀나무 같은 수종과 가지각색의 야생초가 어우러져 남국의 정취를 물씬 풍긴다.

거문도를 찾는 관광객이라면 으레 동백터널을 걷고 등대를 보는 것이 필수 코

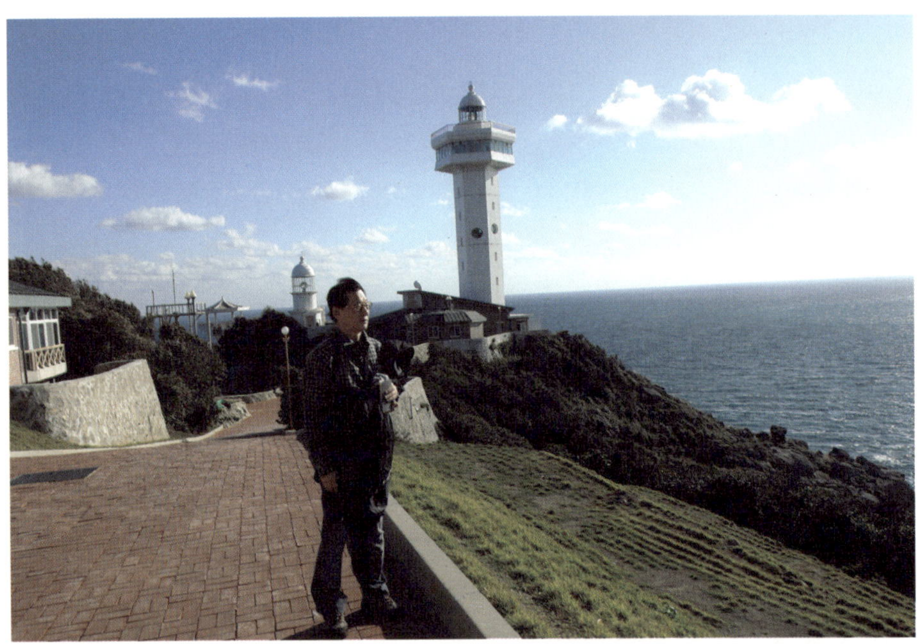

거문도 등대

스다. 마침내 거문도 등대가 모습을 드러낸다. 등대에 이르렀다. 하얀 등대와 하얀 구름, 파란 하늘과 더 파란 바다, 깎아지른 절벽과 부드러운 잔디가 오묘한 조화를 이루었다. 한참이나 바다를 바라보았다.

큰 바다에서 밀려오는 파랑(波浪)으로 해식애가 발달한 69m 절벽 위에 세워진 등대는 1905년 4월에 첫 불을 밝혔다. 등대 옆에는 '관백정' 이라는 전망대가 있다. 등대 관리실에 들어갔다. 등대원 한씨가 친절히 맞는다. 100년 역사를 지닌 거문도 등대는 동양 최대의 규모이고 불빛이 40km나 뻗는다고 한다. 3인이 교대로 근무한다. 등대원은 고독의 대명사지만 이곳은 관광객들이 많아 외로움을 모른다고 하였다.

관리인 안내로 등대 안으로 들어가 150개 회전계단을 걸어 정상에 올랐다. 두꺼운 창유리로 내다보이는 전망은 흐릿하지만 색다른 경험이었다.

내려와 등대 앞에 천인단애 절벽에 세워진 관백정(觀白亭)에 올랐다. 멀리 백도가 보인다 하여 지어진 이름이다. 절벽 모퉁이마다 거친 파도가 부서져 하얀 물기둥이 솟는다.

황혼이 찾아든다. 바다는 붉게 물들고 태양은 잠자리에 든다.

여광(餘光)이 점멸하는 바다를 본다. 아름다움이 과하면 고독하다 했던가.

이 순간의 정경(情景)을 어떻게 묘사해야 할까. 고도 여관방에 들어왔다. 창문을 열고 검게 물든 바다를 바라보며 섬 일기를 쓴다. 밤은 깊어가고 머릿속에 그림은 가득한데 글은 제자리에서 맴돈다.

여행자 수첩

찾아가는 길(선편)
- 여수항 → 거문도(약 2시간 10분 소요)
  매일 4회 왕복(나로도, 손죽도, 초도 경유,
  계절에 따라 변경될 수 있음)

문의
- 유람선 문의(061-666-8215, 061-666-4200,
  061-666-7474)
- 여수연안여객터미널(061-663-0116, 7)
- 청해진해운(녹동에서 거문도행 061-844-2700)

섬 둘러보기
- 영국군 묘지   • 불탄봉, 보로봉 등산
- 거문도 등대와 관백정
- 동백터널, 목넘어, 삼호교
- 귤은 사당과 김양록 선생 사당
- 백도: 유람선으로 관광(상륙은 안 됨)

보길도

세연정

차창 밖 초목이 싱그럽다. 여행은 일상에서 풀려난 화려한 가석방이라 했던가. 해남 '땅끝'에 이르렀다.

끝은 시작의 출구다. 또 하나의 시작이 파란 바닷길로 이어진다. 땅끝마을 사자봉(110m) 정상에 세워진 전망대에 올랐다. 보길도 청산도를 비롯한 크고 작은 섬들이 한 폭의 그림으로 다가선다.

끝마을 갈두항에서 보길도 가는 카페리호에 승선했다. 유난히 물결이 잔잔하다. 노화도 근해에 접어들자 뱃길만 남기고 온통 양식장으로 바다를 메운다.

배는 1시간 만에 보길도 청별항에 닿는다. 보길도(완도군 보길면)는 면적이 33㎢, 해안선 길이 41km로 문화유산이 흩어져 있는 다도해해상국립공원에 위치한다. 관광명소가 가득하고 빼어난 경광과 문맥이 흐르는 아름다운 섬이다.

수련원에 여장을 풀고 관광길에 나섰다. 보옥리 포장도로를 따라가다 보면 잘 생긴 산과 몽돌밭 해변을 만난다.

일명 공룡알해변이다. 이곳 갯돌은 수마가 잘되고 주먹만한 것부터 수박만한 몽돌이 다양한 색상을 띠고 길게 펼쳐진다. 파도에 돌 구르는 소리가 가슴을 쓸어내리고 울린다. 돌을 밟는 감촉도 색다르다.

몽돌밭을 끼고 우뚝 선 보족산(195m)의 기상이 예사롭지 않다.

땅끝마을(위), 보길도 청별항(중), 보족산과 공룡알해변(아래)

보족산 정상에서 내려다본 바다

보족산 등반길에 올랐다. 석양이 붉다. 어둡기 전에 정상에 오르려고 뛰다시피 빠른 걸음으로 오른다. 등산로는 동백나무가 울창하여 터널처럼 컴컴하다. 아무도 없는 어두운 숲속에서 큰 짐승이 나타날 것 같은 느낌이다. 산 중턱부터는 길이 험하여 이리저리 헤매다가 40여 분 만에 정상에 올랐다.

양식장과 바다, 섬들이 모두 아름답다. 해넘이는 구름에 갇혔지만 바다는 엷은 분홍으로 물들고 정적(靜寂) 속에 잠들어 또 다른 정취를 풍긴다. 섬에서 완전한 일몰을 만나기는 쉽지 않다. 해가 바다에 묻힐 순간에 구름이나 해무로 태양은 얼굴을 감추기 일쑤다. 하산 길은 어둠과 동행했다.

2007. 6. 6

새벽 5시 30분, 예송리해수욕장으로 향했다.

예송리는 보길도에서 가장 큰 자연마을로 앞바다에는 예작도, 당사도, 소안도 같은 아름다운 섬들이 거친 파도막이가 되어 이곳 해안을 호수로 만든다. 해수욕상이지만 모래가 아닌 바둑알이나 계란처럼 동글동글한 청환석이 1.5km나 길게 깔려 있다. 해수욕장 뒤에는 천연기념물 제40호로 지정된 예송리 상록수

예송리해수욕장과 상록수림

다시마 건조장이 된 예송리해수욕장

림이 자리 잡고 조약돌 해변과 어우러져 수묵화를 그린다.

이곳 해수욕장은 앞바다에서 다시마, 미역, 톳을 건져 즉석에서 말릴 수 있는 천혜의 건조장 역할을 하는 일석이조의 자연조건을 지녔다.

한 어부는 "청정해역에서 건진 보길도 다시마는 오염 없이 살이 보동보동 찌고 빛깔이 좋아 인기가 짱"이라고 자랑한다.

통리해수욕장으로 발길을 돌렸다.

구릿빛 모래가 밀가루처럼 가늘고 곱다. 모래사장에 들어섰다. 푸른 바다, 하얀 파도, 널브러진 섬들이 눈을 기쁘게 하고 고운 모래의 감촉이 발을 즐겁게 했다. 파도는 빈손으로 왔다가 빈손으로 간다. 아침 햇살에 젖은 빈손이 아름답다.

나는 넓은 모래사장에 '파도는 비우라 한다' 고 손가락으로 눌러 썼다. 나에게 어울리지 않는 것은 버려야 한다. 익숙한 것이 사라진다는 허전함이 압박해도 버린 빈 공간을 나에게 어울리는 것으로 채워야 한다.

모래 위에 손가락으로 쓴 글, 밀려오는 파도에 쓸려갈 때 내 마음의 다짐도 쓸려가지나 않을까.

'보길도의 아침' 식당에서 해물탕으로 활력을 충전했다. 오전 9시, 우암 송시열의 '글썬바위' 탄시암에 이르렀다. 우암은 1689년 장희빈 아들(경종)의 세자 책봉이 이르다는 상소문을 올린 것이 화근이 되어 제주도로 귀양 가는 도중에 풍랑을 만나 보길도에 피신했다.

그의 심경을 바위에 새긴 글이 '송시열의 글썬바위' 다. 여든셋 늙은 몸이 세상을 한탄하며 쓴 한시다. 그때 새긴 글은 오랜 세월 비바람으로 씻겨 흔적만

글씐바위 탄시암　　　　　　　　　　글씐바위 해설 표지석

남아 있다. 그나마 안내표지석이 있어 우암의 마음을 읽을 수 있다.

　　보길도의 자랑거리인 세연정에 왔다. 세연정은 시조문학의 대가 고산 윤선도가 직접 고안한 건축물이다. 고산과 「어부사시사」가 아니었다면 보길도는 평범한 섬이었을지도 모른다.

　　고산 윤선도는 한때 인조의 총애를 받고 고위관직을 두루 거치다가 반대파이면서 동시에 당시의 권력자이고 서인의 대표격인 송시열을 비판한 상소문을 올렸다가 서인의 미움으로 낙향하게 되었다. 그 후 인조가 청 태종에게 무릎을 꿇었다는 소식을 듣고 세상을 원망하며 제주도로 향하다가 풍랑을 만나 보길도와 인연을 맺게 된다. 고산은 보길도의 산수에 매료되어 85세 생이 다할 때까지 이곳에서 살았다. 고산의 정적인 우암 송시열도 귀양 중 풍랑으로 보길도에 우연히 머물게 된 이들의 기막힌 인연을 어떻게 보아야 할지 아이러니하다.

　　세연정과 한 축을 이루는 시설물이 놀랍다. 개울을 막아 세연지를 조성하고 소나무와 바위를 옮겨 조경했다. 연못 가운데에는 정원을 만들고 연못 건너편 좌우에는 기생들이 춤추고 풍악을 울리는 동대·서대 무대가 있다. 건조할 때는 돌다리가 되고 우기에는 폭포가 되어 일정한 수면을 유지케 한 판석보(板石洑), 수량을 조절할 수 있게 만든 회

동천석실 표지석

수담(回水潭). 풍류와 학문 말고도 고산의 재력과 과학이 놀랍다.

계곡을 따라 적자봉에 오른다. 4km쯤 오르면 울창한 산림 속에 고산이 책을 읽고 글을 쏟아낸 동천석실이 있다.

고산은 풍파도 겪었지만 시선(詩仙)으로 마지막 삶을 장식한 당대의 거인이라는 생각이 든다. 하지만 밥 세 끼 먹기도 어려운 서민들에게 고산 윤선도의 풍류는 어떤 시각으로 받아들여졌을까.

보길도는 문화유산과 빼어난 풍광이 아우러진 아름다운 섬이다.

완도를 거쳐 서편제 촬영지인 청산도로 가려고 배를 탔다.

🚌 여행자 수첩

찾아가는 길(선편)
- 땅끝 갈두선착장 → 보길도(차량적재 가능) 1시간 소요
  하루 4회 왕복(철에 따라 시간과 횟수가 변경될 수 있음)
- 완도 화흥포항 → 보길도(수시 왕복) 1시간 20분 소요

문의
- 완도연안여객터미널(061-552-0116)
- 완도 화흥포항(061-555-1010)
- 땅끝 갈두선착장(061-535-5786)

섬 둘러보기
- 고산 윤선도 유적지
  (세연정, 동천석실)
- 우암 송시열의 글씐바위
- 예송리 해변과 상록수림
- 보옥리 해변과 보족산
- 통리해수욕장

청산도

서편제 촬영지

2007. 6. 6

보길도, 노화도의 섬 기행을 하고, 오후 2시 30분, 청산도행 여객선에 승선했다. 배는 50여 분 만에 청산도 도청항에 닿았다.

완도항에서 20km, 뱃길로 50분 소요된다. 청산도는 대모도, 소모도, 여서도, 장도 등 다섯 개의 유인도와 10여 개의 무인도를 거느린 청산면의 어미섬이다.

인구는 2,000여 명, 해안선 길이는 40여km다. 지중해의 어느 섬 부럽지 않을 만큼 하늘도, 바다도, 들도 모두 푸른 청산의 섬이다. 걸어서 관광하기는 벅차다. 승용차를 배에 싣고 오거나 택시를 이용하면 수월하게 관광할 수 있다. 하지만 시간에 여유가 있으면 걷는 것도 좋다.

경일장에 여장을 풀고 관광길에 나섰다. 택시를 불러 당리에 위치한 서편제 영화촬영장에 당도했다. 아버지 유봉, 딸 송화, 아들 동호가 황톳길에서 진도아리랑을 한바탕 신명나게 불러제끼던 영화장면이 생생하다.

바로 앞에는 「봄의 왈츠」 촬영지가 있고 다닥다닥 꿰맨 뙈기 논밭이 정취를 보탠다.

청산도는 지형이 매 같아서 꿩이 없단다. 때 묻지 않고 바닷가 전체가 낚시터고 완도군에서 가장 아름다운 섬이라고 운전자는 자랑한다.

전망대와 범바위가 있는 보적산 기슭에 왔다. 많은 섬들이 점점이 떠 있다. 맑은 날은 제주도까지 보인다고 한다. 전망대에서 내려와 범바위 정상에 올랐다. 이곳에서 보는 바다, 섬 그리고 마을, 한 폭의 산수화를 보는 것 같다. 바람이 삽상하다. 바위 사이에 파란 나무들이 얼마나 싱싱한지 기를 보태주는 것 같다.

서편제 촬영장소(위), 봄의 왈츠 촬영지(중)
당리해변과 뙈기 논밭(중), 전망대(아래)

범바위

장기미 갯돌밭에 왔다. 공룡알 같은 큰 몽돌부터 작은 조약돌까지 가지각색이다. 땅거미가 어둠을 몰고 온다.

2007. 6. 7

아침 일찍 택시를 불러 기행에 나섰다. 신홍리해수욕장에 이르렀다. 물이 맑다. 주변이 모두 낚시터란다. 간조 시에는 물에 잠겼던 수만 평의 모래사장이 얼굴을 내밀어 장관을 이룬다고 한다.

자리를 옮겨 자갈밭으로 이름난 진산해수욕장에 왔다. 크기도 색상도 다양하다. 자갈자갈 자갈밭을 걷다가 해안 암반 길로 들어섰다.

택시 기사에게 잠시 기다리라 하고 나는 홀로 무거운 카메라를 목에 걸고 해안길을 걷는다. 악어처럼 얽고 폭우를 만난 밭이랑처럼 움푹움푹 파이고 깎이고 다듬어져 오만 형상으로 조각된 암반이 경이롭다. 점입가경인가. 500여m 전방에 신비스런 무인도가 나타난다. 안내도를 꺼내 보았다. 노적섬이다. 더 걸어가면 썰물로 노적섬까지 걸어 들어갈 수 있을 것 같다. 가슴이 설렌다. 숨겨둔 보물이라도 찾을 것 같은 호기심을 안고 걸었다. 목전에 보물을 놓고 해안길 10여m가 끊겨 더 갈 수 없다.

일기장을 메워줄 것 같은 은밀한 섬을 포기할 수는 없지 않은가. 낯섦은 호기심을 자극한다. 필부지용(匹夫之勇)의 자만일까. 완만하게 보이는 암벽을 타고 올라가 산길로 돌아서 해안으로 내려오면 그 섬에 갈 수 있을 것 같아 조심조심 바위벽을 기어오른다.

이게 무슨 날벼락인가. 암벽을 거의 다 올라가서 미끄러졌다. 몸은 맥없이 암벽 아래로 굴렀다. 바위틈새라도 잡아 보려고 필사적으로 애썼지만 고립무원이다. "안 돼, 안 돼, 하나님! 살려주세요." 애걸하는 비명이 허공을 가른다. 순간 가족들의 얼굴이 번개처럼 스친다. 내 몸은 대여섯 번쯤 굴렀는가 싶었는데 어느 순간, 이름도 모르는 자그마한 나무에 받쳐 멈췄다. 정신을 가다듬고 주위를 살폈다. 기적이다. 나를 받쳐준 나무 바로 아래는 40여m 낭떠러지고 바닥은 암

끊어진 해안길과 노적섬

반이다. 모골이 송연하다. 어떻게 이런 암벽에 나무가 있었을까. "나무야 고맙다. 저승의 골목에서 너는 내 생명을 건져주었다. 어떻게 은혜를 갚을까. 물 한 방울 얻어먹기 어려운 바위틈에서 나를 살리려고 북풍한설 모진 인고를 견디며 이 벼랑을 지키고 있었구나."

주여! 나같이 하찮은 생명을 사랑하시어 생명나무를 이곳에 예비하셨나요. 눈물 속에 감사기도가 봇물처럼 터진다.

내 몰골을 보았다. 옷은 군데군데 찢기고 몸에는 피멍이 들고 피가 흐른다. 목에 맨 카메라와 안경, 모자는 어디론가 사라졌다. 마취주사를 맞은 것처럼 몽롱한데 통증은 미미하다. 더 머물면 나무마저 밀려날 것 같다. 좌고우면, 살 얼음 딛듯 조심조심 어렵게 이곳을 빠져나왔다. 카메라가 떨어져 있을 것 같은 해안 골짜기로 왔다. 또 한 번 간담이 싸늘하다. 이곳 골짜기 암반 위에 카메라가 떨어져 박살나 있고 모자와 안경은 흔적도 없다. 바로 위로는 40여m 낭떠러지 높이의 바위틈에 내 생명을 건져준 나무가 벼랑을 지키고 있지 않은가. 꿈만 같다. 나 같이 부덕한 사람도 할 일이 남았다는 신의 은산덕해일까. 나는 이 나무를 생명나무라고 이름했다. 그나마 부서진 카메라에서 메모리칩을 건질 수 있어서 다행이다.

즉시 서둘러 서울로 향했다. 배로, 버스로 어렵게 서울에 도착하여 병원에서
진찰을 받았다. 갈비뼈 두 개의 골절진단이 나왔다. 하지만 머리와 얼굴은 상
처가 없으니 이 또한 감사한 일이 아닌가. 7·6·7 (2007. 6. 7), 이날의 기적
속에 숨겨진 메시지는 무엇일까. 나의 숙제로 남겨둔다. 나는 이 나무에게 아
무것도 해 줄 수 없어 안타깝다. 일 년 후, 생명나무를 만나 물이라도 실컷 주
어야겠다.

2008. 6. 7 '재회'

일 년 만에 다시 청산도를 찾아 나섰다.

생명나무를 만나 물이라도 흠뻑 주고, 사고로 반 토막났던 청산도 관광을 채
우고 여서도로 떠날 것이다. 안전을 위해서 로프까지 준비했다.

오전 8시 20분, 완도행 고속버스에 승차했다. 나뭇잎마저 헐떡거리는 무더운
날씨다. 차창 밖에 시선을 던지고 예닐곱 시간 후면 만날 생명나무를 그리며 상
념에 잠긴다. 묵묵히 파란 바다만 바라보고 있을 그 나무, 흙 한 줌 없는 암벽에
서 얼마나 고달프고 목이 마를까. 그 나무를 만나면 무슨 말부터 할까.

오후 2시 10분, 완도에 도착하여 서
둘러 2시 30분 청산도행 카페리호에
승선했다. 하얀 뭉게구름이 산허리에
걸터앉아 풍경화를 그리는데 배는 50
여 분 파란 물 주름을 가르다가 청산도
에 닻을 내린다.

일 년 전, 머물었던 경일장에 여장을
풀고 택시로 사고 지점인 진산해수욕
장에 이르렀다. 큰 물병을 들고 홀로
생명나무를 찾아 해안을 걷는다. 흥분
을 가라앉히고 사고 지점으로 갔다. 노
적섬이 울창한 나무숲으로 속살을 감
춘 채 얼굴을 내민다. 해안 암반이 끊

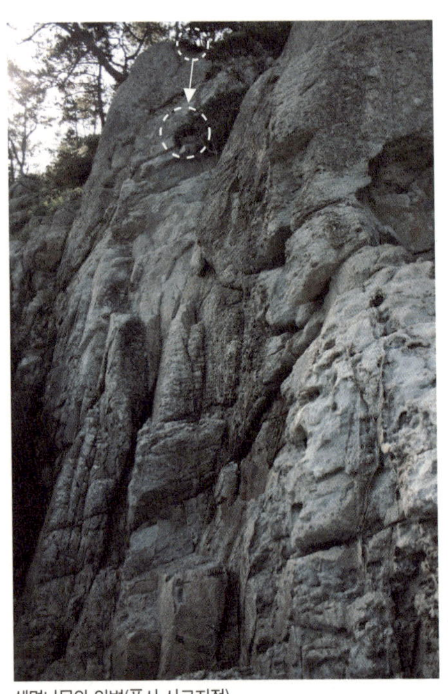

생명나무와 암벽(표시-사고지점)

기는 지점에 도달하자 감격과 두려움으로 가슴이 울렁거린다. 신중히 암벽을 타고 작년 이날, 내가 굴렀던 지점에 이르렀다.

듬직한 소나무에 로프를 걸고 내 몸도 묶었다. 긴장 속에 한 걸음 한 걸음 내딛는다. 혹설에 동상은 안 걸렸는지. 강풍에 가지는 안전한지. 생명나무를 보는 순간 눈물이 핑 돌고 감사기도가 터진다. 살며시 나무를 안았다. 그리고 준비한 물을 부어주며, 많이 보고 싶었다. 잘 있었느냐. 생명을 구해 준 너에게 이렇게밖에 촌심을 표할 길이 없어서 미안하다. 재회의 감격은 뜨거웠다.

나는 한참동안 나무와 바다를 바라본다. 이심전심, 말 없는 대화가 더 진했다. 시간이 흘렀다. 나는 가야 하고 너는 남아야 하는구나. 잘 있어. 오래 건강하게 살아야 해. 다시 만날 기약을 가슴으로 새기고 소중한 생명나무의 잎을 따서 수첩갈피에 넣고, 노적섬으로 발길을 옮겼다. 아무 대가 없이 생명을 구해 주고도 자랑하지 않는 고결한 기품이 나를 부끄럽게 한다.

노적섬

지리해수욕장

노적섬 근처에 왔다. 간조로 물이 빠져 걸어 들어갈 수 있다. 조심해서 들어갔다. 영락없이 곡식을 쌓아올린 듯한 노적봉이다. 암반이 경이롭다. 파도를 맞는 암반은 톱날처럼 날카롭고 독수리 발톱같이 힘이 있어 보인다. 허리는 집채 같은 바위기둥으로 둘렀다. 머리는 소나무 숲을 뒤집어쓴 더벅머리 총각 같다.

길을 만들어 가며 정상에 올랐다. 유난히 바다가 파랗다. 고독과 낭만, 그리움과 외로움의 절정에 서 있는 느낌이다.

노적섬은 바다를 좌대로 하고 그 위에 얹혀진 한 점의 수석 같다. 나는 이 명석을 사진으로 담았다. 물이 들기 시작한다. 서둘러 이 섬을 빠져나왔다.

선착장에 왔다. 빨간 등대와 하얀 등대 사이에서 마지막 정열을 불태우고 태양은 바다에 잠긴다.

곰솔밭

2008. 6. 8

아침 일찍 관광에 나섰다. 청산도에서 유명한 해수욕장의 세 곳 중 여행객들이 가장 선호한다는 지리해수욕장에 왔다. 1km나 되는 은빛 백사장이 소나무 군락을 끼고 길게 뻗어 있다.

수심이 얕고 지초도, 장도 같은 섬이 큰 바람을 막고 방파제도 있어서 물놀이하기에 안전하게 파도가 잔잔하다고 한다. 해수욕장과 접해 있는 곰솔밭은 이삼백 년 된 600여 그루의 소나무 군락이 펼쳐졌다. 어느 소나무는 해수욕장에 당장 뛰어들 것 같은 차림의 하반신 여성 육체미를 뽐내고 있다.

잠시 소나무밭에 앉아 바다를 바라보며 운전기사의 이야기를 듣는다.

옛날에는 이곳을 선산(仙山) 또는 선원(仙源)이라 불렀다 한다. 청산도는 섬이지만 농사가 70%이고 이모작을 하며 마늘과 유자가 특산물이라 한다.

신흥리해수욕장

옛날부터 고금도에서 양반자랑 말고 청산도에서 글자랑 말라고 했다. '친척 버선까지 팔아 자식에게 글을 가르친다' 는 말이 있단다. 이 같은 교육열은 조선 말기에 거문도로 귀양 갔던 문신 김유(金瀏)가 청산도에 서당을 짓고 글을 가르친 데 기인했다고 한다. 또한 매봉산(385m), 대봉산(379m), 보적산(330m) 의 우람하고 아름다운 산들이 등산인들에게 인기라고 한다.

신흥리해수욕장으로 자리를 옮겼다. 얼마 전에 TV프로인 '1박 2일' 에서 방영한 해수욕장이라 한다. 간조 때가 되면 성산포에서 목섬까지 곱고 부드러운 모래사장이 2km나 드러나는 천혜의 해수욕장이다. 크고 작은 섬들이 흔들의 자 같은 파란 파도에 앉아 있다.

읍리의 지석묘와 하마비

　자리를 바꿔서 지석묘와 하마비가 있는 읍리에 도착했다. 지석묘는 청동기시대의 대표적인 무덤으로 고인돌이라고도 한다. 그 당시 경제력이나 권력이 막강했던 이들의 무덤일 것이다. 하마비(下馬碑)는 조선시대에 종묘나 대궐문 밖에 세워놓은 비로, 누구든지 그 앞을 지날 때는 말에서 내리라는 의미를 적었다. 일 년 전의 반쪽 관광을 채우고 선착장에 왔다. 여서도로 가는 '섬사랑호'가 떠날 준비를 한다. 청산도의 진한 재회를 기억에 담고 승선했다.

 **여행자 수첩**

찾아가는 길(선편)
- 완도여객터미널 → 청산도(1일 5회, 50분 소요)
  7시 30, 8시, 11시 20, 14시 30, 18시.
- 청산도 → 완도(1일 5회)
  6시, 9시 50, 13시, 16시 20, 18시
  (계절에 따라 변경될 수 있음)

문의
- 완도여객터미널(061-552-0116)

섬 둘러보기
- 서편제, 봄의 왈츠 촬영장
- 고인돌과 하마비 • 노적섬
- 진산리 해안과 진산갯돌밭, 신흥리해수욕장, 지리해수욕장
- 범바위, 전망대 • 돼기 논과 밭

여서도

석양을 맞은 여서도의 방파제 등대

청산도와 여서도 간의 바다가 햇살로 눈부시다

2008. 6. 8

한여름이다. 돌과 바람이 많다는 여서도. 청산도에서 생명나무와 감격적인 재회를 하고 낯선 여서도로 향한다.

완도를 출항하여 소모도, 대모도, 장도, 청산도를 기항하고, 오후 4시 15분, 하루 한 번 여서도로 가는 섬사랑호 여객선에 승선했다.

여서도(완도군 청산면 여서리)는 청산도에서 동남쪽으로 25km 떨어진 남서쪽 끝에 있는 섬으로 완도와 추자도의 중간 지점에 위치한다.

크고 작은 섬들이 누워 있고 바다는 파란 물감을 풀어놓은 듯 쪽빛이다. 바다에 햇살이 엎질러져 눈부시다.

곱던 물결이 30여 분 지나자 거세진다. 배 안에서 고향이 창원이라는 낚시 전문인과 섬 애기를 주고받는다. 낚시하러 해외 여러 나라를 누볐다고 무용담을 신나게 늘어놓는다. 이곳 여서도에는 낚시하러 자주 온다며 민박을 소개해 준다.

5시 24분, 여객선은 여서도 선착장에 도착한다. 높은 산비탈에 담쟁이넝쿨로 덮인 거대한 돌 성곽마을이다. 높이 352m의 산봉우리를 중심으로 섬 전체가 기복이 심한 산지마을이다.

여서도 비문(碑文)을 들여다본다. 원래 여서도 지명의 한자는 餘鼠島였는데 餘瑞島로 바뀌었다.

여서도 마을

　　고려조 목종 10년 정미년, 1007년 제주도 해상에 우연한 지동이 7일간 계속되더니 수일 만에 운무가 없어지고 전에 없던 거산(居山)이 바다에 솟아났다. 조정에서는 지도를 작성하여 서산(瑞山)이라 했고 고려의 여(麗)자를 넣어 여서도(麗瑞島)라 했다는 전설이 전해진다.

　　민박집에 배낭을 놓고 선창에 나왔다. 층층이 돌담집이다. 작은 섬이지만 돌담길이 미로처럼 헷갈린다. 마치 잉카의 유적 같다는 생각이 든다.

　　이 마을 정정석 이장 댁에 들렀다. 친절히 맞아준다. 시원한 주스 한 잔 속에 인정이 서린다. 이 섬에 관하여 말한다.

　　이곳은 해안 전체가 천혜의 낚시터란다. 그래서인지 선창 방파제에도 낚시인들이 즐비하게 앉아 있다.

　　여서도의 특색은 돌담에 있다고 한다. 집집마다 돌담

여서도 표지석

돌담집

을 둘렀고 밭까지도 돌담을 쳤
다. 옛날에는 돌담의 높이에
따라 빈부를 가렸다고 한다.
이 많은 돌들의 출처는 확실치
않다고 한다.

바람의 피해가 얼마나 많았
으면 이렇게 높이 쌓았을까.
바람과의 전쟁을 대비했던 것

밭에도 돌담이다

일까. 바람은 섬사람들의 천적일까. 해적보다 더 무서운 것이 바람이라 하지 않
았던가.

지금 계절은 담쟁이넝쿨로 돌담의 진수를 볼 수 없다며 겨울이 되어야 실체가
드러난다고 한다. 이 돌담에 대해 당국에 문화재 지정을 신청했다고 한다. 2004
년, 목포대 역사학과 발굴팀이 선사시대의 패총을 발굴하여 선사시대부터 이
섬에 사람이 살았다는 증거를 찾았다고 한다.

여서도는 1960년대만 해도 갈치, 멸치, 고등어, 농어 같은 우수한 품종의 어

여서도 방파제에서 밤낚시하는 분들과 함께

류가 많아 '물 반 고기 반'이라고들 말했다고 한다. 또한 제주도 어선들이 육지로 왕래할 때 이곳이 관문이었다. 그러나 이 섬도 여느 섬처럼 인구가 감소하고 있다.

1968년에 193세대이고 여서초등학생이 180여 명이었으나 지금은 50여 가구에 90여 명이고 전체 학생이 단 두 명이다. 거의가 노인들이고 언젠가는 무인도가 될지도 모른다고들 걱정한다.

섬에 대한 이런저런 얘기를 들려준 이장님께 고마운 마음을 전하고 선창에 나왔다. 선창에서 등대로 가는 길이 아름답다.

마지막 정열을 태우는 태양이 황홀하다. 나는 황금으로 물든 방파제를 천천히 걸어 등대 앞에 이르렀다. 장엄한 불덩어리가 잠수할 때까지 바다에서 눈을 떼지 못했다.

민박집에 들어왔다. 마침 섬 지역의 인터넷 상황을 실사하러 다닌다는 곽씨라는 IT기사 한 분과 저녁을 함께했다. 많은 이야기를 나누며 내일 모도에 같이 가기로 했다. 밤바다를 보려고 방파제로 나왔다.

바다는 검게 물들어 간다. 빨강, 파랑 쌍 등대가 불빛을 흘린다. 여서도의 밤은 시작되고 여기저기에서는 밤낚시가 한창이다. 원정 온 낚시 가족들이 갓 잡아 올린 생선을 안주로 술잔이 오간다. 반달이 얼굴을 내밀고 야경의 서정을 돋운다. 낯선 한 분이 "여보시오. 외지에서 온 분 같은데 이리 와서 한 잔 합시다." 하며 정겹게 손을 끌어당긴다. 나는 갓 잡아 회를 뜬 싱싱한 안주로 이들과 술을 마시며 애기꽃을 피운다. 낯섦이 사라지고 낭만이 스며든다.

어떤 이는 낚시한 대형 농어를 안겨주며 사진을 찍어준다. 고마운 분들이다. 여행길에서 낯선 만남은 또 하나의 인연을 만든다. 이분들에게 사진을 보내주기로 약속하고 감사를 전했다. 등대가 유난히 밝은 빛을 흘린다.

밤이 깊어간다. 이제 잠을 청해야겠다.

단잠 속에 신나는 꿈을 꾸었으면 좋겠다.

새벽을 깨우는 수탉의 목청이 정겹다.

선창에 나왔다. 갯바람이 달다. 돌담은 산허리까지 둘렀고 산봉우리에는 뿌연 안개가 덮여 있다. 돌담길을 따라 내연화력발전소를 거쳐 산봉우리에 오른다. 수백 년 묵은 동백나무를 비롯한 여러수종의 상록수림이 울창하다.

산 정상에 올랐다. 소모도, 대모도, 청산도, 소안도 그리고 낯선 섬들이 아스라하다. 낯섦은 설렘이다.

여서도의 돌담을 가슴에 새기고 모도로 가는 사랑호에 승선했다.

파도는 아직도 잠을 자나 보다. 파란 바다가 걷고 싶을 만큼 잔잔하다.

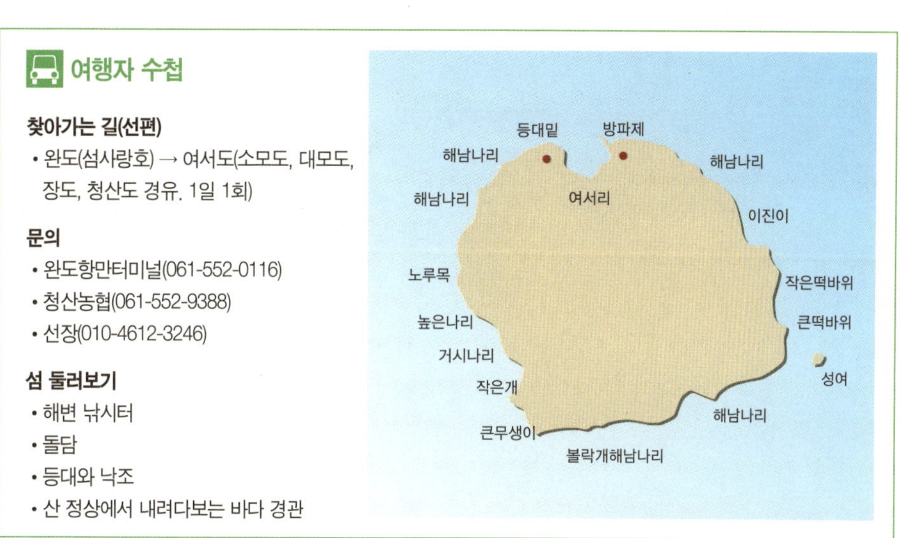

하조도

비 내리는 어류포항의 표정

비가 주룩주룩 내린다. 접도웰빙등산로 기행을 마치고, 30분 뱃길인 하조도 (下鳥島) 어류포항에서 내려, 곧바로 근처에 민박을 정했다.

하조도는 다도해해상국립공원으로, 35개의 유인도와 119개의 무인도를 거느린 조도군도에 속한 섬이다. 작은 섬들이 새 떼처럼 흩어져 있는 남쪽에 위치하여 하조도라 부르고 북쪽의 섬은 상조도라 한다.

하조도의 주 소득원은 어업과 농업이고 면사무소, 우체국, 파출소, 보건소, 학교 같은 기관이 있는 조도면의 중심이 되는 섬이다.

비가 많이 내려 어디부터 관광을 해야 할지 막막하다. 그렇다고 마냥 민박에 갇혀 있을 순 없지 않은가. 비를 무릅쓰고 다도해의 진면목을 한눈으로 볼 수 있다는 도리산전망대에 왔다.

비 내리는 하늘도, 비 맞는 바다도 온통 잿빛으로 물들었다. 비구름은 10여m 앞을 볼 수 없이 시야를 가린다. 새떼 같이 바다에 떠 있어야 할 많은 섬들을 볼 수 없어 안타깝다. 전망대에 비치해 놓은 '해상조망도'를 보며 실물이 아닌 사진으로 바다와 섬을 감상한다.

올망졸망한 유·무인도가 바다에 널려 있다. 외로움을 안고 사는 섬이지만 이곳은 섬 가족이 많아 외롭지 않을 같다. 전망대를 보고 어류포 해안으로 왔다.

고깃배들이 비를 맞고 있고, 조도대교가 삼삼하다. 조도대교는 상조도와 하조도를 이은 다리로 1997년에 완공되었다. 길이 510m로 한국의 아름다운 길 100선으로 선정된 연도교다.

어둠이 깃든다. 민박에 들어왔다. 일기예보에 귀를 기울였다. 이번 주 내내 비가 올 거라는 뉴스를 접하고 힘이 빠진다.

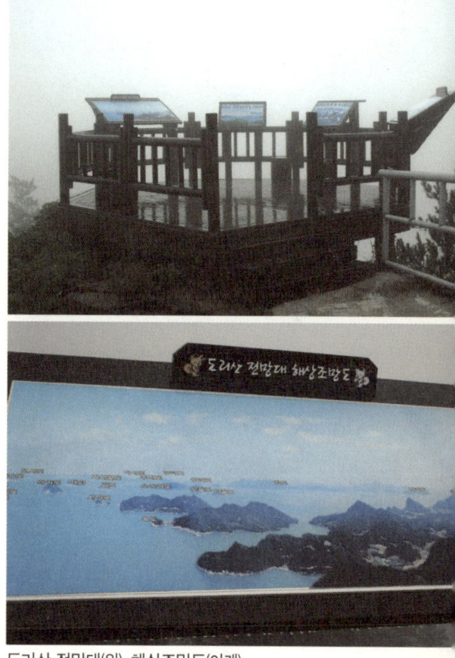

도리산 전망대(위), 해상조망도(아래)

2007. 9. 4

일기예보가 두렵다. 간밤 선잠 속에 새벽 5시에 일어났다.

하조도 등대에서 바라본 바다　　　　　　　　하조도 등대

　창문을 연다. 바람이 강하고 비는 멈출 기미도 없이 내린다. 모레까지 비가 온다는 일기예보다. 무보수로 주기만 하는 햇살이 새삼 고맙고 그립다. 하기야 땡볕 가뭄 속에 비바람은 또 얼마나 감사한가. 아침 식사는 빵으로 해결했다.

　어류포항에서 4km 떨어진 하조도 등대를 보고 싶었다. 택시도 없다. 걸어서 등대를 향했다. 비는 계속 내린다. 1km쯤 걸었을 때 봉고차 한 대가 온다. 손을 들었다. 차가 멈추더니 어디까지 가느냐고 묻는다. 등대 공사장에 가는 길이라며 타라고 한다. 힘들 때 응원자를 만났다.

　기사는 하조도의 관광지를 짚어주고 조도는 '한국의 카프리'라며 친절히 등대까지 데려다 준다. 깊은 감사를 표했다.

　등대 사무실로 들어갔다. 등대관리소장이 친절히 맞이한다. 이 등대는 1909년 2월에 점등하여 100년 역사를 지녔다고 한다. 1988년에 항로표지관리소로 개칭되었다며 등대의 현황을 말해 주고 유인물을 준다. 소장은 40년 경력에 정년을 앞두고 있었다. 3명이 8시간씩 3교대로 근무한다고 한다.

　등대불은 39km까지 빛을 발하고 등탑 높이는 12m로, 48m의 가파른 기암절벽에 세워져 있다. 앞바다는 서 남해해역에서 유속(流速)이 가장 거세고 해무가 자욱하여 위험한 지역이라고 한다. 이 등대는 이 지역을 지나는 선박의 지표가 되어 안전한 항해를 돕는다고 한다. 등대전망에 올랐다.

　비를 맞는 바다와 섬, 등대가 서정적으로 다가온다. 머뭇거리던 빗줄기가 다시 굵어지고 바람이 세차다. 찢어진 얇은 비닐 우의 속으로 비가 스민다. 옷도 젖고 카메라도 젖는다.

　하조도는 도리산 전망대, 등대, 돈대산, 소노대교, 신전해수욕장 등 볼만한 곳이 많은 다도해해상국립공원이다. 하지만 이런 일기와 불편한 교통 상황에서 여행을 계속하는 것은 무리한 욕심이 아닐까.

어류포항을 향하여 터벅터벅 걸었다. 옷도 신발도 다 젖었다. 10여 분 걸었을 때 봉고차 한 대가 클랙슨을 울리며 멈춘다. 두어 시간 전 등대에 갈 때 태워주었던 차다. 미소를 지으며 타라고 한다.

미안하고 고맙다. 나는 다만 얼마 차비라도 주려고 지갑을 꺼내니 "아닙니다. 우리 지역에 온 분에게 조금이라도 도움이 되었다면 그것으로 만족합니다." 하며 나의 호의를 사절한다. 남을 배려한다는 것은 이렇게 아름다운 것이다.

어류포항까지 편하게 왔다. 차번호 '95구 8858' 기사님의 따뜻한 마음이 젖은 가슴에 햇살을 비춰준다. 바람이 소강상태다. 일기예보에 의하면 내일은 바람이 강하게 분다고 한다.

갈등이 인다. 비가 개이기 기다리며 이곳에서 관광을 계속할 것인가, 내일도 비가 계속되고 강풍이 일면 며칠을 이곳에서 지내야 할지 확신할 수 없지 않은가. 대합실에 알아보니 잠시 후 12시 37분에 관매도 가는 페리호가 출항한다고 한다. 약속된 일정을 고려하여 이곳에서 며칠을 머물 수는 없다. 오늘 출항할 수 있는 것만도 감사하다.

하조도 관광을 더 하지 못한 아쉬움을 안고 관매도행 페리호에 승선했다.

얄궂은 비가 하염없이 주룩주룩 내린다.

관매도

돌묘와 꽁돌바위

어제도 오늘도 비는 계속 내린다. 설상가상으로 호우주의보까지.

우중에 하조도를 보고 비와 함께 7km 뱃길인 관매도에 왔다. 관매도는 한국의 '휴양섬 30'에 선정된 아름다운 섬이다. 바닷가에 매화가 무성하다 하여 관매도(觀梅島)라 했단다. 면적 5.7 ㎢, 해안선 길이 17km, 3개 마을에 300여 명이 거주한다.

관광지는 관매 8경을 비롯하여 곳곳에 산재한다. 자연산 돌김과 미역이 유명하고, 낚시인들이 사계절 즐겨찾는다고 한다. 드라마 「천년학」의 배경이기도 한 관매도는 새 떼처럼 널브러진 조도면의 그많은 섬 중에서도 가장 아름다운 섬으로 수많은 전설을 주렁주렁 달고 있다. '솔밭민박'에 여장을 풀었다.

선착장 주변에 있는 관매도 해변에 이르렀다. 100년에서 200년 안팎의 울창한 송림을 병풍으로 두른 관매도해수욕장의 위용이 대단하다.

해변 길이 3km, 해변 맞은편에 3만여 평의 광활한 해송 숲이 펼쳐진다. 하늘도, 모래사장도, 바다도, 온통 무채색이다. 빗발이 굵어진다. 비와 함께 모래사장을 걸었다. 이곳 모래사장은 백령도의 사곶처럼 밟아도 발이 빠지지 않는다.

관매도해수욕장

천연기념물로 지정된 후박나무(위), 관매 중·초등학교(아래)

모래와 갯벌이 잘 어우러지고 수심이 얕고 어패류가 많아 흥미가 생기게 하는 해변이다. 산림 속 길을 따라 마을에 들어섰다. 거목인 후박나무가 나타난다. 천연기념물 제212호로 지정된 이 후박나무는 나이가 800살이다. 높이 18m, 가슴둘레 3.41m 로 아직도 가지와 잎이 청춘이다.

소나무 숲속에 아담한 학교가 자리하고 있었다. 광활한 송림과 후박나무를 끼고 조도중학교관매분교와 관매초등학교가 한 울타리 안에 있다. 운동장은 흙이 아닌 모래다. 호기심을 갖고 교무실에 들어갔다. 컴퓨터교실까지 갖추고 환경이 좋아 보인다. 교장실로 안내한다. 교장선생님은 교육열이 대단해 보인다. 초등학생이 9명, 중학생이 8명이고 선생님은 모두 8명이란다. 학생들은 인사성이 밝고 명랑해 보였다. 내년에는 입학할 아이들이 없을 거라며 언제 폐교될지 모른다고 한다. 근자에 섬 학교들은 아이들이 없어 폐교하는 사례가 많다. 인사를 나누고 민박에 들어왔다.

관매도 8경을 다 보려면 유람선을 타고 바다에 나가야 하는데 피서철에만 운행한다고 한다. 낚싯배를 전세 낼 수도 있지만 대절료가 만만치 않고 오늘같이 비바람이 불면 그마저도 안 된다고 한다. 내일도 비와 바람이 많겠다는 일기예보다.

2007. 9. 5

비바람이 오늘도 이어진다.

아침 일찍 길을 물어물어 관호마을 고개를 넘어 돌묘와 꽁돌(장사바위)이 있는 해안에 왔다. 산은 안개와 비구름으로 얼굴을 가리고 파도는 천둥소리를 울리며 바위를 삼킬 듯 하얀 이빨을 내민다.

꽁돌은 용암이 흐른 것처럼 찢기고 파인 암반에 앉아 있다. 지름 4~5m 크기의 둥근 바위로 아랫부분이 손바닥 모양으로 움푹 파졌다. 암반 사이사이에는 부드러운 모래사장이 파도를 맞고 비에 젖고 있었다.

금방이라도 하늘로 올라갈 듯한 꽁돌은 거문고 소리에 넋이 나갔던 하늘장사들의 돌묘를 원망스럽게 보고 있는 듯하다.

전설에 따르면, 옥황상제가 갖고 놀던 꽁돌이 두 왕자의 실수로 지상으로 떨어졌다. 상제는 하늘장사에게 꽁돌을 가져오라고 명했다. 하늘장사가 내려가 꽁돌을 들어 올리는 순간 어디선가 거문고 소리가 들려왔다. 장사는 그 소리에 매혹되어 상제의 명을 잊었다. 옥황상제가 다시 두 명의 사자를 보냈으나 그들도 거문고 소리에 취해 그 자리에 주저앉았다. 진노한 상제는 그곳에 돌묘를 만들어 그들을 묻었다는 전설이 전해지고 있다. 섬은 전설의 고향이기도 해서 나

방아섬과 남근바위

는 섬 여행을 하면서 많은 전설을 알게 되었다.

이정표도 없고 사람 왕래도 드물어 어렵게 방아섬 앞에 이르렀다. 비는 폭우로 얼굴을 바꾸고 하늘과 바다는 구별되지 않는다.

방아섬 꼭대기에 남근바위가 부끄럼도 없이 속살을 드러낸다. 옛적에 선녀가 내려와 방아를 찧었다 하여 방아섬이다. 남근바위는 남자의 '거시기' 같이 생겼는데 아이를 갖지 못하는 여인들이 이곳에서 정성들여 기도하면 아이를 갖는다는 전설이 전해진다.

나는 옷과 신발, 모자가 젖어 모습이 말이 아니다.

관매도의 관광지를 다 돌아보지 못한 아쉬움을 기약 없는 날로 미루고 거차도로 가야겠다. 거차도 가는 여객선이 12시에 있다기에 급히 선착장에 왔다. 시간이 되었는데 사람도 없고 배도 오지 않는다. 조도면사무소에 전화했다.

거차도는 풍랑이 심하여 배가 출항하지 못한다며 내일도 떠날지 장담할 수 없다고 한다. 진퇴양난이다. 집으로 가야 하나 이곳에서 더 머물러야 하나.

나는 지금 지쳐 있다. 아침에 빵 한쪽에 물 한 모금 마신 것이 전부다. 더구나 며칠 비를 맞으며 무리하게 걸어 피로가 쌓인 상태다. 다행인지 불행인지 이곳 관매도에서 오후 1시 15분에 진도 팽목항에 가는 배는 출항한다고 한다. 여기까지 왔는데 계획한 거차도에 가지 못해 아쉽고 날씨가 원망스럽다. 무심하게 보아오던 파란 하늘이 새삼스럽게 그립다.

진도 팽목항에 가는 배가 들어온다. 찝찝한 심정으로 여객선에 승선했다. 진도에 내려 서울 가는 마지막 고속버스를 탔다. 버스 승객은 나 홀로다. 휴게소에서 기사에게 저녁식사라도 대접하려고 하니 기사는 별도로 식사하는 곳이 있다고 한다. 기사에게 미안한 생각이 든다. 기사는 내 마음을 읽었는지 손님이 한 분도 없어도 시간표대로 차는 출발한다고 한다.

자정이 지나서 집에 이르렀다. 긴장이 풀려서일까. 피로가 엄습한다. 불순한 일기에도 사고 없이 접도, 하조도, 관매도를 볼 수 있었던 것에 감사해야겠다.

여행자 수첩

찾아가는 길(선편)
- 진도 팽목항 → 조도(6회)
- 진도 팽목항 → 관매도 직행(3회)
  수시로 시간이 바뀜

문의
- 팽목항 매표소(061-544-0833)
- 어류포항(061-542-5055)

섬 둘러보기
- 관매 8경(관매도해변, 방아섬, 돌묘와 꽁돌, 할미도깨비, 서들바굴폭포, 구렁이바위, 하늘담)
- 천연기념물 후박나무와 해송 숲, 학교

홍도(紅島)

남문바위

홍도, 누구나 한 번쯤은 다녀갔거나 가 보고 싶은 섬이다.

1965년 천연기념물 제170호로 지정된 보호구역이다. KTX 열차로 목포역에 도착하여 택시로 연안여객터미널로 왔다. 많은 사람들이 다양한 모습으로 벅신거린다. 오후 1시, 홍도행 남해스타호에 승선했다. 선실은 1, 2층 좌석을 꽉 메웠다. 망망대해가 호수처럼 잔잔하다. 배는 비금도와 흑산도에서 잠시 정박하고 홍도에 닿는다.

홍도는 신비의 섬이다. 홍도 해안에 늘어놓은 수많은 기암 하나하나가 자연이 만든 예술품이다. 홍도는 목포에서 115km, 흑산도에서 22km 서쪽에 있고, 1구 마을은 96세대에 350명, 2구 마을은 50세대에 150명이 거주한다. 섬 전체가 홍갈색을 띤 규암질의 바위섬으로 많은 전설을 지녔다. 홍도 해안은 수직단층과 절리 층리가 발달하여 홍도 33경의 기암괴석을 형성케 했다. 눈이 시리도록 푸른 바다와 울창한 숲의 조화가 가히 가경이다. 흔히 가거도를 남성미, 홍도를 여성미로 비견한다. 어족자원도 풍부하다.

여관을 정하고 관리사무실 옆에 있는 난 전시실로 향했다. 15평 면적에 아담하게 꾸며진 전시실에는 대엽풍란, 석곡, 새우란 같은 홍도 자생란 6종 오백여 점이 전시되어 있다.

홍도 풍란은 다년생 관상식물로 바위틈이나 고목 등걸에 뿌리가 얽혀 자란다. 꽃은 7월에 피고 한 꽃대에 3~5개 꽃잎이 달리고 향기가 멀리까지 풍긴다. 한때는 홍도를 덮을 만큼 풍란이 많았다 한다. 천연기념물로 지정되기 전에 관광객들의 남획으로

홍도 1구 마을(위), 홍도 난 전시실(아래)

빠돌해수욕장

지금은 거의 멸종상태까지 이르렀다고 한다.

홍도해수욕장(빠돌해수욕장)에 왔다. 동그란 돌(빠돌)로 이루어진 특이한 해수욕장이다.

모래가 아닌 몽돌밭이다. 길이 600m , 폭 70m로 해수욕보다 파도를 즐기는 자갈밭이라고 해야 옳은 표현 같다.

이곳에서 해수욕 하면 부스럼이 없어지고 피부에 좋다고 한다. 물에 잠겼다가 파도 따라 때그르르 쾅쾅 청음을 내며 얼굴을 내밀고 숨는 조약돌이 보석 같다. 주변 방파제에는 횟집이 들어섰고 낚시도 한다.

해수욕장 옆 깃대봉 중턱에 세워진 전망대에 왔다. 산 중턱에 자리한 마을과 바다에 떠 있는 수많은 바위들이 한눈에 잡힌다.

홍도는 평지가 거의 없는 산악지대이다. 집도 길도 언덕바지다. 하지만 여느 섬과 달리 앞바다에 양식장이 없어 거칠것 없이 지중해 바다처럼 맑고 푸르다.

깃대봉을 향하여 험한 산길을 오른다. 동백나무와 활엽수로 하늘을 가려 바다가 보이지 않는다. 빠돌해수욕장에서 맞는 해넘이의 황홀한 장관을 놓치지 않으려고 도중에 전망대로 하산했다. 일몰 무렵 아쉽게도 태양은 구름에 가려 종언(終焉)의 화려한 의식을 생략했다.

전망대에서 홍도문화관광 해설가(이동석)를 만났다. 홍도의 역사 문화 자연

관광명소를 친절히 설명해 준다. 홍도는 340년 전부터 사람이 살기 시작했고 540여 종이나 되는 식물이 있지만 낙엽 지는 나무가 흔치 않아 단풍 보기가 어렵단다.

홍도의 밤은 정중동(靜中動)이다. 어둠에 덮인 바다는 반짝이는 등대 빛에 쏘여 홍도(紅桃) 색깔로 출렁이고 낚싯배들과 바위섬들은 고즈넉하다.

나는 해삼 한 접시와 소주를 주문했다. 이태백의 흥취가 전이되는가. 노래방에서 흘러나오는 동백아가씨가 마음을 적신다.

2008. 10. 30

선착장에는 장사하는 사람들과 유람선을 기다리는 관광객들로 혼잡하다.

홍도는 쌀 한 톨 생산하지 않지만 돈 섬이라는 생각이 든다. 이태리나 캄보디아는 선조들이 만든 유적으로 돈을 벌고 홍도는 천혜의 자연환경으로 돈을 번다.

오전 7시 30분, 유람선에 승선했다. 선장은 "세계 최고의 해벽미를 지닌 홍도의 해상관광을 시작합니다." 하며 흥을 돋운다. 볼펜과 카메라를 연신 움직였다. 유람선은 기념될 만한 곳에서는 잠시 머물며 사진 찍을 기회를 주고 사진사가 나와서 찍어주기도 한다.

돛대바위를 지나니 홍도 제1경인 남문바위(구멍바위)가 나타난다. 바위섬에

물개바위

2구 마을

홍도 등대

구멍이 뚫려 소형선박이 내왕할 수 있는 석문으로 홍도의 관문이라 할 수 있다. 이 석문을 지나간 사람은 더위를 먹지 않고 소원 성취된다고 하여 행운의 문이라고도 한다.

물개모양의 물개바위, 우뚝 선 위용이 장군 같고 또 풍선의 돛대 같다 하여 장군바위(돛대바위), 200여 명이 들어갈 수 있는 실금리굴, 천인단애한 절벽 위에 수십 톤 무게의 거대한 바위가 금방이라고 떨어질 것 같은 아차바위, 상투바위, 곰바위, 부부바위, 만물상, 석화굴…… 즐비한 바위섬들이 탄성을 끌어낸다.

유람선은 2구 마을에서 잠시 정박하여 사람을 태우고 내려주고 한다.

2구 마을 선착장 지척에는 수심이 얕고 조약돌이 깔린 해변이 있어 해수욕하기에 좋고, 선착장과 방파제는 입질 좋은 낚시터다. 더욱 인상적인 것은 해안 절벽 위에 세워진 홍도 등대다. 1913년에 처음 불을 밝혔고 이란 사원의 지붕처럼 돔형의 하얗고 예쁘게 조경도 잘 되었다. 등대 앞바다는 띠섬, 독립문바위가 파란 바다에 점점이 떠 있는 모습이 일품이다. 독립문바위는 홍도 10경 중 8경이다. 옛날에는 중국으로 가는 배들이 드나들던 북문이다. 모양이 독립문처럼 생겼다하여 독립문바위라고 한다.

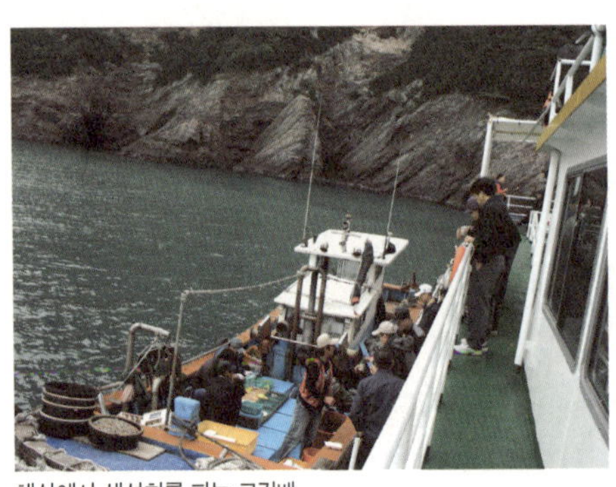

해상에서 생선회를 파는 고깃배

유람은 계속된다. 유람선이 어느 지점에 머물고 고깃배 한 척이 접근한다.

생선회를 파는 배다. 즉석에서 회를 떠서 유람선 관광객들에게 판다

많은 사람들이 고깃배에 내려가 회를 먹는다. 회 한 접시에 2만원이다.

장군바위 도는 돛대바위

독립문바위

유람선 안내방송은 "돈 가져온 것 남기면 무엇해요. 이렇게 경치 좋은 해상에서 싱싱하고 맛있는 회를 먹을 기회가 인생에서 몇 번이나 있겠어요." 일부 유람객은 선실에서 술을 마시고 춤추고 노래한다. 고깃배는 장사 한번 잘 하고 떠난다. 바위 틈틈이 박힌 소나무들은 모두가 아름다운 분재 작품 이상이다.

10시 5분, 해상 관광을 마쳤다.

배낭을 정리하고 흑산도에 가기 위해 선착장으로 나왔다. 뜻밖에 이동석(홍도 문화관광 해설자) 선생님이 나를 찾으며 『황해의 비경 홍도』라는 관광책자에 내 이름까지 써서 준다. 고맙다. 시간이 있으면 점심이라고 대접하고 싶은데 배 시간이 임박했다. 섬 기행수필집이 출간되면 보내드려야겠다.

홍도는 천의 얼굴을 가진 미인 섬이다.

흑산도

홍도 기행을 마치고, 11시 10분 뱃길로 22km 떨어진 흑산도에 도착했다. 흑산도는 면적 19.7km, 해안선 길이 41.8km , 인구는 3,000여 명이다. 울창한 산림과 바다가 푸르다 못해 검게 보인다 하여 붙여진 이름이다.

홍도를 비롯한 다물도, 대둔도, 영산도, 만재도의 섬들과 우리나라 최남단의 가거도는 모두 흑산도군도를 이루는 섬들이다.

흑산도는 예로부터 홍어로 유명하다. 어판장에서 일하는 한 분을 만나 홍어에 대한 이야기를 들었다.

홍어는 양식이 안 되고 옛날만큼 많이 잡히지도 않는다고 한다. 근래에는 칠레산 홍어가 많이 수입되어 혼란스럽다고 한다. 흑산도 홍어는 다른 지역 것들보다 화끈하고 찰기진 감칠맛이 난단다.

흑산도항(위), 홍어 어판장(아래)

오래전 선조들이 고기를 잡아 육지에 팔러 나갈 때 달포가 걸려 뭍에 도착하면 대부분 고기가 상하여 버려야 했는데 유독 홍어만은 상하지 않았다. 오히려 시간이 흐르면 독특한 홍어의 맛이 새롭게 생겼다. 그래서 며칠씩 보관했다가 먹는 전통이 만들어졌다는 것이다. 지금도 홍어를 삭혀먹는 것은 그런 음식의 역사 속에서 나온 것이다.

또 알게 된 흥미로운 홍어의 특징 한 가지. 홍어 수컷은 두 개의 생식기가 있어 한 번에 두 마리의 암컷과 교미를 할 수 있다 하여 해음어(海淫魚)라는 별명을 갖고 있다는 것이다.

택시를 불러 흑산도 관광에 나섰다. 무사 항해와 고기 풍년을 기원하는 풍어제를 지내던 진리당을 찾았다.

'당각시' 와 '총각화상' 의 설화가 전해져 내려온다. 당각시 설화는 남편이 고기를 잡으러 갔다가 풍랑으로 죽자 각시도 목매어 죽었는데, 그때부터 안 좋은 일이 자주 일어나 주민들이 각시가 죽은 자리에 당을 세워 원혼을 모셨다 한다.

총각화상 설화는 "총각화상이 어느 날 옹기 파는 배를 타고 왔다. 그가 피리

진리당

를 불면 바다가 잠잠하고 고기가 많이 잡혔다. 그가 떠나려 하는데 당각시가 풍랑을 일으켜 배를 못 가게 했다. 뱃사공은 당각시를 달래기 위해 총각을 섬에 떼어놓고 옹기 배가 출항했다. 총각화상이 혼자 남아 피리를 불다가 죽었다. 주민들은 죽은 총각을 당각시 옆에 모시고 용신으로 받들었다."고 한다. 'KBS 전설의 고향'에서도 이 이야기를 각색하여 드라마로 만들었다고 한다.

파도에 생의 운명을 걸고 살아왔던 섬마을의 전설들은 이처럼 곡진하다. 자연을 달래기 위한 제의와 신화들에 섬마을 사람들은 기대어 살아왔던 것이다. 이들에게는 자연에 대한 겸손이 배어 있다.

상라산(226m)으로 향한다. 2년 전에도 이곳에 왔던 적이 있었다. 이때는 지역 유지인 강경대 님의 도움을 많이 받았다. S자형 열두 고갯길을 감돌아 상라산성에 도착했다. 옆 주변에 '흑산도 아가씨 노래비'가 보였다. 스위치를 누르니 이미자의 구슬픈 노랫가락이 흘러나온다.

어떤 유행가에는 민중의 애환이 서려 있어, 한때의 유행이 아니라 고전이 되기도 한다.

상라산 정상 부근에 봉수대가 있고 봉수대 앞 능선 정상에는 전망대가 있어 삼면의 바다를 조망할 수 있다. 예리항의 아름다운 자태와 자연이 빚은 걸작 홍도를 비롯한 다도해가 아스라하게 펼쳐져 있다.

바다를 바라보며 해안선을 달린다. '하늘 다리길'이라 불리워지는 해안선 벽에는

흑산도 노래비

지도바위

신안군의 여러 섬들을 그려놓았다.

지도바위가 나타난다. 파란 바다에 앉은 바위섬 중앙에 우리나라 지도와 닮은 구멍이 뚫려 있어서 붙여진 이름이다. 이 바위는 마리와 비리 사이에 위치한다. 파도나 해류에 의한 침식작용으로 대한민국 국토모양의 구멍을 갖게 된 바위다. 이 구멍에는 3·8선이 없다. 멀리 떨어져서 보면 수반에 놓은 수석 한 점을 감상하는 것 같다.

사리마을에 왔다. 이 마을은 흑산도 유적지의 명소다. 흑산도에 유배된 131명 (궁녀 2명)의 외로운 삶이 머물렀던 마을이라고 한다.

정약전이 흑산도 유배 시절에 거처하며 후학을 양성하던 사당을 찾았다.

정약전은 조선 후기의 문신이자 실학자이며 정약용의 형이다. 천주교 탄압 때 신유사화로 흑산도에 유배되었다. 유배생활 중에도 227종의 어류 및 해산물의 어록연구서인 『자산어보(玆山魚譜)』를 저술했다. 『자산어보』에 담긴 그의 세밀하고 정치한 관찰력은 현대인에게도 놀라움과 존경심

정약전의 서당

사리마을 해안과 7형제 섬

을 낳는다. 그는 유배지를 고요한 연구실이자 실험실로 만들었다. 그는 진정한 실사구시의 학자였다.

사리마을 해안에서 차를 멈추고 한참이나 바다를 바라본다.

감탄사가 절로 난다. 바다도 섬도 배도 모두 잠들어 있는 듯하다. 정(靜)의 진수(眞髓)인가. 사리마을 풍경은 한국의 '소렌토' 라고 불린다. 어촌마을의 아름다운 고전미를 보여준다. 이곳에 동남풍이 불어도 어선들이 안전한 것은 사리 포구 앞에 7개의 작은 섬(칠형제 바위)들이 자연방파제 역할을 하기 때문이라고 한다. 여기라고 전설이 빠질 수 있겠는가.

옛날 홀어머니가 아들 7형제와 바다를 의지하고 살았다. 어느 해, 태풍이 불어 몇 날을 바다에서 일할 수 없어 아들 일곱 형제가 바다에 들어가 두 팔을 벌려 파도를 막다가 섬으로 굳어졌다는 이야기. 이 전설은 바다가 농토인 어촌 사람들의 삶의 애환을 진하게 전달하고 있다.

다음 발걸음. 칠곤리에 있는 조선 고종대의 문신이자 항일 의병장이었던 면암 최익현이 글을 쓴 지장암과 유적비 최익현의 유적지에 왔다.

흑산도를 거쳐간 문인과 명사들이 많은데도 후세에 남길만한 징표가 없음을

한탄한 면암은 바위에 '箕封江山洪武日月'이라고
쓰고 그 바위를 지장암이라고 했다.

이 문구는 조선이 유구한 역사와 전통을 지닌 민
족임을 강조하여 민족적 자부심을 고취하고자 한
것이다. 항일 의병장다운 문장이다.

철곤리 해안에는 이상한 섬이 떠 있다. 우거진 숲
속에 구멍이 나 있어 여성의 생식기를 떠올리게 하
는 형태다. 생명이 탄생하는 생명의 구멍이다. 여자
바위라고 한다.

택시기사는 해박한 지식으로 관광명소를 잘 짚어
준다. 나는 훌륭한 가이드를 만났던 것이다.

오후 늦게 목포행 배를 탔다.

남몰래 서러운 세월은 가고 물결은 천번 만번 밀려오는데…… 이미자의 노래
가 귓전을 울린다.

면암 최익현이 글을 쓴 지장암과 유적비(위), 여자바위(아래)

🚌 **여행자 수첩**

찾아가는 길(선편)
- 목포항여객터미널 → 흑산도(매일 2회
  운항, 07: 50, 13: 20)
- 흑산도 → 목포항(매일 2회 운항)
  소요시간 1시간 50분
  (운항 횟수와 출항시간은 철에 따라 변경
  될 수 있음)

문의
- 남해고속해운(061-244-9915)

섬 둘러보기
- 흑산도 어시장 • 진리당
- 상라산, 상라산성, 흑산도 아가씨 노래비, S자 고갯길
- 지도바위, 구멍바위 • 정약전 서당, 최익현 유적지
- 해상관광

사도

양면바다해수욕장

진작 걷고 싶었던 길이다.

모세의 기적처럼 일 년에 두세 번 바닷길이 열린다는데, 이 바닷길은 사도(본도), 추도, 간도, 시루섬, 장사도, 나끝, 연목, 이렇게 일곱 개의 섬을 ㄷ자로 잇는다는 신비의 길이다.

강남 고속버스터미널에서 오전 6시 50분 여수행 고속버스에 승차했다.

들녘은 봄기운이 완연하다.

여수여객터미널에서 오후 2시, 사도행 여객선에 승선한다. 오늘 사도를 보고 내일 바닷길이 열리는 추도에 갈 계획이다. 많은 유·무인도가 바다를 수놓고 파도는 비단 주름처럼 물결이 곱다.

어디 가느냐고 묻는 이가 있다. 말벗이 생겨 좋다. 노모가 추도에 홀로 계시는데 며칠 만이라고 보살펴 드리려고 추도에 간다는 이광원 씨와 말문을 트고 이 지역 정보도 얻게 되었다. 여객선은 백야도, 개도, 하화, 상화에 잠시 정박하고 오후 3시 30분에 사도 선착장에 닿았다. 이씨는 민박을 겸한 사도식당 횟집 주인인 김장수 씨(018-624-6532)를 소개해 주고 내일 추도에서 만나자며 전화번호를 알려준다.

사도는 스물두 세대에 45명이 거주하는 작은 섬마을이다.

여장을 풀고 여정에 나선다. 사도(본섬)와 나끝은 시멘트 길로, 중도는 다리를 놓아 본섬과 연결되었다. 사도 옆 시루섬(중도)과 장사도는 본섬과 매일 한 차례씩 바닷길이 열리고 닫힌다. 하지만 사도에서 추도는 용궁 가는 길이라 하여 좀처럼 열리지 않는다. 어디 용궁 가기가 쉽겠는가. 연중 2~3회 바닷길이 열리는데, 그때는 7개의 섬이 연결되는 신비한 현상이 일어난다.

선착장에서 머지않은 사도다리를 지나자 시루섬, 장사도의 바닷길이 드러나면서 양면해수욕장이 펼쳐져 있다. 모래사장은 바다를 양쪽으로 갈라놓은 넓은 신작로 같이 길게 뻗어 있다. 모래는 조개껍질이 부서져 생긴 모래다.

물이 빠진 시루섬 표면에는 커다란 공룡 발자국이 찍혀 있고 해벽에는 40m나 되는 사람 옆 얼굴 모양의 거대한 얼굴바위가 나타난다. 오똑한 코와 튀어나온 이마, 소나무 머리카락을 하고 있다.

시루섬의 공룡발자국

얼굴바위

그 옆에는 거북바위가 눈을 부릅뜨고 일본 쪽을 노려보고 있다. 애국심이 충천한 바위다. 높이 10m, 길이 15m로 실제 거북선의 크기와 비슷하다. 충무공이 이 바위에서 영감을 얻어 거북선을 만들었다는 설도 있다.

이순신 장군이 앞날을 구상하며 생각에 잠겼다는 장군바위, 젖이 부족한 아낙들이 정성을 드려 맑은 물을 솟게 했다는 젖샘바위, 제주도 용두암의 꼬리라는 용비암 같은 바위들이 저마다 사연을 갖고 시루섬에서 살고 있다.

얼굴바위를 돌아서면 규화목화석층이 해벽 사이에 끼어 있다. 긴 세월 규산이 스며들어 나무가 돌처럼 변한 것이라 한다.

민박집에 들어왔다. 대구에서 '바다 갈라짐' 현상을 보러 왔다는 네 명의 여성

거북바위

규화목화석

관광객들과 민박집에서 차려준 저녁 식사를 같이하며 대화를 나누었다. 저녁을 먹고 나서 민박집 바로 앞에 있는 사도해수욕장의 해변을 산책했다. 밤하늘에는 둥근 만월이 떠 있다. 밤하늘과 밤바다는 한 몸 같았으니, 저 만월은 밤하늘의 것인가, 밤바다의 것인가. 시루섬 장사도 추도가 달빛에 흔들리고 등대는 밤길을 연다.

2009. 3. 11

바다가 열리는 우리나라 대표적인 바닷길은 진도의 회동마을과 모도, 보령의 무창포와 석대도, 그리고 바로 이곳이다. 민박집 주인은 관광과 낚시를 겸하는 소형 배, 민들레호의 선장이다. 나는 선장과 오늘 오전 11시에 추도에 가기로 약속했다. 바닷물이 들기 전에 추도를 미리 보고 용궁 길을 걸어올 수 있는 시간을 벌기 위해서다. 대구 분들도 동승을 희망하여 응했다.

새벽바람이 차다. 일출을 보려고 바다에 나왔다. 구름으로 얼굴을 감춘다.

선착장 주위를 걷는다. 관광센터 앞에 조형인 공룡 두 마리가 실물처럼 마주 보고 웅얼거리는 것 같다. 먼 옛날 사도에 공룡이 살았다는 이미지를 부각시킨다. 선착장 왼쪽 자갈밭 해변을 따라 걷다가 사도공원을 만났다. 옛적 공룡의 생활 모습을 한눈으로 볼 수 있게 꾸몄다. 열대림과 각종 수목들 그리고 공룡조형물이 잘 어울린다. 집집마다 높은 돌담이 강풍을 연상케 한다. 교회도 보인다.

산책로에 들어섰다. 길이 잘 닦여졌고 중간 중간에 휴식공간도 만들어 놓았

관광센터 앞 공룡 조형(위), 왕소나무(아래)

다. 섬들이 사방에 널브러져 있고 깎아지른 듯한 해벽과 용암이 흐른 것처럼 해안 암반이 경이롭다. 짐승처럼 생긴 왕소나무가 길을 가로막는다. 기이하게 생긴 소나무를 흥미롭게 감상한다.

어제 바닷길이 열렸던 장사도와 시루섬이 바닷물에 잠겨 무인도로 변신했다. 산책로를 돌면서 무인도가 감추어 놓은 밀실을 훔쳐보는 것 같은 감흥이 인다.

약속한 소형 배가 기다린다. 미리 가서 추도를 구경하고 올 때는 바닷길이 열리는 시간에 맞춰 용궁 길로 걸어올 생각이다. 용궁에 들어가 용왕을 만나는 동화 속을 걸으며 배를 탔다.

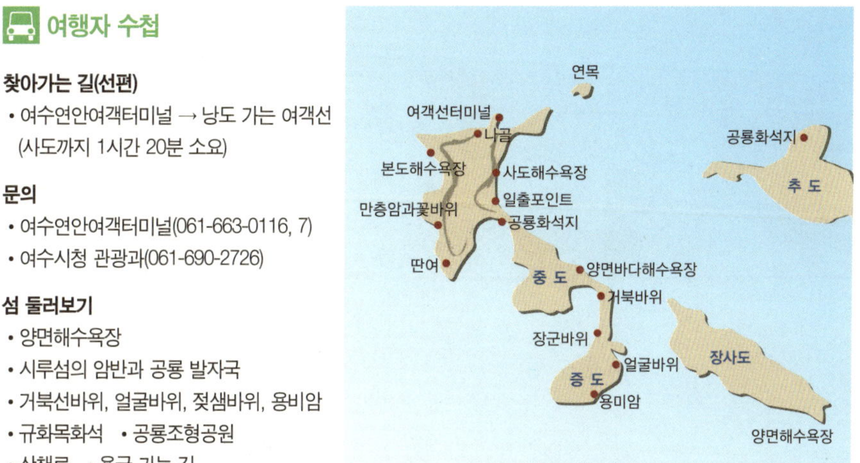

추도

사도와 추도 간 780m의 바닷길이 드러났다

추도

11시 40분, 사도에서 소형 배를 타고 뱃길로 5분 거리인 추도에 왔다.

집은 대여섯 채 있지만 할머니들 세 명만 사는 작은 섬마을이다. 하지만 추도단층, 공룡 발자국, 층리, 돌담, 섬을 두 동강으로 만든 차별침식은 다른 섬에서는 잘 볼 수 없는 신비스런 풍경이다. 어제 여객선에서 만났던 이씨가 반갑게 맞는다. 얼마나 바람이 많으면 돌담을 저리 높이 쌓았을까.

돌담길로 들어섰다. 누런 멍멍이가 낯선 나그네를 보고도 짖지 않고 꼬리를 흔든다. 얼마나 외로웠으면 본성까지 잃고 낯선 이를 반길까. 동산에 올랐다. 마당만한 밭

추도 돌담집(위), 추도 단층(아래)

추도의 공룡 발자국

들이 웬만한 찬거리는 마련해 줄 것 같다.

추도의 단층에 왔다. 바위섬의 퇴적층인 단층에서 지구의 원시적 역사를 생(生)으로 보는 느낌이다.

섬은 아직도, 아니 영원히 과거이고 현재이고 미래에 사는 젊은이가 아닐까.

발길을 옮겨 해변으로 내려갔다. 국내 최대의 퇴적층 암반이 나타난다. 이 암반에는 길게 공룡 발자국이 찍혀 있다. 공룡이 실제로 존재했을까. 공룡은 인간에게 어떤 존재였을까. 상상은 꼬리를 물고 타임머신을 탄다. 방향을 바꿔 차별침식으로 갈라진 양면해벽 사이에 섰다.

섬이 두 쪽으로 갈라진 형태다. 그 사이에 바닷물이 들어도 사람이 통행할 수 있도록 시멘트로 계단을 쌓았다. 천인단애의 양면 해벽에 소나무가 아슬아슬하게 걸쳐 있다. 흙 한 줌 없는 바위틈에서 모진 바람을 견뎌온 끈기가

차별침식으로 두 조각난 사도

놀랍다. 정면에는 파란 바다가 스크린처럼 펼쳐지고 섬들은 수평선을 긋는다.

　두 조각난 섬 사이로 내려갔다. 운동장처럼 넓은 암반이 나타난다. 공룡 발자국이 선명하다. 한 바퀴 돌고 싶은데 아직 물이 덜 빠져 깊이 들어갈 수 없다. 하지만 주위 경관을 보는 것만도 황홀하다.

　밖에서 기다리던 이씨가 집으로 안내한다. 한쪽 해안에서 해물을 채취하던 대구 분들도 불러 자리를 함께했다. 외형과 달리 깔끔하게 보수한 전형적인 시골집이다.

　90이 가까운 할머니는 호박죽을 끓여 내놓고 이씨는 약초로 담근 술을 내놓는다. 섬 인심이 이렇게 따뜻하다. 바람소리, 파도소리만 들리는 무인도와 다름없는 섬에서 얼마나 외로울까. 어릴 적 시골 어머니가 만들어 주시던 음식처럼 정감이 간다. 맛있게 먹었다. 할머니는 손수 말린 미역도 가져가라고 한다. 감사를 전하고 해안으로 나왔다.

　사도와 추도에서 동시에 바닷길이 조금씩 드러나면서 이들 섬이 차츰차츰 용

사도에서 열리는 바닷길

추도에서 바닷길이 열리는 모습

궁 길을 만들고 있다.

바닷물이 빠지기 시작한다. 배를 타고 추도에 들어온 사람들이 미역을 건지고 해조류를 잡는다. 추도의 암반은 거의가 검은 층리(層理)다. 암반은 마치 두꺼운 널빤지를 겹겹 쌓아놓은 모습이다.

나는 지금 이곳 추도에서 사도와 이어지고 있는 바닷길을 걷는다. 사도에서도, 추도에서도 동시에 바닷길이 조금씩 드러나 많은 사람들이 이들 섬이 이어지는 모습을 보면서 조개, 미역, 해삼, 소라를 잡으며 용궁 길을 걷는다.

나도 한 몫 끼어 바닷길이 열리는 용궁 길을 따라 걷는다.

사도와 추도 간의 780m 바닷길이 이어졌다. 모세의 기적 같은 장관이 이곳에서 일어난 것이다. 사람들이 사도와 추도 간의 용궁 가는 길을 걸으며 낙지, 해삼, 개불, 고동 같은 해조류를 잡는다. 자연학습장이기도 하다. 조금 전까지도 파란 바다였던 이곳을 배를 타지 않고 걷고 있다는 것이 신비스럽다.

바닷길 양면의 바다를 바라본다. 왜 이런 현상이 나타날까. 바다 면이 높아지고 낮아지는 조수의 현상을 음력에 표기한 조상들의 슬기가 놀랍다. 미역, 낙지, 조개를 담은 보따리를 들고 즐거워하는 모습이 모두 동심으로 돌아온 느낌이다.

나는 신비와 동심을 안고 바닷길을 걸어 사도에 다다랐다. 여객선이 고동을 울린다. 서둘러 오후 4시 20분 여수행 여객선에 승선했다. 집에는 다음날 새벽 1시에 도착했다. 아직도 용궁 길을 걷고 있는 느낌이다.

모 도

신비의 바닷길

2009. 4. 26

'신비의 바닷길' 을 걷고 싶었다.

몇 년 전, 진도에 갔었지만 물때가 맞지 않아 바닷길이 열리지 않았다.

진도군 고군면 회동마을과 의신면 모도리 사이에 2.8km의 바다가 연중 몇 차
례 바닷길을 연다. 이는 조수 간만의 차이로 해저의 사구(砂丘)가 40m 폭으로
물 위에 드러나 바닷길을 만들기 때문이다.

1975년, 주한 프랑스 대사인 피에르랑디 씨가 진돗개 연구차 진도에 왔다가
바닷길이 열리는 현장을 목격하고 "한국판 모세의 기적" 이라고 프랑스 신문에
소개하여 세계적으로 알려졌다.

금년(2009년)은 「5월25일~27일(음력 4월 1~3일)」 바닷길이 열리는 3일 동안
'제32회 진도 신비의 바닷길 축제' 행사가 있고, 바닷길은 오후 5시에서 6시 사
이에 1시간 여에 걸쳐 열린다. 이 축제는 국내외 관광객들을 맞아 진도 고유의
민속예술인 강강술래, 씻김굿, 남도들노래, 다시래기 같은 국가지정 중요문화
재와 만가, 북놀이를 선보인다.

나는 당일(26일)에 다녀와야 할 처지였다. 승용차로 왕복 12시간을 운전해야
하는 부담이 따른다. 하지만 이 기회를 놓칠 수는 없었다.

새벽 5시 40분, 집을 나섰다.

화성휴계소에서 커피 한 잔 마시고 달린다. 연초록 나뭇잎에서 생기가 피어오
른다. 얼마 후 자연의 신비 속에 연출될 '모세의 기적' 이 기대된다.

11시 30분, 내비게이션의 도움으로 신비의 바닷길이 열리는 회동마을에 도착
했다. 수많은 차량과 외국인을 포함한 관광객들의 인파가 축제의 성황을 대변
한다. 풍물장터에서 순대국 한 그릇으로 점심을 해결하고 '뽕할머니 동상' 에
이르렀다.

많은 사람들이 뽕할머니 동상 주변을 배회하며 바닷길이 열리기를 기다린다.
진도 군민들은 풍악을 울리며 행사장으로 들어가고 있다.

뽕할머니의 전설은 이렇다.

조선 초기 회동마을에 호랑이의 침해가 심해지자 마을 사람들이 뗏목을 타고
의신면 '모도' 라는 섬으로 피하면서 황망 중에 뽕할머니 한 분을 남기고 떠났
다. 뽕할머니는 헤어진 가족을 만나게 해달라고 매일 용왕님께 빌었다. 꿈에

뽕할머니상(위), 모도의 뽕할머니 가족상(아래)

용왕이 나타나 "내일 무지개를 내릴 터이니 바다를 건너가라."는 꿈을 꾸고 바닷가에 나가 기도하던 중 회동과 모도 사이에 바닷길이 열렸다. 그 길로 모도에 있던 마을사람들이 뽕할머니를 찾기 위해 징과 꽹과리를 치며 회동마을에 도착하니 뽕할머는 "나의 기도로 바닷길이 열려 너희들을 만났으니 죽어도 한이 없다."고 말하고 기진하여 숨을 거두었다. 이를 본 주민들은 뽕할머니의 영이 등천하였다 하여 이곳에서 매년 영등제를 지내게 되었다. 그 후 자식이 없는 사람, 사랑을 이루지 못한 사람이 뽕할머니한테 소원을 빌면 이루어진다는 전설이다.

바닷길이 열리는 시간은 짧다. 미리 배를 타고 모도 섬마을에 들어가 섬의 이모저모를 보고 바닷길이 열릴 때 역으로 회동마을로 걸어나올 생각으로 근처 초평마을 도선장에 왔다. 배편이 여의치 않아 1시간 넘게 기다리다가 오후 2시 30분에 행사를 준비하는 사람들과 함께 나룻배를 타고 뱃길로 5분 거리인 모도에 이르렀다.

앞바다에는 여느 섬마을처럼 양식장이 넓게 자리하고 있다. 많은 고깃배들이 깃발을 날리며 떼를 지어 근해를 빙빙 돌며 축제 분위기를 덥힌다. '회동마을과 모도의 바닷길과 가족상' 이 전설의 의미를 실감케 한다.

가족상 앞에서 많은 사람들이 바닷길이 열리기를 기다리며 회동마을로 풍악을 앞세워 신비의 바닷길을 걸어갈 준비를 한다. 걸어서 왕래할 수 있도록 바닷길이 열리려면 두세 시간은 있어야 한다.

나는 가족상 뒤에 동백이 빨갛게 물들어 있는 민둥산(모도 가족공원)에 올랐

민둥산에서 바라본 모도마을과 앞바다　　민둥산 산책로

다. 아담하게 꾸민 산책로를 따라 걷는다. 쑥과 잡풀이 포근하다. 민둥산은 공원이고 밭이고 산이다. 어느 정자각에 이르렀다. 노인 한 분이 바다를 바라본다. 원래 이 섬은 띠 풀이 많아 띠섬이라 불리다가 말이 먹을 풀밭이 있어야 한다는 뜻에서 모도로 불리게 되었다고 한다. 모도에는 90여 명이 살고 있고 초등분교가 있으며 주요 수산물은 김과 미역이라고 한다. 뽕할머니 전설도 들려준다. 이렇게 넓은 바다가 갈라져 길이 생긴다는 것이 신비스럽다. 바다 건너 회동마을에서 축제를 준비하는 모습이 아른거린다.

전설은 왜 생겼을까. 이야기를 만들고 전해 온 역사 속에서 전설은 문화의 일부가 된다. 사실이든 허구든, 전설은 어릴 적 할아버지한테서 듣는 옛날애기처럼 재미있다.

모도 앞바다가 어머니 품처럼 포근하다. 유채꽃이 만발하고 유유히 떠 있는 섬들과 고깃배들이 한 폭의 그림이다. 이름 모를 바위섬이 고독을 안고 잠들어 있다. 바다를 바라보며 산책로를 벗어나 해변에 이르렀다. 모도와 근접한 작은 무인도가 바닷길을 드러낸다.

다시 뽕할머니 가족상 앞에 왔다.

오후 5시가 지나자 바닷길이 많이 열렸다. 사람들은 드러난 길에서 조개류와 미역을 건진다. 나도 많은 사람들에 끼어 깃발을 든 이들과 회동마을로 발길을 옮긴다. 회동마을에서도 열린 바닷길을 따라 많은 인파가 이곳 모도로 향한다. 신비의 바닷길 중간에서 서로 만나 함성을 지른다. 감격적이다.

전설의 뽕할머니와 모도로 피신했던 후손들의 만남이 이런 것일까. 자연의 오

회동마을과 모도 중간의 바닷길에서 합류하는 모습

묘한 섭리를 상상하며 회동마을에 왔다.

　뽕할머니상 앞에 이르러 신비의 바닷길에서 연출되는 장면을 카메라에 담으며 인파로 물든 바다를 바라본다.

뽕할머니 동상 앞 인파

오후 7시에 '진도 신비의 바닷길' 기행을 마쳤다. 아직도 바다에는 많은 사람들이 수평선을 만들고 있다.

갈 길은 멀고 배는 고프다. 밥 먹을 시간을 아껴 풍물장터에서 통닭 한 마리를 사들고 차에 들어와 마파람에 게 눈 감추듯 해치우고 시동을 걸었다.

차량이 많아 주차장을 빠져나오는 데만 40분이 걸렸다. 다음날 새벽 2시가 지나서야 집에 도착했다.

하루 12시간 운전이라는 힘든 여정이었지만 바다를 걸었다는 생각만으로도 여행은 뜻깊었다.

여행자 수첩

찾아가는 길
- 육로(고속버스) : 서울 → 진도
  (1일 4회 왕복)
  목포 → 진도(수시)
- 선편 : 진도 초동마을도선장 → 모도

문의
- 진도군 문화관광과(061-544-0151)

섬 둘러보기
- 신비의 바닷길
- 뽕할머니상(진도 회동마을)
- 모도의 뽕할머니 가족상
- 모도 민둥산과 해안

당사도

1909년 건립된 등탑

애국 혼이 서린 섬, 당사도와 소안도 기행에 나섰다.

고속버스로 완도에 왔다. 당사도를 가려고 이곳 완도 원동리 선착장에 왔다. 이곳에서 오후 1시, 하루 한 번 떠나는 당사도행 '섬사랑1호' 배가 오늘부터 3일간 결항한다고 한다. 난감하다. 노화도 이포항에서 당사도 가는 배를 타야 한다고 한다.

어렵게 노화도 이포항에 이르렀다. 교통편의와 따뜻한 인정을 베풀어준 이 지역 유지인 김주석 님께 감사한다.

당사도 가는 배(섬사랑1호) 시간은 오후 3시 50분이다. 해변가 여기저기에는 갓 잡은 바다생물을 팔고 사는 사람으로 붐빈다. 해변가를 거닐다가 시간에 맞추어 당사도행 '섬사랑1호' 에 승선했다.

대여섯 명 할머니들이 눕거나 앉아서 한가히 이야기꽃을 피운다.

연만한 할머니가 당사도에 무슨 연고가 있느냐고 묻는다. 섬이 좋아 정처 없이 다닌다고 했다.

완도에서 노화도, 소안도, 당사도 가는 뱃길에는 다시마, 미역, 전복 같은 해산물 양식장이 끝없이 펼쳐진다.

소안도 당사도 근해양식장

배는 소안도에 잠시 정박하고 당사도로 향한다.

섬 섬 섬, 그리고 양식장이 끝없이 바다를 수놓는다. 해는 엷은 구름에 가려 얼굴을 숨긴 채 하늘은 회색으로 물들고 파도는 잠잠하다.

4시 40분, '섬사랑호'는 당사도에 닿는다.

당사도(완도군 소안면 당사리)는 1.46㎢의 좁은 땅에 60여 명이 거주하는 외딴 섬마을이다. 당사도의 원래 이름은 항문도(港門島)다. 제주도에서 육지로 오는 관문이라는 뜻이다. 그러다가 자지도(者只島)로 바뀌었는데 어감이 '거시기'라 하여 자개도로 부르다가 1981년 당사도(唐寺島)로 개명했다. 이는 통일신라시대에 당나라 무역선들이 이 섬에 자주 기항한데서 지어진 이름이다.

배에서 내려 곧바로 가파른 경사 길로 300여m 올라가니 '동트는 집'이라고 쓴 민박집이 나타난다. 노크해도 인기척이 없다. 전화도 안 받는다. 나는 배낭을 들여놓고 "전화로 예약한 민박 손님입니다. 등대를 보고 오겠습니다."라고 메모와 전화번호를 적어놓고 카메라와 물병을 챙겨 등대로 향했다.

등대로 가는 산길은 온통 후박나무와 동백으로 둘러싸였고 울창한 산비탈에 옹기종기 모인 집들은 짙푸른 바다와 어우러져 한 폭의 수묵화를 그린다. 후박

후박나무 터널

나무 터널이 나타난다.

후박나무, 동백, 칡넝쿨이 얽혀 하늘을 덮고 컴컴한 터널을 만든다. 푸드덕 꿩들이 날고 산새들이 맑은 소리를 흘린다. 나무 냄새가 향기롭다.

마을에서 등대까지 30여 분, 만만디 걸음은 비단길이었다. 후박나무 터널을 벗어나자 등대가 보인다.

잔디가 깔린 마당가에 항일전적비와 일부 파손된 일본인의 조난기념비가 세워져 있다.

항일전적비는 1909년 소안도 출신 동학군 '이준화' 선생 외 5인이 등대를 습격하여 일본인 등대원 4명을 타살하고 시설물을 파괴하였던 사건을 기념하기 위해 세워졌다. 일제는 피살된 일본인을 위로하기 위해 1910년 조난기념비를 세웠다.

등대사무실에 들어갔다. 등대 소장이 친절히 맞는다. 이 등대의 역사를 자세하게 설명해 준다. 방명록에 기재하고 이 소장님의 안내로 79개의 계단을 밟으

항일전적비와 일본인 조난기념비(위)
새로 세워진 등대(아래)

며 새로 세워진 등대 정상에 올랐다. 등대 아래 바다는 천 길 절벽이다. 날씨가 맑으면 제주도가 선명하게 보인다고 한다.

1993년 남북 분단의 비극을 그린 영화 「그 섬에 가고 싶다」의 촬영지가 이곳 당사도라고 한다. 촬영 당시 이 마을 사람 대부분이 단역으로 출연했단다. 비극과 사연이 많이 간직된 유서 깊은 등대다. 등대 소장에게 감사하다는 말을 하고, 민박집 '동트는 집'에 왔다.

핸드폰이 연결된다. 주인은 "'참돔' 방에 배낭을 들여놓았으니 그 방에서 주무세요." 하면서 저녁식사는 안 된다고 한다. 나는 휴대한 건빵과 육포를 꺼내들고 마을과 300여m 떨어진 선착장에 왔다.

인적이 없고 벌레소리마저 끊긴 칠흑의 밤이다. 별은 꼭꼭 숨고 천둥은 먹구름 속에서 울고 있다. 바다는 검게 물들고 파도소리마저 괴악스럽다. 전설 속의 이무기가 나타나 바다 속으로 끌고 갈 것 같은 무서운 생각이 든다. 그래도 밤

바다의 고요가 좋아 저녁식사 대용으로 빵을 먹으며 한참이나 사색에 젖었다. 민박에 들어왔다. 더운 물로 샤워할 수 있어 좋다. 외딴 섬마을의 밤, 바람소리 천둥소리에 잠이 얕았다.

2009. 10. 16

새벽 공기가 달다. 밤새 천둥치고 바람이 소란을 부리더니 잠잠하다.

아침식사도 빵으로 해결했다. 해변에 나왔다. 바다 양식장이 넓게 바다를 점했다. 옛날 어려웠던 섬마을의 경제는 이제 풍요로워진 것일까?

하얀 파도를 애무하며 아름다운 수석 한 점이 바다에 앉아 있다.

무인도인 복생도다. 어쩌면 곡선미(曲線美)가 저렇게도 아름다울까. 파도가 부서지는 바위섬, 고독과 그리움의 산실 같다. 하얀 파도가 외로움을 달랜다.

고샅길 따라 마을로 들어섰다. 마을 한복판에 태양광발전소가 있다.

민박 주인이기도 한 발전소장을 만났다. 2002년 전국적으로 전기 공급이 안 되는 64개 오지에 태양광발전소를 설치하여 이런 섬에도 전력이 충분하다고 한다. 식수는 지하 100m 지하수로 해결한단다.

복생도

등대교회를 지나 산길로 접어들었다. 숲 터널 같은 울창한 산림을 지나니 천 길 깎아지른 듯한 바위산이 나타난다. 오르고 싶지만 소안도에 갈 배 시간이 임박했다. 서둘러 민박집에 와서 배낭을 챙기고 선착장에 나왔다.

오전 8시 20분 '섬사랑호'가 출항 준비를 한다. 통학하는 어린이와 어른 몇 사람 그리고 소도 함께 승선했다.

당사도에서 소안도초등학교로 통학하는 5학년 어린이가 선실에서 숙제를 하

통학 어린이가 배에서 공부한다

당사도 선착장

고 있다. 바람이 많이 부는 날은 배가 떠날 수 없어 어려움이 많다고 한다. 배 통학이 후일 이 소녀에게는 잊지 못할 추억이 될 거라는 생각이 든다.

뱃길은 아름답다. 예작도와 보길도를 배경으로 김 양식장이 길게 펼쳐지고 그림 같은 복생도가 눈길을 멈추게 한다. 배는 20여 분 만에 소안도에 닿았다.

소안도

항일운동기념비

배는 파도를 가르며 크고 작은 섬들의 얼굴을 선보인다. 당사도를 떠난 '섬사랑호' 는 20여 분, 파도를 가르고 오전 8시 50분 소안도에 닿았다.

선착장 입구에 세워진 '항일 해방의 섬 소안도' 라는 커다란 비문이 이 섬의 역사를 대변한다. 여객터미널에는 안내도와 특산물 표지판이 나열되어 있다. 택시를 불렀다. 기사가 소안도의 역사와 관광지에 대한 해박한 식견을 갖고 있어 다행이다.

소안도(완도군 소안면)는 어떤 섬인가.

완도에서 20.8km의 바다거리에 위치하고 면적23㎢, 해안선 길이 42km로, 천연기념물을 두 곳이나 거느린 아름다운 섬이다. 동쪽으로는 청산도, 서쪽으로는 노화도와 보길도, 남쪽으로는 제주도를 바라본다. 특산물은 김, 미역, 멸치, 전복 같은 해산물이다.

소안도는 본래 남섬과 북섬으로 갈라졌다. 오랜 세월 조류, 파도, 바람으로 모래가 쌓여 마치 8자나 개미형태로 이어진 섬이다.

'완도향교지' 에 의하면 소안도(所安島)는 다른 지역에 비하여 기개가 용맹하여 외부인들로부터 침범을 받지 않아, 100살까지 살기 좋은 곳이라 하여 소안(所安)이라 이름 했다고 기록되어 있다.

천연기념물 제340호로 지정된 '맹선리 상록수림' 에 왔다.

길이 300m, 폭 35m에 이르는 수백 년 묵은 산림이다. 후박나무, 붉은 가시나무, 생달나무 등 20여 종의 250여 그루가 바다와 얼굴을 맞대고 장관을 이룬다. 이 상록수림은 방풍림 역할과 물고기들을 보호하고 숲 가까이로 유도하는 어부림(魚付林)의 구실을 한단다.

부흥산 고개를 넘어 묵석(墨石)으로 뒤덮인 진산리 몽돌밭에 왔다.

한가하고 평화스럽다. 오래전, 이곳에는 값비싼 수석이 많아 높은 값으로 거래되기

맹선리 상록수림

도 하여 수석 애호가들의 발길이 끊어지지 않았다 한다. 지금은 좋은 수석을 찾기 힘들다고 한다.

어제 거닐었던 당사도가 보인다. 둥그런 해안선을 따라 걸었다. 파도도 하얀 원을 그리며 동행한다. 모래가 아닌 자갈밭 해수욕장이어서 더 호젓하고 정감이 간다.

소안 묵석은 이곳 외에도 비자리, 북암리, 미라리, 소진리의 해변에 분포되어 있고, 섬의 지역마다 석질(石質)과 돌의 형태, 무늬가 각양각색이라고 한다. 돌 구르는 소리와 해조음의 조화가 청랑하다.

가학산(359m)을 가운데 두고 맹선리 상록수림 반대편에 '아름다운 비단'이 라는 뜻을 지닌 미라리해수욕장이 나타난다. 해수욕장이라기보다 다양한 돌들의 동아리다. 부아산(110m) 남쪽에 등을 기대고 검푸른 돌들이 소근거린다.

입구에서는 수백 년 이곳을 지켜온 노송이 지팡이를 짚고 돌밭을 지킨다. 미라리 상록수림은(천연기념물 339호) 길이 400m, 너비 50m로 24 수종에 770여

진산리 몽돌밭

미라리 상록수림

미라리 몽돌밭

그루의 거대한 산림 숲이다. 숲과 바다의 어울림이 그림같다.

자리를 옮겨 소안면 비자리에 있는 소안항일운동기념관에 왔다. 기념관 옆에는 소안항일운동기념비와 사립소안학교가 있다. 기념관사무실 직원의 안내로 '소안도 독립과 오늘' 이라는 영상을 20여 분 감상했다. 소안도의 남다른 항일정신과 민족의식이 드러난다.

소안도 항일운동의 뿌리는 동학혁명에서 시작된다. 1894년, 동학혁명이 일어나자 동학의 접주(接主) 나성대가 동학군을 이끌고 소안도에 들어와 군사훈련을 시켰다. 이때 소안도 출신 이준화, 이순보, 이강락 등이 동학군에 합류하여 항일투쟁 중에 많은 애국지사들이 총살을 당했다. 살아남은 이준화는 1909년 의병들을 이끌고 당사도 등대를 습격하여 일본인 간수 수 명을 처단했다.

일제하 소안도의 항일운동은 소안 출신 송내호와 송기호 형제, 정남국이 배달청년회, 소안노농대성회, 살자회, 일심단 같은 단체를 조직하여 항일운동을 벌였다. 이때 소안도 주민들은 옥중에서 고초를 겪고 있는 이들을 생각하여 겨울에도 솜이불을 덮지 않았으며 일제 경찰에 말을 하지 않는 '불언동맹', '친일면장 몰아내기' 로 일제와 맞섰다.

기념비 옆에 있는 사립소안학교 앞에 이르렀다.

항일운동의 정신적 요람인 '중화학원' 으로 소안도 주민들의 자발적인 성금과 참여로 1913년 문을 열었고 송내호 김경천 같은 항일지사들이 교사

복원된 사립소안학교

가 되어 민족혼을 심었다.

1929년 중화학원을 사립소안학교로 개편하여 단순한 교육기관이 아닌 민족운동의 양성기관으로 애국심을 길러오다가 1927년에 강제로 폐교 당했다. 과목몽돌밭과 송내호 선생 묘소를 보고 선착장에 왔다.

수많은 무인도와 눈 맞춤하며 완도에 와서 허기를 때우고 오후 5시 30분 서울행 고속버스를 탔다.

당사도와 소안도는 많이 알려지지 않은 조용한 애국 섬이다.

🚌 여행자 수첩

찾아가는 길(선편)
- 완도 화흥포 → 소안도행 카페리
  (약 1시간 소요)
- 노화도 이목항 → 소안도를 거쳐 당사도
  (약 40분 소요)

문의
- 완도 화흥포항(061-555-1010)
- 소안도면사무소(061-550-6551)

섬 둘러보기
- 맹선리 상록수림(천연기념물 제340호)과 몽돌해변
- 미라리 상록수림(천연기념물 제339호)과
  미라리해수욕장(몽돌밭)
- 항일운동기념비, 기념관, 소안사립학교

전북지역

위도 · 식도 · 치도 / 선유도 · 장자도 · 대장도 · 무녀도 / 말도

위도·식도·치도

망월봉에서 바라본 위도 바다

위도는 낚시로, 파시(波市)로, 풍광으로, 인명사고로 널리 알려진 섬이다.

부안 격포선착장 인근에 있는 채석강(彩石江)에 이르렀다. 수만 권의 책을 쌓아놓고 독자를 기다리는 것 같다. 채석강은 옛날 중국의 시선 이태백이 배를 타고 술을 마시다가 강물에 뜬 달그림자를 잡으려다 빠져죽었다는 채석강과 생김새가 흡사하다 하여 지어진 이름이다. 편무암층이 세월에 닳아 벼루처럼 반들거린다.

12시 50분, 위도행 배 시간에 맞춰 선착장에 왔다.

위도(蝟島)는 지형이 고슴도치 같다 하여 붙여진 지명이다. 무인도 24, 유인도 6개의 도서로 이루어졌다. 격포에서 뱃길로 40분 거리이고 교통편은 격포에서 수시로 왕복한다. 주산물은 자연산 활어, 새우, 삼치, 멸치, 김, 마늘이고 1,500여 명이 거주하는 이국적인 풍경의 섬이다.

위도 앞 칠산 바다, 1970년도 초까지만 해도 칠산어장의 중심지로 조기 반, 물 반이라 알려진 영광굴비의 본산지였다. 봄가을에는 전국 각지에서 700여 척의 어선이 칠산, 바다를 까맣게 물들였다. 전국 각지에서 장사꾼들이 모여 파장금항에는 파시(波市)가 들어섰고 술집도 다방도 많아 분 냄새가 진동했다고 한다. 지금은 화려했던 조기잡이는 없어지고 폐가가 많다.

1993년, 한창 낚시가 잘되고 관광객이 많을 때, 이곳 바다에 여객선이 전복되어 292명의 소중한 생명을 앗아간 상처 깊은 바다이기도 하다.

배는 위도 파장금항에 닿았다.

민박이나 여관을 찾아갈 생각인데 선착장에서 신씨 내외분이 기다린다. 부담 갖지 말고 자기 집에서 며칠 지내라고 한다. 너무 사양하는 것도 예의가 아니다. 인정이 따뜻한 분들이다. 안채와 떨어진 조용한 방이다.

여장을 풀고 해안일주도로를 따라 달린다. 이 해안도로는 여객선 조난 후 김영삼 전 대통령 때 만들어졌다고 한다.

망월봉 정상(위), 서해훼리호 참사위령탑(아래)

위도의 명산인 망월봉(254m) 입구에 왔다. 표지판의 등산로를 보고 등산길에 오른다. 한 발 오를 때마다 낯선 비경이 걸음을 더디게 한다. 사진에 풍광을 담으며 황홀감에 젖는다.

사방이 바다와 섬으로 가득하다. 보는 쪽마다 한 폭의 그림이다. 희미한 수평선이 하늘색과 바다색을 갈라놓고 형제 섬이 외로움을 달랜다. 자연의 신묘한 경관에 감탄사를 연발하며 하산했다. 근처에 있는 위령탑에 왔다.

옆 표지판에는 사고 내역과 처리과정 그리고 292위 영령들의 고혼을 위로하고 명복을 빌어 다시는 이런 사고가 나지 않도록 경각심을 고취하기 위하여 건립되었다고 쓰여 있다. 고인들의 명복을 빈다. 바다는 변명도 표정도 없이 침묵할 뿐이다.

주변에 있는 벌금항에 왔다. 입구에는 채석강처럼 수천만 권의 책을 쌓아놓은 듯한 장엄한 바위산이 위풍당당하다. 한때 섬이었던 정금리가 벌금과 교량이 생겨 또 하나의 섬이 사라졌다.

마을 앞 광활한 갯벌에는 아낙들이 굴, 바지락을 채취한다. 외부인은 금지구역이다. 길 잃은 고깃배가 밀물을 기다린다. 물 없는 배는 날개 없는 새와 같다.

위도해수욕장에 왔다. 기암의 해벽을 끼고 밀가루처럼 가늘고 고운 모래사장이 끝없이 길고 넓게 펼쳐진다. 1969년, 부안의 섬 중에서 공식적으로 유일하게 지정된 해수욕장이다. 마을사람들은 모래가 고와 밀가루해변이라 부른다. 이곳에서 면민체육대회가 열리기도 한다. 모래가 부드러우면서도 백령도의 사곶해수욕장처럼 단단하고 깔끔하다.

이곳에서 어른과 아이들이 개불이나 조개를 잡는 즐거움도 같이한단다. 수년 전 방파제를 쌓은

벌금갯벌(위), 위도해수욕장(아래)

밤하늘의 별똥별카페   논금해수욕장

후부터 모래가 줄어든다고 한다. 어느 곳에서도 자연과 문명은 충돌하기 마련인가 보다.

깊은금해수욕장에 왔다. 파장금이 고슴도치의 입 부분이라면 이곳은 고슴도치의 음부나 항문 부분이다. 위도는 파장금이나 논금, 벌금 같이 지명 끝에 금(金)자가 많이 붙는다. 위도의 여러 곳에서 금(金)을 캤기 때문이라는 설과, 위도 해역에는 고기가 많이 잡혀 돈벌이가 잘 된다는 의미로 금(金)자를 붙였다는 설이 있다.

미영금해수욕장에 이르렀다. 주변에 예쁜 펜션이 그림 같다. 모래와 돌들이 파도와 어울려 자장가를 부르는 것 같다.

가까운 곳에 '밤하늘에 ☆똥★' 이라는 카페가 있다. 5년 전 달빛 아래 차를 마시며 이곳에서 글을 쓴 기억이 새록새록 돋아난다.

커피 한 잔 시켜놓고 달빛에 취한다. 달빛은 카페인처럼 풀어져 찻잔 속에서 졸고, 감흥은 터져 달그림자가 출렁인다. 나도 흔들린다. 이것이 살아 있는 시이고, 마시는 이가 시인이 아니겠는가.

고슴도치의 꼬리 부분인 논금해수욕장에 왔다. 자갈밭 해변이다. 잘 수마된 조약돌을 밟는 감촉이 좋다. 유난히 파란 바다 앞에 섬들은 아기 악어와 어미 악어가 한가롭게 유영하는 모습이다.

해무에 젖은 서산 해가 내일을 기약하며 종언을 고한다. 숙소에 들어왔다. 저녁을 성의껏 차려준 내외분께 감사한다. 짧은 시간에 많은 것을 보았다. 자연은 순리다. 자연은 말로, 글로 가르치지 않는 참 스승이다.

오늘도 자연과 동행할 수 있어서 감사하다.

식도(食島)

식도 선착장

낯선 섬을 기대하며 하루를 연다.

일찍부터 관광에 나섰다. 파장금항에 왔다. 식도로 가는 첫 배가 결항이다. 오전 8시, 차를 부근에 주차하고 낚싯배를 불렀다. 배는 10분도 채 안 걸려 식도에 닿는다.

식도는 위도면에 속하는 섬으로 60여 가구에 120여 명이 거주하는 작은 섬이다. 위도의 파장금이 고슴도치의 입이고 깊은금해변이 음부라면 식도는 고슴도치의 먹이 섬이라 하여 이름했다 한다.

고슴도치를 먹여 살릴 만큼 고기가 많고 부유한 섬이라는 뜻일까. 지형이 먹이처럼 생겼을까. 흥미를 느끼며 식도에 이르렀다.

고깃배들이 얼기설기 정박해 있고 그물이 여기저기 널브러져 있다.

바닷가 평상에 주민 몇 명이 앉아 말을 주고받는다. 나를 보더니 외지인 같은데 잠시 목을 축이고 쉬어가라 한다. 고맙게 물을 마시고 자리를 함께한다. 한 분이 "내 말 좀 들어 보시오." 하며 진지한 표정으로 "이곳은 농사도 없고 고유가 시대에 고기는 없고 법의 규제는 심하고 살기 힘들어요. 더구나 방사선폐기장도 유치 못하고 살길이 막막합니다. 앞으로 10년만 지나면 이 섬도 무인도가 될 것입니다. 위도가 코앞에 있으니 다리라도 놓으면 관광객이라고 유치할 텐데. 정치하는 ○○들, 밥그릇 싸움질만 하고……." 불만을 쏟아낸다. 갈매기들이 배 위에 앉아 한목소리로 입방아를 찧는다. 이 섬에 희망의 메시지가 전달되었으면 좋겠다.

해변가에서 까맣게 그을린 피부에 입을 꽉 다문 어부 한 분이 그물을 손질하고 있다. 무슨 생각을 하고 있을까. 고단한 삶을 꿰매고 있는 것은 아닌지.

바다와 젊음을 함께한 삶이 신산해 보인다. 하지만 실낱 같은 희망을 안고 내일도 바다에 그물을 던질 것이다.

갯내음이 유난하다. 마을 지나 외딴 해

그물을 손질하는 어부

자갈밭해수욕장

안에 이르렀다. 모래와 자갈이 섞인 해수욕장이 길게 뻗어 있다. 뒷산이 병풍으로 둘렸고 새들이 지저귄다. 걷는 중 바닷물에 해안 길이 끊겨 산으로 발길을 돌렸다. 청산도해안을 걷다가 길이 끊겨 산으로 오르던 중 넘어져 기적적으로 살았던 기억이 떠오른다. 조심조심 30여 분 걸었다.

동굴로 통하는 해변이 나온다. 콩돌처럼 부드러운 작은 조약돌 해변이다. 동굴 속으로 천천히 들어갔다. 동굴은 깊지 않지만 바위가 어마어마하고 신비스럽다.

탐험가가 된 기분이다. 동굴 속의 파도소리가 포성 같다. 시간을 본다. 위도로 떠날 배 시간이 임박했다. 더 머물고 싶은 아쉬움이 남는다. 위도로 가서 치도를 답사할 계획이다.

12시 15분 위도행 배(선비 1,000원)에 승선했다. 10분도 안 되어 배는 위도에 닿는다. 선창가 '해넘어식당'에서 점심을 요기하고 치도로 향했다.

동굴이 있는 해변

치 도

작은 딴치도 안의 등대섬

치도 앞 갯벌

위도 해안로를 따라 고슴도치의 등 부분인 치도리에 왔다. 치도리 앞바다에는 큰딴치도와 작은딴치도라는 무인도가 있다. 이들 섬은 하루 두 번, 물이 빠지고 들 때마다 육지가 되었다 섬이 되었다 한다. 간조 때마다 이들 무인도까지 갯벌이 되어 걸어갈 수 있는 모세의 기적이 나타난다.

오후 1시 30분, 치도 앞바다는 광활한 갯벌로 변신한다. 흥미로운 섬이다. 물이 빠지면 6시간, 들면 6시간, 이렇게 하루에 두 번 '바다가 되었다가 갯벌이 되었다'를 반복한다.

물이 빠진 갯벌에서 많은 사람들이 바지락을 캐고 있다. 하루 열심히 일하면 5~6만 원은 벌 수 있단다. 물에 잠겼던 두 개의 무인도가 500여m 간격을 두고 속살을 드러낸다.

작은딴치도

작은딴치도와 큰딴치도다. 1km쯤 걸
었을까. 이들의 갈림길에 들어섰다.

어느 섬부터 갈까 망설이다가 작은
딴치도로 향했다.

작은딴치도 입구에 사자 같기도 하
고 독수리 같기도 한 웅장한 바위가
수문장처럼 버티고 있다. 섬마다 갯

큰딴치도

바위의 모습과 석질이 다르다. 이곳 바위는 검붉은 색상에 해식이 심하여 파이
고 까칠하다. 나무들은 윤기가 흐르고 힘이 있어 보인다. 섬 안쪽으로 들어갔다.
또 하나의 더 작은 딴치도가 나타난다. 소나무 군락 사이에 하얀 싸리꽃이 유난
히 순결하다. 섬 모퉁이에 하얀 등대가 자리한다. 한참이나 등대에 기대어 바다
를 바라본다. 외로움이 전이된다.

등대는 고독의 시어이고 희망의 전령이 아닌가. 외진 고도에 홀로 날밤을 새
우며 칠흑 같은 바다에 불을 밝히고 뭇 배들의 길라잡이가 된다.

해안을 걷는다. 부엉이를 닮은 바위가 큰 눈을 부릅뜨고 날 째려본다. 모두가
신비스럽다. 발길을 옮긴다.

큰딴치도에 왔다. 넓은 모래사장도 갖춘 제법 큰 섬이다.

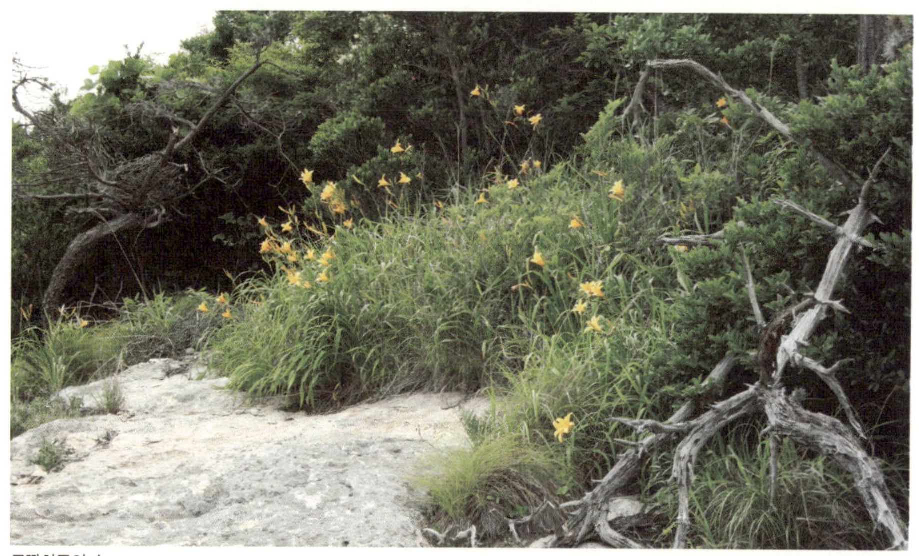

큰딴치도의 숲

촉촉한 모래사장을 밟고 해안으로 접어들었다. 해안 절벽 위로는 노란 나리꽃
이 유난히 많고 소나무를 주축으로 여러 종류의 나무들로 숲 동산을 이룬다.

나리꽃과 고사목이 희망과 추억을 섞는다. 이 섬 해안을 일주하고 싶다. 욕심
일까. 험한 갯바위를 오르고 내리고를 반복하며 사진을 찍고 메모한다. 해안 일
주가 얼마 남지 않은 것 같은데 톱날 같은 거대한 바위가 많아 더 가는 것은 위
험한 모험이다. 시계를 본다. 머지않아 밀물이 들이닥칠 것이다. 계속 나가야
할지 되돌아가야 할지 갈등이 인다. 판단을 잘못하면 이 무인도에 갇혀 밤을 지
새울지 모른다. 되돌아가기로 결정한다. 많이 지쳐 있지만 서둘러야 한다. 피곤
도 잊고 크고 작은 갯바위를 뛰어넘으며 정신없이 걷는다. 되돌아오는 길이 왜
그리 먼지. 갯바위들이 하나씩 물에 잠기면서 마음은 초조해진다. 오후 5시, 드
디어 갯벌에 이르렀다. 안심의 행복을 느낀다. 아직도 바지락을 캐면서 아낙들
이 물때를 보며 갯벌을 빠져나갈 준비를 한다.

여유가 이렇게 편한 것인가. 여유를 만끽하며 갯벌을 벗어난다. 힘들었지만
무인도를 두 개나 만나 본 것이 보람이다.

위도의 전통문화를 보려고 갯벌에서 나와 곧바로 '띠뱃놀이' 전수관으로 차
를 몰았다. 전수관은 보수 중이어서 입장할 수 없다. 차를 돌려 나오는데 차바
퀴에서 이상한 소리가 난다. 멈추고 보니 타이어 펑크로 한쪽 바퀴가 완전히 주
저앉았다. 공사장에 버려진 쇳조각에 찢긴 것이다.

섬에서 뱃길도 끊기고 막막하다. 인생살이에서 사람을 안다는 것이 얼마나 중
요한가. 우체국에 전화했다. 스페어타이어가 있느냐고 묻는다. 나의 무지로 차
트렁크에 표면만 보고 없다고 했다. 설상가상으로 위도에 유일한 카센터 주인
이 막배로 부안에 가고 없어 영업을 안 한다고 한다. 막막하다.

한참 후에야 정신을 차리고 트렁크 밑 부분을 떠들어 보니 스페어타이어가 있
지 않은가. 잠시 후 신 국장님과 조복현 사무장님이 와서 타이어를 갈아 낄 수
있었다. 무지하고 침착하지 못한 내가 부끄럽다. 태풍이 지나간 잔잔한 호수처
럼 마음이 평온하다.

늦은 밤, 앞바다에 나왔다. 군함을 삼키고도 트림조차 않는 야성, 하지만 가장

밑바닥부터 채워가는 아량과 겸손을 지닌 바다가 어둠에 묻혔다. 비가 내리려나보다. 달도, 별도 얼굴을 감추고 고독만 출렁인다. 오늘의 나를 들여다보며 일기를 쓰고 하루를 닫는다.

2008. 6. 28

어젯밤부터 바람이 많이 불더니 비가 내린다. 새벽까지 요란하던 바람소리가 날이 밝아지면서 잠잠해진다. 다행히 배가 출항할 수 있단다. 섬 여행 중 어려운 것 하나가 기상 상태다. 바람 앞에 섬 교통은 무력하다.

식사며 잠자리며 편안하게 배려해 준 신 국장님 내외분과 도움을 준 조복현 님께 감사한다. 오전 9시 20분, 부안으로 떠나는 여객선에 승선한다. 비 맞는 위도항이 서정에 젖는다.

여행자 수첩

찾아가는 길(선편)
- 부안 격포항 → 위도(40여 분 소요)
  1일 8회 왕복

문의
- 격포여객터미널(063-581-0023)

섬 둘러보기
- 식도
- 치도리(큰딴치도, 작은딴치도)
- 거륜도
- 위령탑, 망월봉
- 위도해수욕장, 벌금해수욕장, 미영금
  해수욕장, 논금해수욕장, 깊은금해수욕장

선유도·장자도
대장도·무녀도

망주봉 정상에서 본 선유도 앞바다

군산에 왔다. 내가 중고등학교를 다녔던 정든 곳이다. 많이 변했고 눈부시게 발전했다. 아름다운 두 분 후배의 인정이 따뜻했다. 은파유원지의 밤은 현란했다.

2006. 11. 12(선유도)

오전 8시, 군산여객터미널에서 선유도 가는 여객선에 승선했다. 뱃길로 45km, 소요시간은 1시간 30분이다. 여객선은 비단 물 주름을 가르며 야미도, 신지도에서 목쉰 기적을 토하고 신선이 노닐었다는 선유도(仙遊島)에 접어들자 선유도의 관문인 망주봉이 맞는다.

선유도는 유인도 16개, 무인도 47개의 섬으로 이루어진 고군산도의 맏이고 미모의 섬이다. 면적은 2.13㎢, 500여 명이 거주한다.

고려시대에는 여·송 무역의 기항지였고 임진왜란 때는 함선의 정박기지로 군사적 요충지였다. 도로가 좁아 자동차는 없고 자전거와 오토바이를 이용할 수 있으며 대여점도 많다. 유명 관광지로는 '선유 8경'을 꼽는다.

선유도, 장자도, 대장도, 무녀도는 서로 인접해 있고 다리가 놓여 선유도 선착장을 기점으로 걷거나 자전거로 4개 섬을 구석구석을 어렵지 않게 관광할 수 있다. 또한 군산에서 출발하는 유람선을 타면 해식애가 발달한 기암괴석이나 해안에 숨겨진 신비한 풍광을 감상할 수 있다.

선착장 부근에 위치한 우체국 수련원에 여장을 풀고 관광길에 나섰다.

망주봉을 병풍으로 두르고 명사십리 선유도해수욕장이 평사낙안(平沙落雁)

선유도해수욕장

망주봉에서 내려본 모래톱

과 함께 시원하게 펼쳐진다. 첫눈에 비옥한 수필밭 같다는 생각이 든다.

선유도해수욕장(명사십리)은 모래사장 길이가 2.5km이고 천연해안사구로 유리알처럼 투명하고 부드럽다. 100여m 들어가도 수심이 허리 부분에 이르고 큰 파도가 없어 안전한 편이다. 접해 있는 평사낙안은 갯벌 가운데 있는 모래톱으로 기러기가 모래밭에 내려앉은 형상이라는 의미다.

갯벌체험, 모터보트 같은 다양한 체험관광을 할 수 있고 각종 편의시설과 주변에 우체국, 이동파출소, 보건소가 있다.

망주봉 입구에 이르렀다.

망주봉에 오른다. 가파른 바위 중턱에 굵은 동아줄(로프)이 내려져 있다. 이 동아줄이 온전한 것인지 망설여진다. 설마 옛날 동화에서 나오는 '호랑이가 타고 오르다가 떨어졌던 썩은 동아줄은 아니겠지' 속말을 하며 조심스럽게 이 로프를 타고 정상에 올랐다. 고군산도가 한눈에 들어온다.

크고 작은 유·무인 섬들이 평화롭게 바다에 떠 있다. 등대의 안내를 받으며 여객선이 들락거린다.

망주봉은 두 개의 바위산으로 뾰족한 봉과 두리뭉실한 봉으로 되어 있고 전설이 서려 있다. 큰 봉은 남편이고 작은 봉은 아내로 천년 도읍을 이룰 임금님이 북쪽에서 온다는 말에 부부가 기다리다 지쳐 바위로 굳어졌다는 전설이다.

망주봉

낙암리에서 본 장자교   몽돌밭

망주봉을 내려와 갈대밭을 지나 낙암리 뒤편에 있는 몽돌해수욕장에 왔다. 하얀 파도가 몽돌을 어루만진다. 얼마나 긴 세월 모진 풍파를 견뎠기에 거친 돌들이 반들반들 수마되었을까. 석양이 누운 노을 색깔이 곱다.

해가 바다에 묻힐 때까지 몽돌밭을 걷다가 숙소로 향했다. 운좋게 눈썹달을 만나 해변을 함께 걷는다. 별들이 속삭이고 개구리 소리에 동심이 솟는다. 소쩍새 구슬피 우는 소리에 나그네의 고적한 밤은 깊어만 간다.

2006. 11. 13(장자도 · 대장도 · 무녀도)

일출을 보려고 미명에 해변으로 나섰다. 새벽 공기를 마시며 잠든 선창을 걸었다. 태양이 짙은 구름을 뚫고 살포시 얼굴을 내민다. 또 하나의 시작이다.

오늘은 장자도, 대장도, 무녀도를 둘러보고 내일은 고군산도의 끝섬인 말도에 갈 생각이다.

아침 일찍 장자대교에 왔다. 1986년 선유도와 장자도(장자교), 선유도와 무녀도(선유교)를 잇는 공히 268m의 다리가 준공되어 섬들 간의 생활 영역이 넓어졌다. 몇 년 후에는 새만금공사의 일환으로 신지도와 무녀도가 이어져 선유도를 육로로 여행할 수 있게 되었다.

장자대교를 건너 장자도의 갯벌체험 해변과 낙조대를 보고 장자도와 이어지는 대장교(33m)를 건너 대장도에 왔다.

바다와 접한 10여 가옥이 모여 사는 조용한 마을이 나타난다. 할머니 한 분이 평상에 앉아 꼴뚜기를 말리고 있다. "안녕하세요. 공기 맑고 아담한 마을에서 사시네요." 하고 말을 건넸다. 쉬어가라며 말린 꼴뚜기를 준다. "생선 망신은 꼴뚜기가 시킨다는데." 하니 "생선 망신 안 시키려고 잡아왔지요." 하며 웃음

하루를 여는 선유도 앞바다

을 만든다. 나는 휴대한 빵을 내놓고 같이 먹으며 대화를 잇는다.

18세에 시집와서 70이 넘은 지금까지 이곳에서 산다며 삶의 애환을 얘기하다가 뒷산 대장봉 중턱에 있다는 '할매바위' 의 전설을 들려준다.

고려 때, 남편이 과거에 응시하려고 뭍으로 떠나자 아내는 아기를 업고 날마다 대장봉에 올라 남편의 과거급제를 기원하며 기다리던 어느 날, 남편이 타고 오는 배 옆에 젊은 여인과 다정하게 손을 잡고 있지 않은가. 아내는 남편을 원망하며 뒤로 고개를 돌리는 순간 바위로 굳어졌다는 전설이다.

이야기꾼 할머니에게 감사를 전하고 대장봉에 오른다. 산 중턱에 당집까지 마련된 6m나 되는 할매바위가 영락없이 아이를 업은 채 고개를 뒤로 돌린 형상이 애련하다.

파란 바다에 많은 섬들이 널려 있고 파란 하늘 아래 유람선이 하얀 꼬리를 달고 잔잔한 파도를 가른다.

발길을 돌려 무녀도로 향했다. 선유교에 이르렀다. 이 다리를 건너면 무

장자할매바위

선유교

무녀도 앞바다

녀도다.

　무녀도(巫女島)는 무당이 상을 차려놓고 춤추는 형상 같다 하여 무녀도라 했다. 걷는 사람, 자전거 탄 사람, 그리고 태국에서 볼 수 있는 삼발 오토바이(택시 대용)들이 선유교를 들락거린다.

　모감주나무 군락지에 왔다. 해변가에 40여 그루의 모감주나무가 군락을 이루고 있다. 열매는 비누 대용이나 염주의 주재료로 금강자라고도 한다. 6~7월에 꽃이 피고 세계적으로 희귀종이며 해안과 인접한 곳에 자란다.

　모감주나무 군락지와 접한 민가에서 한 노인장을 만났다. 울안에 오래된 모감주나무 몇 그루가 자란다. 평상에 앉으라고 자리를 권하며 차를 대접한다.

바다 왼쪽, 모감주나무 군락지

염전

갈대밭 늪지

무녀도는 1, 2구를 합하여 200여 명이 거주하며 바지락과 김, 굴은 질이 좋고 생산량이 많아 생업에 큰 도움이 된다고 한다. 자기도 배를 갖고 있다며 무녀도는 부유한 섬이라고 한다. 마을집들이 깔끔하다. 초등학교 운동장에는 몇몇 어린이들이 공놀이를 한다. 갈대밭과 염전을 만났다. 수만 평 됨직한 갈대밭 늪에서 왜가리 한 쌍이 먹이를 찾고 있다.

갈대는 억새와 함께 가을 풍경의 시어(詩語)다. 훤칠한 키에 연약한 소슬바람에도 고분고분 전신을 흔들어 예의를 갖춘다. 큰 바람에도 부러지지 않고 휘어질 줄 아는 지혜를 지녔다.

무녀 2구에 있는 갯벌체험장에 왔다. 해수욕장과 갯벌이 공존한다. 젊은이들이 갯벌을 뒤지며 조개와 게를 잡고 추억을 쌓는다.

옥돌해수욕장

시간이 많이 흘렀다. 선유봉에서 석양을 만나고 싶어 빠른 걸음으로 선유교로 왔다. 선유봉 가는 길에 통계마을로 들어서 옥돌해수욕장에 이르렀다.

모래가 아닌 둥글고 작은 조약돌이다. 옥돌이라고 부른다. 백령도 콩돌보다는 크고 몽돌보다는 작다. 이들은 억겁의 세월 속에 인고를 견디며 풍파가 조각한 예술품이다. 바다는 시리도록 푸르고 파도에 옥돌 구르는 소리가 청아하다.

신발을 벗고 맨발로 한참을 걸었다. 자연이 주는 발바닥 건강 마사지다.

석양을 맞으러 선유봉에 오른다. 하늘
도 바다도 붉게 물들었다. 붉게 취한 구
름이 시샘을 하는가. 태양의 전라(全裸)
를 얇은 구름이 살포시 감싼다.

작년 가을 배낭여행 중 라오스 메콩강
에서 낙조를 만나 한 시간이나 말없이

선유봉에서 본 석양

끝마무리를 아름답게 장식하는 태양과 눈맞춤하던 기억이 새록새록 떠오른다.

해 거리가 멈춘 수평선은 종언(終焉)의 의식을 준비하느라 여념이 없다.

붉은 석양은 '끝이 아름다워야 한다' 는 수만 번의 가르침보다 더 강한 무언의
메시지를 던지고 조용히 사라진다.

이어 여광(餘光)이 뒤풀이를 한다. 하늘도 구름도 섬도 바다도 붉게 물들고 천
지는 고요에 싸인다. 어둠이 검게 물들자 잠자던 등대가 뱃길을 놓는다.

내일은 고군산도의 끝섬인 말도에서 일기를 쓸 것이다.

🚌 여행자 수첩

찾아가는 길(선편)
- 고산항 → 선유도 (08:00, 11:00, 14:40)
- 선유도 → 군산항 (12:00, 14:00, 16:30)(철에 따라 운항 횟수가 변경될 수 있음) (소요시간 1시간 30분)

문의
- 군산항여객터미널(063-472-2727)
- 선유도 선착장(063-465-8835)

섬 둘러보기
- 선유도해수욕장과 주변 갯벌, 평사낙안
- 망주봉 등반 · 선유교와 장자교
- 옥돌해수욕장, 몽돌해수욕장
- 장자도 어촌체험마을(할매바위, 모감주나무 군락지, 무녀도 갯벌체험)

하이킹코스
- A 코스 : 선착장-해수욕장 → 평사낙안-초분공원-장자대교 → 낙조대 → 장자도 포구 → 대장교-할매바위
- B 코스 : 선착장-해수욕장 → 평사낙안 → 망주봉 → 신기리 선창, 몽돌밭-전월리 포구, 갈대밭 → 남악리 몽돌해수욕장
- C 코스 : 선착장-장승 통계마을 옥돌해수욕장, 해벽 → 선유대교 → 무녀도 모감주나무 군락지 → 무녀도 갯벌체험장, 갈대밭, 염전 → 무녀 2구 포구, 대나무 숲

말도

말도항 입구의 검은 갯바위와 등대

신선이 노닐었다는 선유도를 둘러보고 10시 30분, 고군산군도의 끝섬인 말도행 여객선에 승선했다. 선실에는 십여 명이 표정 없이 앉아 있다.

방축도를 지나면서 신비스런 바위들이 시선을 끈다. 방축도 동쪽의 횡경도 산모퉁이에는 전설 속에서 장자할매바위의 남편이었던 할배바위가 지난날을 회상하며 서 있는 듯하다. 방축도해안에는 커다란 바위에 큰 구멍이 뚫린 독립문바위가 모습을 드러낸다.

방축도 독립문

명도에 접어들자 수만 권의 책을 쌓아놓은 모양의 책바위가 나타난다. 배가 말도 부근에 이르렀다. 풍랑이 거세고 파도가 높다. 말도는 고군산군도의 파도막이라고 하는 것이 실감난다. 배는 쌍 등대의 영접을 받으며 11시 5분 말도항에 닿았다. 선창가에 거대한 검은 갯바위들이 파도를 가로막고, 민가 몇 채가 산 아래에 자리하고 있다. 한 민박집에 배낭을 맡기고 점심을 부탁했다.

말도는 고군산도의 끝에 위치하여 '끝섬'이라고도 부른다.

해안선 길이는 3km, 13가구에 30여 명이 거주하는 작은 섬마을이다. 한때 주변 해역은 황금어장으로 1909년에 고군산군도에서 가장 큰 등대가 들어섰다. 많은 섬들이 물 부족 현상인데 말도는 지하수량이 풍부하여 식수에 어려움이 없고 물맛도 좋다고 한다.

선창에 나왔다. 낭떠러지 절벽은 해식작용으로 수만 권의 책을 쌓아놓은 듯한 모습이 격포 채석강을 떠올리게 한다. 해식굴 속으로 하얀 파도가 들락거리며 말

말도 선착장 부근의 절벽

말도항 쌍 등대

도의 거친 파도를 유감없이 발휘한다.

포구 양 방파제 옆에는 빨간 등대와 하얀 등대가 마주보며 배들을 안내한다. 두 등대가 색깔을 달리하는 것은 배들의 입출항 표지다. 입항할 때는 오른쪽에 있는 빨간 등대 쪽으로 들어가고 출항할 때는 왼쪽 하얀 등대 쪽으로 나가라는 의미다. 하얀 등대의 불빛은 녹색이고 빨간 등대는 붉은 불빛을 보낸다. 청산도나 흑산도항에서도 이런 모습을 볼 수 있다.

식사도 하고 말도에 관한 자세한 정보를 알기 위해 점심을 부탁한 민박에 왔다. 마을 사람 몇몇이 모였다. 같이 식사하며 섬 생활의 어려움을 쏟아낸다. 어족자원이 점점 줄어든다고 한다.

윤씨라는 나이가 지긋한 분이 이 지역의 이모저모를 말해 준다.

말도에 처음 들어와 산 사람은 '심판서'라는 사람으로 조선시대 이곳으로 귀양 왔다고 한다. 밭을 개간하면서 사람들이 한둘 모여 마을을 이루었다.

천년송

말도 주민들은 심판서를 추모하는 영신당을 짓고 제사를 올려왔는데 지금은 폐허가 되고 당의 형체만 남았다고 한다. 말도는 갯바위 낚시로 이름이 알려져 여름철에는 낚시인들이 많이 찾는다고 한다. 그리고 천년송과 말도 등대를 소개하며 꼭 가 보라고 한다.

감사를 전하고 선창으로 나왔다.

흙 한 줌 없는 바위산 정상에 신비한 노송 한 그루가 건강하게 살고 있다. '천년송'이라고 한다. 이 소나무는 오래전부터 있어서 몇 백 살 먹었는지 누구도 모른다고 한다. 더 크지도 작아지지도 않고 항상 똑같은 모습이란다. 신비한 소나무다. 어떻게 흙도, 물도 없이, 더구나 거센 풍랑을 정면으로 받으며 수백 년을 살아왔을까. 어떻게 연약한 뿌리가 그 단단한 바위를 뚫고 뻗어 있을까. 오늘도 천년송은 많은 질문을 받으며 고고하게 노송의 품위를 지키고 있다.

천년송이 있는 바위산은 갈매기들의 서식처로 5월 말경에는 수만 마리 갈매기가 이 섬에 앉아 파란 천년송과 별스런 구경거리를 만든다고 한다.

마을 옆 산에 올랐다. 파도소리가 이곳 산 정상까지 들린다. 깎아지른 듯한 절벽 위에 말도 등대가 있다. 1909년에 세워져 100년 역사를 가진 말도 등대는 고군산도에서 가장 큰 등대라고 한다. 37km까지 불빛을 보낼 수 있다고 한다. 몇십 년 전만해도 등대 주변에는 밤마다 고기잡이 어선들이 불야성을 이루었다고 한다.

카메라가 작동이 안 된다. 배터리가 떨어진 모양이다. 등대 사진을 찍지 못해 아쉽다.

오후 3시 20분이다. 3시 50분, 군산행 여객선을 타고 도중에 방축도에서 내려 이곳에서 일박할 생각이다. 서둘러 선착장에 왔다. 방축도 표를 사려고 하니 오늘은 풍랑이 강하여 방축도항에 정박할 수 없다고 한다. 군산까지 왔다.

섬 여행은 날씨가 일정을 바꾸어 놓기 일쑤다. 아쉬움도 있지만 선유도를 비롯한 고군산군도의 몇몇 섬을 무사히 여행한 것만도 감사하다.

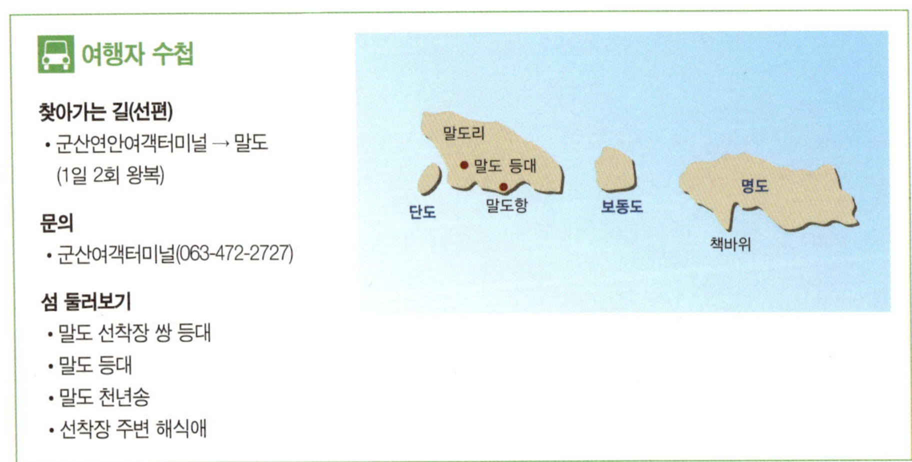

충청지역

외연도 / 호도(狐島) / 석대도 / 장고도 / 삽시도

외연도

외연도 선착장

날씨가 끄무레하다. 외연도, 호도를 만나려고 대천여객터미널에 왔다. 충남 서해안에서 가장 멀리 떨어져 있다는 외연도는 이곳에서 하루 2회 왕복하며 호도 녹도를 경유하여 외연도로 간다.

오후 2시, 여객선 웨스트프론티어호에 승선했다.

외연도는 대천항에서 53km 떨어져 있고 대청, 소청, 수도, 횡견도 등 10여 개의 유·무인도로 이루어진 열도의 중심 되는 섬이다.

갈매기 군무의 환송을 받으며 승선했다. 배 맨 위에 올라와 바다를 바라본다. 바람이 강하게 불고 배는 몹시 흔들린다. 호도와 녹도를 지나자 무인도마저 보이지 않는 망망대해, 바람은 더욱 거세고 태양은 얼굴도 내밀지 않는다. 거친 파도는 하얀 이빨로 배를 물어뜯고 좌우로 흔들어댄다. 불안하다. 낯선 분에게 두렵지 않느냐고 물었다. "파도가 높은 편이지만 별일 없을 것입니다."고 한다. 마음이 편해진다.

이분은 한전에서 정년퇴임했고 지금은 외연도 발전소에서 촉탁으로 근무하는 이 아무개라고 자기를 소개한다. 친절하게 이 지역에 관하여 많은 정보를 준다. 오후 4시, 외연도 선착장에 무사히 도착했다.

외연도(外煙島)는 육지에서 멀리 떨어져 있어 연기에 가린 듯 까마득하게 보인다 하여 지어진 이름이라고 한다.

이씨의 자취방에 잠시 들렀다. 그는 야간근무 때까지는 시간이 있다며 민박집(대천민박)을 소개해 주고 같이 관광에 나서자고 한다. 호의에 감사한다.

봉화산 중턱 약수터에 이르렀다. 공해 없는 완전한 자연생수다. 두 컵이나 마셨다. 산과 바다가 어머니 품처럼 마을을 품었고, 오솔길에는 산미나리와 들풀이 잔잔하게 흔들리며 초록 내음을 물씬 전한다. 이씨는 내일 올라갈 봉화산 등산로를 자세히 알려준다. 우리는 선창가로 발길을 돌렸다. 다른 섬과 달리 젊은이들이 눈에 많이 띈다. 중국인 22명, 인도네시아인 2명의 젊은이들이 이곳 고깃배 선원으로 일한단다.

그물을 손질하는 어부

망중한인가. 그물을 손질하며 조업하는 노인장에게 "수고하십니다. 고기 많이 잡히는가요." 하고 말을 텄다. 그는 "예전만 못해요. 이제 나이 70 고개에 접어드니 기력도 달리는데 배운 게 이것뿐이니……."라 대꾸한다. 한때는 서부 어업의 전진기지로 파시가 열리고 불야성을 이루던 외연도 어화(漁火)는 옛날 얘기라고 한다.

이 섬에는 150여 가구에 70여 척의 어선이 있다고 한다.

식당(황금식당)에 왔다. 외연도는 매물도와 함께 문화관광부로부터 2007년 '가고 싶은 섬'으로 지정되었단다. 식당 주인은 초등학교 뒤편에 있는 천연기념물인 상록수림을 꼭 보라고 한다.

이곳도 개발바람이 부나 보다. 주민들은 해안일주도로를 만들어 관광객을 유치해야 한다고 주장하고, 관청은 풀 한 포기라도 훼손해서는 안 된다고 한다. 누구에게 손을 들어주어야 할지.

마침 전문촬영장비를 갖추고 희귀한 새를 비롯하여 자연생태를 촬영하여 책으로 만들어 초등학교에 납품한다는 젊은 부부를 식당에서 만났다. 외연도는 솔새, 모랑딱새, 황금새, 덤불해오라기 같은 희귀한 새들이 많이 산다면서 매우 흥미 있는 섬이라고 했다.

갓 잡은 고기를 고르는 아낙네들

사랑나무

신화 같은 신비한 여신나무

2008. 5. 22

바닷바람이 상쾌하다. 갓 잡은 잡어들을 고르는 아낙네들의 손길이 바쁘다.

오전 7시 50분, 천연기념물 136호로 지정된 '상록수림'에 왔다. 넓이 3헥타르에 이르는 이곳에는 수백 년 묵은 동백나무, 후박나무, 팽나무 같은 다양한 활엽수가 하늘을 덮는다. 유난히 관심을 끄는 나무가 있다. '사랑나무'다.

백 살이 넘은 동백나무 두 그루가 5~6m 떨어져 각기 다른 뿌리를 갖고 있으면서 가지에 흠집 하나 없이 신기하게 연결되어 있다. 부부 금실이 안 좋은 부부가 이들 나무 사이를 지나면 사이가 좋아진다고 한다.

우거진 산림 안으로 들어갔다. 수백 년 묵은 동백나무가 쓰러져 누워 있다. 섬뜩하다. 신화에 나오는 여인의 니체인가, 원초적 자연의 예술품인가. 주위에는 이보다 더 민망할 정도의 서너 그루 동백나무가 부러진 채 나체로 누워 있다.

상록수림 입구 수풀 안에는 전횡장군을 추모하는 사당이 있다.

기원전 200여 년, 제나라가 망할 때 전횡장군이 500 군사를 이끌고 외연도에 들어와 나무를 심었다고 전해진다. 그는 한나라 사신이 찾아와 항복을 강요하자 섬 주민들과 군사들의 안전을 위해 중국 낙양으로 건너가 자결했다고 한다. 그 후 섬사람들은 이곳에 그를 위로하는 사당을 짓고 섬의 수호신으로 받들어 제사를 지낸다고 한다.

봉화산 밑에 한적한 해변에 왔다. 예쁜 조약돌이 파도와 소근거린다. 태안 기름 유출이 여기까지 밀려와 해안 구석구석에 타르가 끼어 있었다.

해안경찰대 헬리콥터가 주위를 돈다. 내 모습이 수상하게 보이는 것일까. 나는 손을 흔들었다. 봉화산을 오르는 중에 돌미나리를 뜯는 아낙을 만났다.

봉화산의 봉화대

이곳은 곳곳에 각종 나물과 약초들이 널려 있어, 쌀만 있으면 먹고 사는 데는 걱정이 없는 천혜의 복 받은 섬이라고 자랑한다. 바다와 섬들이 펼치는 풍광을 감상하면서 봉화산(273m) 정상에 섰다.

정상에는 허물어진 석축 봉화대의 잔해가 고독한 패잔병처럼 허물어진 채 잡초와 함께 뒹굴고 있다. 한때는 국가 안위의 전령 역을 맡았던 통신수단이었다. 이제 역사의 뒤안길에서 흔적마저 잃어가고 있다.

섬마을이 한눈에 들어온다. 산들이 방파제가 되어 마을을 보호하고 파란 바다와 함께 사는 외연도가 아늑하고 평화스럽게 보인다.

동으로는 녹도와 호도가 아스라이 떠 있고 외연열도에 속한 무인도들이 점점

봉화산에서 내려다본 외연도

이 바다를 수놓는다. 가까이는 별스런 물형의 바위섬들이 산맥을 이루고 파도와 맞선다.

풍광을 감상하며 하산한다. 산에 오를 때는 숨겨진 보물을 찾는 느낌이고 내려올 때는 보는 위치마다 다르게 보이는 자연의 여러 가지 얼굴을 본다.

발전소 뒤에 있는 해안 몽돌밭에 왔다. 파도와 동거하는 돌은 몽돌이든 조약돌이든 다 아름답다. 영겁의 세월 모진 고통을 겪으며 모난 부위를 갈고 닦아 거듭 태어난 품격이 스며 있기 때문일까. 나는 어느 해안에서든지 몽돌이나 조약돌밭에 서면 이들과 친구가 된다. 수마된 돌의 형태, 무늬, 색상을 유심히 관찰하다 보면 이들에게 매료되어 시간 가는 줄 모른다.

시간이 많이 흘렀다. 이씨가 근무하는 발전소에 들르기로 했는데 배 시간에 쫓겨 전화로 감사를 표하고 선착장에 왔다. 이제 떠나야 한다.

여우섬, 호도로 가기 위해 대천행 여객선에 승선했다.

외연도가 뿌연 연기 속에 멀어져 간다.

'사랑나무'가 가슴에서 뿌리를 내리고 가지를 뻗치며 자라나고 있는 것 같다.

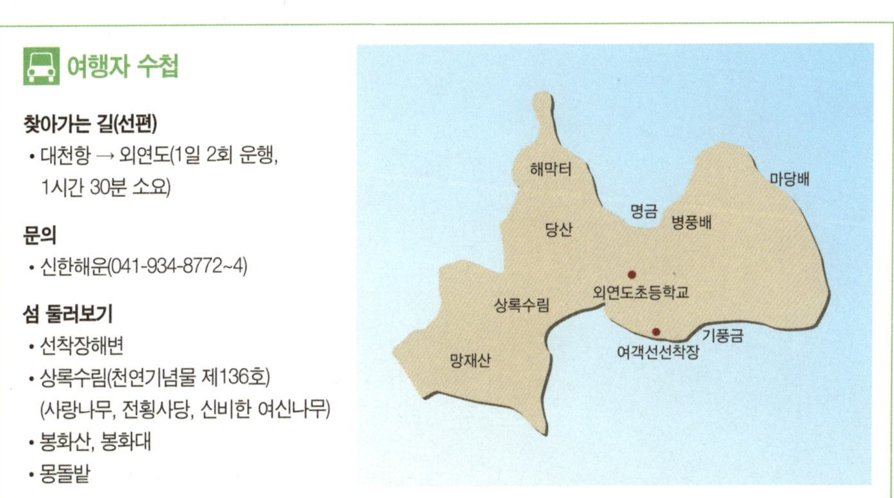

호 도 (狐島)

호도해수욕장

호도 선착장

외연도를 돌아보고 호도 선착장에 내렸다.

호도는 어떤 섬인가. 보령시 오촌면에 속하는 섬으로 대천항에서 40여 분 뱃길이고, 해안선 길이 2.7km, 190명이 거주하는 작은 섬이다. 지형이 여우 같다 하여 '여우섬'이라고도 한다. 호도는 작은 섬이지만 여러 개의 특색 있는 해수욕장이 있고 낚시로도 유명하다. 선착장에서 안쪽으로 들어오면 민박촌이 나타난다. 집집마다 '민박' 간판이 붙어 있다. 관광객이 많다는 의미다.

광천원룸에 여장을 풀고 카메라를 메고 관광에 나섰다.

민박마을에서 머지않은 곳에 호도해수욕장이 나타난다. 활처럼 휘어진 1.5km의 은백색사장이다. 모래가 곱다. 서해 해안이면서도 갯벌이 아닌 모래와 몽돌밭으로 되어 있고 기기묘묘한 갯바위들과 어우러져 아름다움을 더한다. 나 홀로다. 나는 모래 위에 '만남'이라고 손가락으로 쓰고 잠시 후 파도에 지워질 '만남'을 사진으로 담았다. 나의 발자국이 모래사장의 순결을 짓밟은 것 같아 미안한 생각이 든다. 이곳에서 200여m 거리인 자갈밭해수욕장에 왔다.

붉은 자갈밭이다. 푸른 바다, 파란 산, 붉은 몽돌, 하얀 파도. 나는 돌밭에 서면 수많은 돌들의 형태를 한참 들여다보는 버릇이 있다. 30여 년 전 수석 취미

자갈밭해수욕장

에 빠져 전국 방방곳곳을 찾아다니며 탐석하던 여운이 남아서 일까. 하지만 언제부터인가 소유하려는 욕망을 현장에서 보는 즐거움으로 바꿨다. 자연은 본래의 자리에 있을 때 아름답다. 해질 무렵, 민박집으로 들어왔다.

민박(일박: 5만원, 식사 한 끼: 5천원)은 원룸으로 깨끗하고 시설도 좋은 편이다. 여름에는 여행객이 많아 예약하지 않으면 방을 구하기 어렵단다.

호도는 모든 것이 자연산이란다. 생선이 흔하고 미나리, 고사리, 취나물은 4월부터 9월까지는 언제든지 뜯을 수 있어 서울에서도 나물 캐러 많이 온다고 한다. 얼마 전 KBS에서 자기 민박집을 방영했다고 자랑한다.

더운 물로 샤워하고 잠시 밖으로 나왔다. 흐린 날, 섬의 밤은 유난히 적적하다. 하늘도 바다도 검다. 별을 볼 수 없어 더 적막하다. 여우마저 잠자리에 들었나 보다.

2008. 5.23

미명을 밟고 또 하루가 열린다.

아침부터 여우섬을 해안 따라 한 바퀴 돌 생각으로 초등학교(분교) 옆 해안 절벽에 이르렀다. 멀리 멍덕도와 점점이 떠 있는 무인도가 아스라하다.

이곳은 태안 다음으로 기름 유출의 직격탄을 맞았다고 한다. 지금도 방제작업이 한창이다. 포크레인까지 동원되어 작업한다.

이렇게 아름다운 해안을 시커먼 기름으로 먹칠했으니 얼마나 큰 사건인가.

작업하던 이 지역민 한 분이 낯선 나를 보고 기자냐고 묻는다. 관광객이라고 했더니 사진을 함부로 찍어서는 안 된다며 "이곳은 관광으로 먹고 사는 섬인데 이런 장면을 외지인이 알면 우리에게 불리할 수도 있고 유리할 수도 있으니 책임자에게 허락을 받아야 한다."고 말한다. 양해를 구하고 사진 몇 장을 찍었다. 곧 기름이 완전히 제거되어 옛날 모습으로 회복되리라 믿는다.

작업하는 해안 근처에 호도분교가 있다. 교무실에 들렀다. 공주 분이라는 남자 선생님 한 분을 만났다. 차를 내놓으며 학교 환경을 말해 준다. 전교생이 9명이고 선생님은 3명이라고 한다. 천진난만 섬 아이들을 가르치는 데 보람과 사명감을 느낀다고 한다. 환경은 열악하지만 꿈과 희망을 심어주고 인성교육에도 각별한 신경을 쓴다고 한다. 아이들의 표정이 해맑다.

학교 방문을 마치고 해수욕장에 왔다. 이곳 모래는 규사(硅砂)로 도자기나 유리를 만드는 재료로 쓰인다고 한다.

호도는 섬 둘레가 3km의 작은 섬으로 썰물 때는 기암괴석의 거친 해안길을 걸어서 섬을 일주할 수 있다.

썰물이 바닷물을 몰아내고 모래사장이 넓어지기 시작한다.

어제 오후에는 해안을 걷다가 만조 때가 되어 산으로 돌아갔는데 지금(오전 10시)은 바닷물에 잠겨 있던 자연의 신비가 드러나는 현장에서 갓 탄생한 바위

방제작업 중인 해안(위), 초도분교 어린이들(중, 아래)

썰물로 드러난 바다 속살

산맥을 밟으며 해안을 걷는다.

썰물은 바닷물에 숨겼던 모래사장도 내놓는다. 거미만한 작은 게들과 조개 그리고 이름 모를 작은 생물들이 즐비하다. 이들은 바다 속에서도, 육지에서도 생활할 수 있으니 어쩐지 부러운 마음이 든다.

해안을 계속 걸었다. 몇 개의 해안 동굴도 만났다. 바다에서 해녀들이 내뿜는 숨소리가 바람을 가르는 휘파람 소리 같이 예리하다. 바위들의 기묘한 생김새를 감상하며 무작정 걸었다.

감탄사가 절로 난다. 물에 반쯤 잠겼다가 속살을 드러낸 갯바위가 이처럼 웅장하고 아름다울 수 있을까. 바다의 금강산이다. 하늘을 찌를 듯한 창칼바위 말고도 바닥에 널브러진 조약돌과 몽돌이 또한 일품이다. 앞에 보이는 바위섬이 썰물로 하나하나 드러난다.

이곳에서 휴식을 취하며 배낭에서 간식거리를 꺼냈다. 물질하던 해녀들도 휴식을 취한다. 고향이 제주도란다. 우리는 육포와 빵을 나누어 먹는다. 해녀도 잡은 소라를 내놓는다. 이제 기력도 떨어지고 옛날처럼 많이 잡히지도 않는단다. 쉼도 잠시, 계

거북바위

썰물이 바다에 금강산을 넣었다

속 갯바위를 넘으며 해안을 걷다가 거북바위를 만났다. 영락없이 거북이가 고개를 들고 바위 위로 오르는 모습이다.

수많은 바위와 동굴을 지나면서 호도의 해안은 관광의 보고라는 생각을 하게 되었다. 조금 때와 간조 때의 두 얼굴은 섬마을의 신비다.

김장호 동굴에 왔다. 가수 김장호가 이곳을 다녀갔다 하여 지어진 이름이란다. 오후 2시다. 해안 탐방을 마쳤다. 황홀한 해안 걷기였다. 여기서 사다리를 타고 산으로 올라섰다. 해안 길과 비교하자면 산책코스는 소박하고 편안하다.

민박에 들어왔다.

주인아주머니는 고사리를 한 바구니 꺾어온다. 4월 중순부터 5월 사이에 사모님과 같이 큰 배낭을 메고 오란다. 점심을 성의껏 차려준다. 커피도 내놓는다. 점심 식대를 주니 안 받는다. 비수기에 원룸민박을 찾아주어 감사하다면서 글 쓰는 분을 만나서 영광이라고 덕담을 잊지 않는다.

선착장에 왔다.

짜릿한 호도해안을 다시 걷고 싶다.

여행자 수첩

찾아가는 길(선편)
- 대천항 → 외연도(녹도 호도 경유함) 1일 2회 왕복
  (호도 40분~50분 소요)

문의
- 신한해운(041-934-8772~4)

섬 둘러보기
- 호도해수욕장, 붉은 자갈밭
- 호도분교
- 썰물 때 갯바위 감상, 해안일주
- 거북바위, 김장호 동굴

석대도

석대도 입구에서 해조류를 잡는 사람들

동료 문인 네 명과 함께 바닷길이 열리는 석대도를 만나러 갔다.

석대도는 보령시 무창포해수욕장에서 바닷길로 1.5km 떨어진 무인도다. 매월 음력 1~3일, 15~17일 사이에 두 번 바닷길이 열려 '모세의 기적'을 낳는다. 하지만 석대도까지 걸어갈 수 있도록 바닷길이 완전히 열리는 것은 연중 3~4회다. 이런 현상을 보려면 보령시청 관광과나 무창포번영회에 문의하여 갈라지는 날짜와 시간을 확인해야 한다. 언젠가 그 지역 사람의 말만 믿고 물이 갈라진다는 날짜에 왔다가 물이 완전히 빠지지 않아 도중에 되돌아온 경험이 있다.

나는 섬 기행을 혼자 다니는 데 익숙하다. 나를 염려해 주는 사람들은 위험한데 왜 홀로 다니느냐고 묻는다. 같이 갈 사람이 없거나 싫어서가 아니다. 사진을 찍고 위치를 기록하고 경관이나 지역의 특성을 메모하다 보면 동행한 분에게 미안하고, 또 동행인에게 신경쓰다 보면 내 감정에 소홀해지기 때문이다. 하지만 오늘은 가볍게 다녀올 수 있는 곳이어서 내가 권유하고 운전을 자청했다. 서해고속도로에 들어섰다.

오랜만에 만만디의 여유를 즐기며 행담도휴게소에서 점심을 먹었다.

대천해수욕장 주변에 숙소를 정하고 장안해수욕장, 춘장대를 구경하고 무창포해수욕장에 왔다. 해수욕 철이 아니어서 상가와 모래사장은 한적하고, 물이 빠지기 시작하는 갯벌에는 많은 사람들이 해조류를 잡는 데 여념이 없다.

우리는 식당에 들러 조개구이를 안주로 술잔에 시상(詩想)을 흘리며 바다를 바라본다. 석대도가 바다 한가운데 앉아 졸고 있는 듯하다. 저렇게 멀쩡한 바다가 갈라져 통행할 수 있는 길이 생긴다니 자연의 조화가 오묘하다.

석대도는 '모세의 기적' 현상뿐 아니라 낚시로도 이름났다. 무창포해수욕장에서 수시로 왕복

무창포해변과 음식점(위), 물이 빠진 무창포 갯벌(아래)

무창포의 석양

하는 보트나 소형 배를 타고 그곳에 들어가 고기도 낚고 무인도의 색다른 정서를 느낄 수 있다고 한다. 우럭, 놀래미, 백조기 같은 귀한 생선이 잡힌다고 한다. 하지만 옛날과 달리 고기도 귀해졌단다.

무창포의 또 다른 얼굴, 보령의 8경 중 하나가 낙조다. 석대도를 코앞에 두고 해가 기울기 시작한다. 동료들이 술잔을 기울일 때 나는 무창포 비치호텔을 지나 울툭불툭 얽은 암반을 따라 바닷가에 이르렀다.

오후 6시가 지난다. 태양은 수평선과 가까워지면서 바다를 붉게 물들이고 아름다운 황혼을 낳는다. 해무가 시샘하는가. 바다안개가 짙어지더니 수평선을 한 뼘 남기고 태양은 붉은 해 꼬리를 바다에 늘어뜨린 채 구름에 잠긴다.

한참이나 여광(餘光)이 남긴 너울을 보다가 숙소가 있는 대천해수욕장에 왔다. 순한 파도와 함께 모래사장을 걷다가 바다가 보이는 식당에 들어왔다. 싱싱한 생선회를 안주로 내 주량보다 많이 마셨다.

편안한 문우(文友)들과 바다를 바라보며 자신을 묶은 끈을 풀고 마음을 털어놓는 여유와 느림이 이렇게 포근하다. 내친김에 노래방에 갔다. 나이가 지긋한 분들이건만 속에서 뿜어내는 감정은 동심이다.

아침 8시 무창포로 향했다. 오늘은 음력 3월 14일이다. 오전 9시 57분에 이곳 무창포해수욕장에서 석대도까지 바닷길이 열린다고 한다.

많은 사람들이 물이 빠지기를 기다린다. 고무바지, 장화, 호미나 쇠갈고리, 비닐봉지 그리고 땅 구멍에 뿌릴 소금까지 준비한다. 이것들은 상점이나 식당에서 팔거나 대여한다.

석대도는 무인도로 아기장군이 죽었을 때 황새가 떼지어 나타나 슬프게 울었다는 전설을 갖고 있는 섬으로 생김이 돌로 좌대가 놓인 것처럼 생겼다 하여 석대도라 했다 한다.

많은 사람들이 바닷길이 열리는 신기한 모습을 보며 석대도 쪽으로 향한다.

게, 소라, 조개류 같은 해산물을 잡는다. 낙지와 해삼을 잡아 손을 번쩍 들고 흥분을 감추지 못하는 분도 있다.

관광객들은 석대도로 건너가 무인도의 이모저모를 체험하기보다 열린 바닷길에서 바닷물에 잠겼던 갯바위와 모래를 헤집고 해조류를 잡는 재미를 크게 여기는 것 같다. 나는 일행과 떨어져 빠른 걸음으로 석대도 입구에 다다랐다. 아직도 물이 덜 빠졌지만 물이 들기 전에 무인도에서 머무는 시간을 더 가지려고 등산화를 적셔가며 석대도에 이르렀다.

무창포해수욕장 앞에 바닷길이 열리고 있다

석대도 입구의 해변

생각보다 섬이 크다. 하지만 여느 무인도처럼 단애한 해벽이나 깎아 세운 듯한 절벽을 이룬 섬이라기보다 동산 같다는 인상을 준다.

해안의 갯바위들은 해변 주위를 넓게 둘렀고 중간에 해수욕장이라 할 만한 모래사장도 길게 뻗쳐 있다.

이곳 섬에 건너온 사람은 너댓 명이다. 산 입구에서 춘란을 발견했다. 이 섬에 숨겨진 비밀스런 무엇인가 있을 것 같은 느낌을 준다. 나는 바닷길이 끊어지기 전에 섬 한 바퀴를 돌 생각이었다. 하지만 이곳 지리를 잘 아는 노인 한 분이 말린다. 이 섬을 돌려면 2시간은 걸리는데 그때는 만조가 되어 이 섬을 빠져나갈 수 없단다. 장비와 시간 여유만 있다면 이곳 무인도에서 텐트를 치고 하루를 고독과 함께 지내고 싶다. 갯바위에 앉아 낚시도 하고, 깊은 사유에 젖어 보고 싶다.

오전 10시가 지나 바닷길에 들어섰다. 밀물이 들기 시작한다. 물속을 벗어나 잠시 햇살을 맞던 갯바위들이 서서히 물에 잠기

모세의 기적으로 탄생한 갯바위

기 시작한다. 사람들에게 잡힐 뻔했던 조개나 소라, 해삼들이 안전지역으로 접어들고 바닷길을 걷던 사람들은 해변으로 발길을 돌린다.

세상에 나와 잠시 머무르다가 또다시 물속 고향집으로 돌아가려는 갯바위들을 보며 나도 바닷길을 빠져나왔다.

아직도 석대도와 무창포 바닷길 초입에서는 사람들이 조개류를 잡는다.

잠시 후에 세상 구경을 마치고 물에 잠길 갯바위가 처연하다. 갯바위들은 마지막 순간까지 연푸른색 이끼를 입고 등대와 한 폭의 그림을 이룬다.

찾아가는 길(선편)
- 육로로 보령시 무창포해수욕장
- 바닷길이 열릴 때 걸어감(만조 시 별도의 여객선은 없고 낚싯배나 보트를 이용)

문의
- 보령시청 관광과(041-930-3672)
- 무창포번영회(041-936-3561)

섬 둘러보기
- 무창포해수욕장, 낙조
- 바닷길 걷기, 열린 바닷길에서 해산물 채취
- 바닷길을 걸어서 석대도 해안 걷기

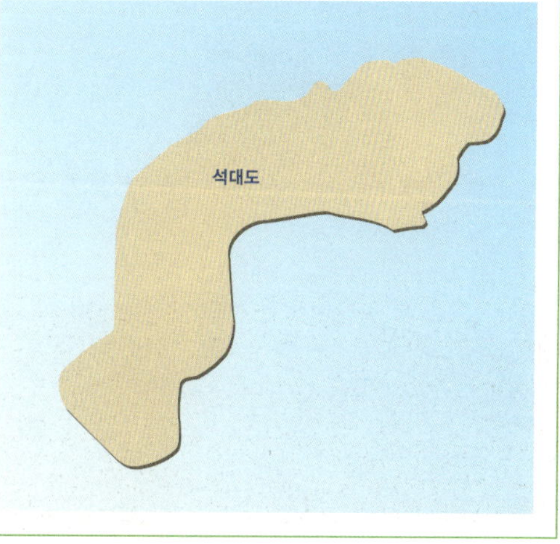

장고도

명장섬

섬은 그들만의 언어로 우리를 부른다.

삶이 느즈러질 때 배낭을 메고 섬으로 훌쩍 떠나는 상상만 해도 새로운 활력이 솟는다. 오늘 섬 기행은 충남 보령에 속한 장고도와 삽시도다.

새벽부터 서둘러 대천여객터미널에 왔다. 첫배는 떠났고 오후 1시 배가 있다. 매표소에 50대 외국인이 배 시간표를 보며 낯설어 한다. 혹시라도 도움이 될까 하여 말을 걸었다. 그는 「새와 생명의 터」 대표로, 조류를 연구하는 '나일 무어스' 라고 자기를 소개하고 명함을 준다. 희귀종의 새가 많다는 외연도에 가려는 중이라고 한다. 우리는 김밥으로 점심을 같이하며 조류와 섬에 관하여 이야기를 나누었다.

1시, 장고도 가는 배를 탔다. 승객이 던져주는 새우깡을 얻어먹으려고 갈매기 무리가 겁도 없이 덤벼든다.

짙은 해무로 하늘도, 바다도 무채색이고 섬이 수평선을 긋는다.

오후 2시, 배는 장고도 대머리선착장에 닿았다. 민박은 많은데 택시가 없다. 이곳은 민박집 차를 이용하든지 걸어서 관광해야 한다.

갈매기의 군무

장고도는 어떤 섬인가.

섬의 생김새가 장고(장구) 같다 하여 장고섬이라 한다.

대천항에서 21km지점에 있고, 100여 가구에 300여 명이 거주하고 대부분 어업에 종사하는 어촌마을이다. 섬 주변은 수심이 낮고 광활한 갯벌과 암초가 발달하여 어족이 서식하는 데 알맞다고 한다. 전복, 해삼, 김의 양식과 멸치, 까나리, 설치 같은 해산물이 풍부하다. 이곳은 간만의 차이가 심하여 선척장이 두 곳이다. 미리 확인하여야 한다.

장고도는 등바루놀이, 등불써기놀이, 진대서낭제 같은 풍어제 민속놀이가 최근까지 내려오고 있단다. 민속놀이와 장고(장구)는 장고도에 너무나 잘 어울리는 것 같다.

명장섬해수욕장

명장섬해수욕장으로 발걸음을 옮겼다.

명장섬은 장고도 북쪽에 있는 4개의 바위섬을 총칭하며 풍광이 수려하다. 해식애가 잘 발달하였고 숲으로 모자를 쓴 듯한 무인도다. 물이 빠지면 명장섬까지 해수욕장이 되기도 하고 광활한 갯벌이 되기도 한다.

명장섬해수욕장은 썰물 때가 되면 명장섬까지 연결되어 신비의 바닷길이 장고도와 이어진다. 이 바닷길은 백령도의 사곶처럼 자동차가 다녀도 빠지지 않을 정도로 탄탄한 백사장이 2km나 펼쳐진다.

백사장의 끝부분과 명장섬 주위는 암초가 잘 발달하여 낚시가 잘 되고 바닷길 갯벌에서는 조개, 낙지, 게를 잡을 수 있어 피서를 겸한 가족단위 체험학습장으로도 추천할 만하다.

당너머해수욕장에 왔다.

밀가루 같이 고운 모래가 황토색 자갈과 섞인 1km 길이의 백사장이 펼쳐진다. 물이 들면 파도를 맞고 물이 빠지면 광활한 갯벌이 펼쳐진다. 모래사장 끝머리

당너머해수욕장

에는 기암괴석으로 이루어진 용굴이 있고, 용굴 넘어 북쪽으로는 명장섬이 자리한다. 경사가 완만하고 수심이 깊지 않아 가족단위 휴양지로 좋을 듯싶다.

등대가 있는 해안도로

등대 옆 조약돌해변에 이르렀다. 다양한 색상을 띤 조약돌로 이루어진 호젓한 쉼터다. 신발을 벗고 맨발로 걸었다. 신발의 굴레를 벗어난 발바닥이 좋아한다.

등대로 향했다. 등대 주변에는 낚시를 하는 사람, 그물을 손질하는 사람의 삶이 여유로움과 신산함으로 얼굴을 달리한다. 하얀 바다안개를 뒤집어쓴 섬들이 한 폭의 동양화를 그리고 있다.

장고도는 밀물과 썰물에 따라 해안 어디를 가든지 광활한 갯벌이 펼쳐진다. 갯벌은 생명의 원천이다. 이렇게 넓은 산소통을 지닌 장고도의 건강한 갯벌이 오염되지 않고 영원히 삶의 풍요로 이어졌으면 좋겠다.

오후 5시 10분, 이곳 등대선착장에서 섬의 생김새가 마치 화살이 꽂힌 모양과 같다는 삽시도행 여객선에 승선했다.

🚌 여행자 수첩

찾아가는 길(선편)
- 대천여객터미널 → 장고도
  하루 3회(07: 30, 13:00, 16:00)
  1시간 소요(차량적재 가능)
  (계절에 따라 시간표가 바뀔 수 있음)

문의
- 매표소(041-935-1098)

섬 둘러보기
- 명장섬, 명장섬해수욕장, 고추섬
- 당너머해수욕장
- 용굴, 용난바위
- 등대, 조약돌밭
- 갯벌체험

삽시도

석간수 물망터 지역

해는 얼굴을 감추고 섬들은 안개 속에서 유영한다.

오후 5시 30분, 배는 삽시도 술뚱선착장에 닿았다. 마을은 선착장과 상당 거리에 있는데 예약 없이 와서 막막하다. 택시나 대중교통이 없다. 물어서 이장댁(동백하우스펜션)에 전화를 걸었다. 잠시 후 봉고차가 나타난다. 예쁘게 지은 펜션들이 줄지어 있다.

삽시도는 어떤 섬인가.

섬의 생김새가 화살이 꽂힌 활(弓)처럼 생겼다 하여 붙여진 이름이다.

대천항에서 1시간 거리로, 면적은 3.8㎢이고 230가구에 520여 명이 거주한다. 태고의 신비를 간직한 면삽지, 물망터가 있고 해수욕장, 곰솔밭, 기암괴석을 지닌 풍광이 빼어난 섬이다. 풍부한 어족자원과 낚시터, 광활한 갯벌은 천혜의 유산이다.

펜션에 여장을 풀고 바로 앞에 있는 진머리해수욕장에 왔다. 잡석이 섞이지 않는 순수한 모래사장으로 1km나 뻗어 있다. 젖거나 말라 있어도 발에 모래가 달라붙지 않고 감촉이 좋다. 앞바다에 떠 있는 바위섬과 뒤편에 야영할 수 있는 소나무 숲이 해수욕장의 품위를 보탠다.

모래사장 양끝 갯바위에서 낚시를 한다. 해변을 걷다가 소나무밭에 왔다. 지난 시절 캠핑했던 추억이 새록새록 피어난다.

해는 끝내 얼굴을 내밀지 않은 채 땅거미를 만났다.

물이 빠지기 시작한다. 물에 잠겼던 갯바위들이 생겨나고 사람들은 호미를 들고 조개, 고동을 캔다. 옆 펜션에서는 삼겹살을 굽느라고 떠들썩하다. 숙소에 들어왔다. 컴컴하고 공기가 통하지 않는 신발 속에 갇혀서도 불평 없이 걸어준 발을 몇 번이나 물로 씻겨주고 주물러주었다.

진너머해수욕장

세월이 유수라 했던가. 어느덧 이 해도 반이 지났다.

새벽 4시에 일어나 TV를 켰다. 월드컵 축구의 열기가 뜨겁다. 일본과 파라과이전에서 무승부가 되어 승부차기로 이어진다. 선방한 골키퍼와 실축한 키커의 표정이 천당과 지옥에서 웃고 운다. 사람이 기획하고 연출한 가혹하고 냉엄한 한 편의 논픽션 드라마다.

미명에 진너머해수욕장 앞에 이르렀다. 밀물과 썰물이 땅따먹기를 하는 것 같다. 넓고 아름답던 모래사장이 밤새 갯바위들과 함께 바닷물에 잠겼다.

삽시도는 논도 밭도 넉넉하고 섬 전체가 소나무밭으로 둘러싸였다. 이른 아침부터 꾀꼬리의 청음에 길손의 마음이 여수에 젖는다.

삽시도 초등학교 뒤편에 있는 거멀머리해수욕장에 왔다. 바닷물이 차츰 빠지고 모래사장이 드러난다. 고운 모래와 조개껍질, 돌들이 섞여 있는 해변이다. 울창한 송림과 깔끔한 펜션들이 해수욕장과 함께 자리하고 있다.

물이 빠지면 백사장에서는 고동을 줍거나 조개를 잡을 수 있어서 가족 피서는 아이들에게 좋은 추억을 심어줄 것 같다.

숙소에 들러 빵으로 아침식사를 대용했다. 밀린 일기를 쓰고 나니 오전 9시다.

면삽지를 보러 나섰다. 솔밭을 끼고 흙길을 따라 한참 걸어 내려갔다.

거멀머리해수욕장

썰물로 드러난 면삽지가 나타난다. 반질반질한 오색의 콩돌과 굵은 모래사장이다.

왼쪽으로 돌아 컴컴한 동굴 속으로 들어갔다. 바닷물에 잠겼던 작은 옹달샘이 나타난다. 이곳에서는 해수가 아닌 육수가 솟아나온다. 나는 양 손바닥으로 받아서 실컷 마셨다. 보약을 마시는 느낌이다. 시원하고 물맛도 좋다. 이런 곳에서 어떻게 생수가 나올까. 자연의 신비다.

표지판을 보고 물망터로 향했다. 물망터로 가는 길이 포근하다. 끝없이 펼쳐진 노송밭을 가로지른 흙길에 널브러진 들풀이 동행해 주어 외롭지 않다.

황금곰솔밭에 이르렀다. 수백 년은 됨직한 노송이 바다와 맞서서 거대한 황금곰솔밭을 일구었다.

삽시도는 어느 해안을 가든 소나무 천국 같다. 물 한 모금 마시고 물망터로 내려갔다. 조약돌 해변이 나타난다. 지금 시간은 물이 빠진 상태여서 갯바위들이 드러나 있다. 왼쪽 산 암벽 주변이 석간수 물망터다.

물망터는 밀물 때는 바닷물 속에 잠겨 있다가 썰물이 되면 바닷물에 잠겼던 바위와 백사장이 드러나면서 짠 갯물을 걷어내고 시원한 생수가 바위틈에서 솟아나는 태고의 신비를 간직한 곳이다. 암벽을 끼고 한참이나 갯바위를 오르고 내리다가 미끄러져 넘어졌다. 궁둥짝이 부서지는 줄 알았다. 다행히 뼈는 상하지 않은 것 같은데 퍼렇게 멍이 들고 걸

면삽지 모래사장(위), 동굴 안에 있는 생수 옹달샘(중)
물망터 가는 산길(중), 황금곰솔밭(아래)

밤섬해수욕장

기가 불편하다. 물때를 몰라 더 이상 이곳에 머물 수 없다.

발길을 옮겨 밤섬해수욕장으로 발길을 돌렸다. 날씨는 잔뜩 흐리고 해무가 끼어 섬도 하늘도 바다도 무채색이다.

밤섬해수욕장에 이르렀다. 비가 내린다. 비를 맞으며 해수욕장을 걸었다.

해무가 산허리까지 앉았다. 잠시 후 사라질 해무를 보며, 허무(虛無)를 본다.

오후 1시 40분, 배 출항시간에 맞추어 근처에 있는 밤섬 선착장에 왔다. 또 한 번 일정에 차질이 생긴다. 안개가 짙어 배가 출항할 수 없다고 한다.

맥이 풀린다. 마지막 배가 이곳이 아닌 술똥 선착장에서 5시 30분에 출항한단다. 섬 교통은 바람과 안개가 좌지우지한다.

차도 없고 식당도 없다. 더 돌아다니기에는 상처도 있고, 배도 고파 무리다. 어느 분이 선착장 가는 길을 알려준다. 바다를 끼고 만만디로 1시간 넘게 걸었다. 오후 3시다. 술똥 선착장 근처에 다다랐다. 식당 간판이 보인다. 매운탕 한 그릇을 게 눈 감추듯 비우고 물병에 물을 채웠다. 아침 6시부터 걷기 시작했으니 지칠 만도 하다.

술똥 선착장에 왔다. 아무도 없다. 선창가에 앉았다.

신발을 벗고 발을 편하게 해 주었다. 한 폭의 동양화를 감상하면서 피로를 씻는다.

5시 30분, 대천행 여객선이 짙은 바다안개를 뚫고 들어온다.

대천에 도착할 때까지도 해는 내내 얼굴을 내밀지 않고 해무와 동행했다.

대천항에 내린 즉시 전화로 부탁했던 섬 팜플렛을 얻기 위해 보령

닻을 내린 고깃배들

시청 관광과에 들렀다. 관광을 담당하는 분(오무연)이 친절히 책자를 챙겨준다. 감사하다.

오후 8시, 서울행 고속버스를 탔다.

장고도의 명장섬, 삽시도의 면삽지가 눈에 밟힌다.

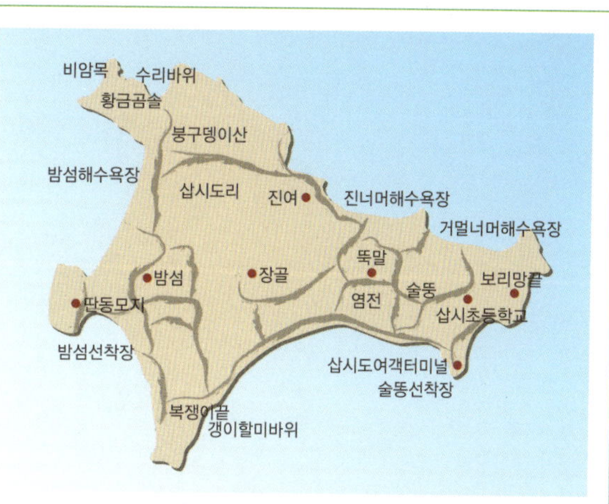

🚌 여행자 수첩

찾아가는 길(선편)
- 대천 → 삽시도
  1일 3회(07:30, 13:00, 16:00)
- 삽시도 → 대천
  1일 3회(08:15, 13:45, 17:30)
  계절에 따라 변경될 수 있음

문의
- 매표소(041-935-1098)
- 보령시 관광과(041-930-3541,2)

섬 둘러보기
- 진머리해수욕장,
  거멀머리해수욕장, 밤섬해수욕장
- 면삽지 · 석간수 물망터 · 황금곰솔밭 · 갯벌체험

경상지역

소매물도 / 지심도(只心島) / 사량도(蛇梁島) / 추봉도 / 한산도

소매물도

소매물도와 등대

삼월 하순, 잔설이 봄기운과 충돌하면서 봄비가 내린다.

여고동창회에 참석하기 위해 아내가 통영으로 가는 김에 나는 기사가 되어 그 지역 섬 여행을 하려고 같이 길을 나섰다.

여유를 즐기며 담양 죽녹원을 구경하고 유유히 흐르는 섬진강을 돌아 하동에서 일박했다.

다음날 아침, 재첩국으로 미각을 즐겁게 하고 통영으로 향했다.

오전 10시, 집사람을 동창회 장소에 바래다주고 나는 미륵도에 왔다. 한때 섬이었던 미륵도는 통영시와 연류교로 이어지면서 섬의 수명을 다했다. 해안 따라 한려수도의 풍경을 감상하며 느릿느릿 차를 몰았다.

육지와 미륵도 사이에 호수 같은 통영운하가 펼쳐진다. 배들이 왕래하고 바다 밑으로 뚫린 해저터널에는 사람들이 걸어서 바다를 건넌다. 결혼 전, 아내와 처음 만나 해저터널을 걷던 추억이 새록새록 피어오른다.

미륵도 정상에 올랐다. 아래로 통영 시가지가 펼쳐지고 한산섬을 비롯한 욕지도, 연화도, 비진도, 매물도가 한눈에 잡힌다. 통영을 '동양의 나포리' 라는 말이 어색치 않다.

오후 2시, 마리나리조트에서 집시람과 집사람 친구 분들을 만나 용화사, 미래사를 구경하고 일행의 호의로 명성횟집에서 좋은 식사를 하고 숙소인 마리나 리조트에 들어왔다. 전망이 이국적이다.

호수처럼 잔잔한 바다에는 섬들이 여기저기 누워 있고 하얀 요트들이 백조처럼 유영한다. 행여 잔잔한 이 물가가 어지러울까 한참이나 바다를 바라보았다.

잠을 설치고 아침 5시에 일어났다.

여객터미널에 주차하고 일행은 7시에 소매물도 가는 배를 탔다. 40석 정도의 작은 여객선이다. 주위 경관이 아름답다. 해무에 가린 태양은 한 뼘이나 솟고서야 바다에 햇살을 뿌린다. 크고 작은 섬들이 끝없이 이어지고 바다는 은비늘로 눈부시다. 오전 8시 20분에 소매물도에 닻을 내린다.

산비탈에 몇 채 안 되는 낡은 집들이 옹기종기 모여 있다. 통영에서 뱃길로

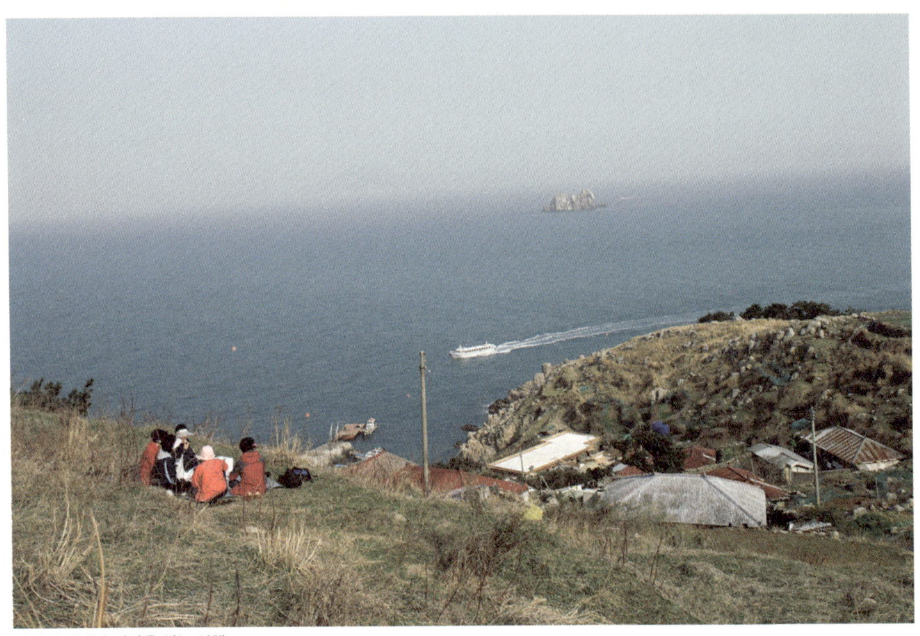

망태산 아래서 김밥을 먹는 일행

1시간 10분 거리다. 해안선 길이는 4km 남짓으로 1시간이면 섬을 일주할 수 있는 작은 섬이다. 한때는 40여 가구가 살았으나 지금은 열한 가구에 20여 명이 거주한다.

우리 일행은 들풀과 쑥으로 뒤덮은 망태산 아래 평평한 곳에서 준비해 온 충무김밥을 먹었다.

낡은 집들 사이에 현대식 건물이 대조를 이룬다. 상전벽해(桑田碧海)라 했던가. 오래전, 원주민들이 쓸모없는 땅이라 여기고 집과 땅을 헐값에 팔았다 한다. 지금은 관광객이 많아 금싸라기 땅이 되었으니 세상만사 격세지감이다. 쪽빛 바다에는 유람선이 여우꼬리처럼 하얀 포말을 길게 늘어뜨리고, 멀리 바다에 떠 있는 바위섬은 고독에 묻혀 있다.

망태산(170m)에 올랐다.

수백 년, 한 자리에서 땅을 지켜온 소나무와 동백나무 숲이 하늘을 덮는다. 이름 모를 산새들의 청음 속에 산들바람이 달다. 까마귀 떼가 허공을 빙빙 돌며 탁음을 쏟아낸다. 이방인을 경계하나 보다. 바다에는 등대섬이 파란 방석에 앉아 오수를 즐기는데 한쪽 귀퉁이에서는 바닷길이 열리고 있다. 하산하여 신비

266

의 바닷길을 향했다.

소매물도와 등대섬은 하루 두 번 썰물 때, 80m 정도의 바닷길이 열린다. 바닷길이 열리기 시작할 때 바지를 걷어붙이고 10여 분 만에 물살을 헤치며 등대섬에 건너왔다.

입구부터 이어지는 나무계단을 밟으며 등대를 향한다. 완만한 산비탈에 융단처럼 초원이 펼쳐지고 옆면은 험한 바위산이다. 하얀 등대가 있는 정상에 올랐다. 소매물도 등대는 국내 어느 등대에서도 보기 드문 절경에 세워졌다. 이곳 등대는 1917년 8월 5일, 무인등대로 처음 점등했다가 1940년부터 유인등대로 바뀌었다. 등대 밑 산비탈에 숙소가 있다. 이 숙소는 사정에 따라 여행객들에게 제공되기도 한다고 한다.

등대 주위를 한 바퀴 돌았다. 자연의 위엄 앞에 인간의 작은 모습을 만난다. 깎아지른 듯한 천길 해벽은 천태만상의 층암절벽이다. 해면의 암반이 경이롭다. 파도가 수억 년에 걸쳐 조각한 작품이다.

등대에서 소매물도를 바라본다. 파란 융단에 한 마리의 공룡이 앉아 있다. 바다는 어머니처럼 섬을 품고 있다.

바다는 세상에서 가장 낮은 곳에서 수많은 섬과 물고기를 품고 산다. 울타리도 없이 인간의 욕망까지도 포용한다. 높은 곳에서 바다를 내려다보

망태산에서 바라본 소매물도 등대섬(위), 썰물로 드러난 바닷길(중) 등대에서(아래)

는 하늘을 부러워하지도 않는다. 비가 내리면 젖고 파도를 만들어 섬을 다독인다. 하지만 누구도 바다를 얕보지 않는다. 지고(至高)의 겸양과 위엄 때문이다.

12시, 모세의 작은 기적을 걸으며 소매물도 본섬에 왔다. 전망 좋은 곳에서 김밥을 먹었다. 아침 배로 들어와 오후배로 나갈 계획이라면 김밥이나 도시락을

今

등대에서 바라본 소매물도

준비해야 한다. 이곳에는 식당이 없기 때문이다.

　일행은 쑥을 캐고, 나는 폐교된 소매물도 분교에 왔다.
　수백 년 묵은 동백 숲으로 둘러싸인 이 폐교는 공을 차면 바다에 떨어질 것 같은 좁은 운동장에 누런 잔디가 덮여 있고 깨진 유리창 안 교실은 잡것들과 먼지가 현주소를 대변한다. 인생도 이렇게 변하면서 거스를 수 없는 시간의 마라톤 종점으로 향한다.
　나는 발길을 옮겨 험한 바위산에 힘겹게 올랐다. 어느 사진작가라는 분이 이런 절경에서 사진을 찍어야 한다면 위치를 잡아준다.
　인간의 필적을 거부한 신의 걸작인가. 거대한 바위산을 예리한 칼로 종이 오리듯 다듬고, 빗자루 붓으로 직선과 곡선을 형상화한 작품이다.

폐교된 소매물도 분교

수만 개의 돌 주름은 우람한 남성의 근육이고 여성의 고고한 자태다. 경외(敬畏)의 눈초리가 파란 화선지에 담긴 명화(名畵)를 떠나지 못한다.

내려오는 길에 다솔산장, 하얀산장을 둘러보고 선착장에 왔다.

소형 유람선이 관광객을 유혹한다. 선착장에는 많은 사람들이 배를 기다리고 주변에는 해녀들이 갓 잡은 멍게와 해삼을 즉석에서 판다. 늙어서 젊고, 찢겨서 우아한 것이 섬의 성정(性情)인가 보다.

소매물도는 작은 거인이라고 수첩에 적고, 오후 4시, 통영으로 가는 배를 탔다.

 **여행자 수첩**

찾아가는 길(선편)
- 통영여객터미널 → 대매물도 → 소매물도
  (1일 3회 왕복) 소요시간 1시간 10분

문의
- 섬사랑호(055-645-3717)
- 통영관광안내소(055-644-7200)

섬 둘러보기
- 섬마을 둘러보기
- 망태산
- 등대섬
- 소매물도 등대
- 폐교된 분교

지심도(只心島)

흙길에 널브러진 동백꽃

어제는 소매물도의 풍광에 젖었다. 오늘은 지심도의 동백에 취해 볼까.

이른 아침 통영 마리나리조트 주변의 삼칭이 해안도로를 걸었다. 환상의 해안 길이다. 전망대에 왔다. 해무에 젖은 통영 시가지가 그림으로 다가온다.

이 지역 출신 시인 김춘추의 「꽃」, 김상옥의 「봉선화」, 유치환의 「깃발」이 파란 바다에 시를 흘린다. 가슴이 출렁인다. 한참이나 시심에 젖다가 지심도에 가기 위해 장승포 선착장에 왔다. 오전 8시 배에 승선했다. 장승포와 지심도 간 배편은 하루에 3~5회 왕래한다.

장승포에서 뱃길로 30분도 채 안 되는 외딴섬 지심도(只心島), 마음 심(心) 자처럼 생겼다는 섬. 길이 1.5km, 폭 500m의 긴 숲이 바다에 드러누워 있는 작은 섬이다. 수종 70% 이상이 수백 년 자란 동백나무로 덮인 동백섬이다. 동백나무 말고도 후박나무, 소나무, 팔손이, 풍란 같은 30여 종이 자생한단다.

포구에서 시멘트길로 들어서자 원시림으로 하늘을 가린 컴컴한 동백터널이 펼쳐진다. 짧은 시멘트 길은 곧바로 흙길로 이어진다.

찢기고 꿰맨 해벽울타리 안에 빗빛 여심(女心)을 풀어놓은 동백정원인가.

온 섬이 진초록 옷을 입고 촛불잔치를 벌이고 있다. 오솔길에도 골짜기에도 선지 빛 동백

바다에서 바라본 지심도

이 널브러져 있다. 아직도 식지 않은 선혈을 간직한 채 임에게 붙이지 못한 엽서를 안고 식어가고 있는 것일까.

동백(冬柏)은 엄동에도 윤기가 반지르르한 녹색 잎과 정열을 태우는 붉은 입술을 지녔지만, 가녀린 시어(詩語)이고 애처로운 사연이기도 하다.

동백꽃은 한 잎 두 잎 시들면서도 목숨에 연연하지 않는다. 봉우리째 미련 없이 목이 툭 떨어져 내린다. 허망한 죽음 때문일까. 예부터 사람들은 동백꽃을 병실에 들여보내지 않는다.

말없는 화려함을 간직한 채 생을 마감하는 고결함이 동백꽃의 처연한 자존심이다.

동백꽃은 11월부터 이듬해 4월까지 피고 지고를 반복하며 3월말 경에 만개한다. 나는 꽃이 널브러진 흙길을 걸으며 사색에 젖는다. 흙길은 고즈넉하고 시골스럽다.

지심도의 어느 몽돌밭

섬은 자연의 역사다. 언젠가 개발이라는 무기를 앞세워 중장비의 굉음이 섬의 장송곡으로 이어질까 마음 쓰인다. 새소리 들으며, 나무 냄새, 바다 냄새를 맡으며 오솔길을 한참이나 걷다가 내림 길로 몽돌해변에 이르렀다.

해안 절벽과 울창한 숲을 울타리로 삼고 계란만한 조약돌부터 수박 만한 몽돌이 한 가족을 이루고 산다. 나도 이들과 한 가족이 된 느낌이다. 순한 파도가 찰싹찰싹 돌들을 간지럽힌다. 시간은 멈추고 여유와 편안이 흐른다.

산길로 들어섰다. '피싱하우스' 라는 간판이 나타난다. 외로운 섬, 고적한 곳에서 낭만의 공간을 만난다.

40대 후반의 남자가 통나무를 자르며 무엇인가를 조각한다. 신 아무개라고 자기를 소개한다. 여느 민박집과는 분위기가 사뭇 다르다. 좁은 마당에는 백 살도 훨씬 넘긴 동백나무 수 그루가 붉은 정열을 토해내고 있다. 나무조각품들과 몇 점의 수석이 익살스럽다. 나는 허름한 탁자에 앉아 커피 한 잔을 주문했다.

4년 전 건강이 안 좋아 이곳에 와서 홀로 고독을 견디며 자연과 더불어 지낸다고 한다. 다 비우고 나니 이렇게 편하단다. 이따금 시인도 만나고 농부도 만나, 시인이 되고 농부가 되기도 한단다.

이 섬에는 열두어 민가가 있는데 거의가 민박으로 생계를 이어간다. 방파제가 없어 태풍이 일면 배가 피할 곳이 없다. 그렇다고 양식장도 어려워 어업이 생계가 될 수 없는 환경이라고 말한다.

지심도는 천혜의 아름다운 경관을 지녔지만 아픈 역사도 안고 있다.

기록에 의하면 사람들이 이 섬에 정착한 시점은 정확치 않으나 조선 현종 때인 17세기 후반부터로 추정한다. 지금 거주하는 사람들은 그들의 후손이 아니다. 일제시대에 일본군에게 모두 쫓겨났고 해방 후 일본군이 철수한 후에 건너

피싱하우스

나무조각품과 수석

온 사람들이다.

집 주인 신씨는 팔색조를 본 적이 있느냐고 묻는다. 여덟 가지 색을 지닌 신비의 팔색조가 이 섬에 살고 있단다. 신씨는 이 귀한 새가 살고 있는 둥지까지 알고 있지만 누구에게도 말할 수 없는 비밀이라고 한다. 새의 거처를 알면 신비의 새가 남아 있겠느냐고 한다.

찻값을 물었다. "차 한 잔의 여유입니다." 하며 찻값을 받지 않는다. 나는 찻잔 밑에 만 원짜리 한 장을 놓고 '피싱하우스'를 나왔다.

기인 같다는 생각이 든다. 우리는 어떤 삶이 옳다고 획일적으로 단정할 수 있을까. 삶의 행복도 수학처럼 정답이 있다면 인생은 곡선도 감성도 없는, 규격화된 일상(日常)에서 세월을 낚는 한낱 시계추에 불과할 것이다.

왕대나무 군락이 동백과 어우러진 오솔길을 걷는다. 섬의 표지석이 나타난다. 해안선전망대에 이르렀다. 해안암반이 공룡발톱처럼 거칠다. 낯선 섬들이 유유하다. 풍경이 주는 감동은 낯설음에 있지 않을까. 아무리 절경이라도 일상화되면 감정이 무뎌지기 마련이다.

호젓한 오솔길을 따라 활주로에 왔다. 활주로라 하지만 비행기가 뜰 수 있는 길이가 안 된다. 헬기 착륙장일 뿐이다.

주변 언덕배기에 올랐다. '섬마을 풍경'이라고 쓴 간판이 있고 집 기둥 같은 열대림이 바다를 가린다. 잡풀이 우거진 초원에는 노란 꽃이 앙증스럽게 피어 있다. 울창한 수림의 터널을 걷다가 햇살이 가득한 초원을 만나니 심신이 따뜻하다. 한참이나 이곳에 앉아 바다를 바라보았다. 안심(安心)이 이런 것인가 보다.

숲속의 초원

선착장을 향하여 느리게 걸었다. 한 줌의 햇살마저 거부하는 울창한 산림 속에서 동박새, 직박구리가 흘리는 고운 목소리를 들으며 국방과학연구소 건물 앞까지 왔다. 이 건물 뒤편에는 포진지, 탄약고 같은 일제강점기의 잔재가 아직도 슬픈 역사를 말해 준다.

이곳 지심도의 땅 주인은 국방부다. 원시림이 잘 보존된 것은 개인 소유의 땅이 아니기 때문이 아닐까. 선착장으로 내려왔다.

지심도는 작은 섬이지만 흙길이 잘 되어 있고 2~3시간이면 구석구석 살펴볼 수 있는 아늑한 섬이다.

이렇게 동백에 젖은 것만도 하루 품삯으로 넉넉한 지금마음(只心)을 안고 14시 50분 장승포행 여객선에 승선했다.

여행자 수첩

찾아가는 길(선편)
• 거제 장승포항 → 지심도
　(1일 3~5회 왕복) 15분 소요

문의
• 지심도 매표소(055-681-6007)

섬 둘러보기
• 동백터널
• 몽돌밭
• 피싱하우스
• 해안선 전망대
• 섬마을 풍경, 포진지

사랑도 (蛇梁島)

가마봉

멀리 선상에서 본 사량도(위), 사량도여객선터미널(아래)

지심도의 동백에 취한 채 사량도를 만나려고 장승포에 왔다. 오후 5시 10분, '제111 사량호'에 차를 갖고 집사람과 함께 승선했다.

햇살을 먹은 쪽빛 바다가 눈부시다. 두 개의 섬이 짝짓기 직전의 뱀 형상 같다 하여 사량도(蛇梁島)라 이름 했다는 구전(口傳). 그리고 뱀에 얽힌 이런저런 전설이 전해진다.

교통은 통영, 사천, 고성, 장승포에서 배편으로 왕래할 수 있어 좋은 편이다.

사량도는 윗섬(上島)과 아랫섬(下島)의 두 개 섬으로, 한산도와 여수 오동도 간의 삼백리 한려수도의 길목에 있다. 듣던 것처럼 산세가 예사롭지 않다.

배는 5시 55분, 윗섬에 잠시 정박하고 5분 뱃길인 아랫섬에서 정박한다. 이곳에서 내려 민박집부터 정했다.

나는 한때, 천진난만한 어린이들에게 동화책도 읽어주고 위인전도 읽어주고 시도 쓰는 섬마을 선생님이 되고 싶은 꿈을 가진 적이 있었다.

1967년에 설립되었다는 사량초등학교 읍덕분교를 찾아갔다. 전체 학생이 5명이고 선생님은 두 분이다. 한 분은 동화를 쓴다고 한다. 차를 마시며 학교 생활상을 듣는다. 분교는 외모가 깔끔하고 내실이 잘 정돈되고 수업 분위기가 좋아 보인다. 학급편성이 어려워 복수수업을 한다고 한다.

면소재지(윗섬)와 떨어져 공공시설이나 문화시설이 전무한 실정이고 학부모들은 소규모 농사나 어업으로 형편이 어려운 실정이라 한다. 하지만 전인교육을 목표로 하는 선생님과 어린이들은 모두 밝고 긍정적인 사고를 지닌 것 같다.

학교에서 나와 아랫섬 일주도로를 달린다. 한적하고 경관이 좋다. 바다가 있는 농촌 풍경이 평온하다. 어둠 따라 숙소에 들어왔다.

주인은 어선을 갖고 있는 분이다. 섬 사람의 순수가 따뜻하다. 저녁 식단에도 인정이 어렸다. 소주를 같이 마시며 섬 생활의 애환을 듣는다.

　이곳은 고려 때부터 왜구의 침입을 막기 위한 전초기지가 되었다 한다. 칠현산에 봉수대가 있고 왜적을 격퇴하고 나라를 지킨 최영 장군의 공적을 추모하기 위한 사당이 윗섬 금평리에 세워져 있다고 한다.

　오래전부터 오르고 싶었던 옥녀봉을 내일 등반한다는 기대를 안고 잠자리에 든다.

2007. 3. 28.

아침 일찍 눈을 떴다.

윗섬에 지리산이 있다면 아랫섬에는 칠현산이 있다.

　오전 6시 30분, 칠현산(349m)에 올랐다. 7개의 산봉우리가 연이어 있다 하여 칠현산이라 한다. 칠현산 골짜기에 만개한 진달래가 정겹다. 첫 번째 봉을 거쳐 예쁘게 단장한 나무 계단을 따라 두 번째 산봉우리에 올랐다.

　섬 모습이 마치 거북이 목을 길게 늘어뜨리고 파란 바다에 방파제가 되어 누워 있는 것 같다. 크고 작은 섬들, 백조처럼 유영하는 배들, 하얀 카펫을 깔아놓은 듯한 양식장이 한 폭의 그림이다. 일곱 봉우리를 다 밟지 못한 아쉬움을 안은 채 하산했다.

　윗섬 옥녀봉을 오르려고 덕동 여객터미널에 왔다. 카페리(사랑호)에 차를 싣고 뱃길로 5분 거리인 윗섬(상도)에 닿았다. 면사무소에 들러 관광 팜플렛을 얻었다. 차로 해안길을 돌면서 숲이 우거져 소처럼 생겼다는 수우도(樹牛島)를 사진에 담고 길 따라 섬을 관광한다.

칠현산 둘째 봉에서 본 바다(위), 진달래가 만발한 칠현산(아래)

집사람과 집사람 친구 분은 힘든 산행을 접고 이곳 마을에서 관광하기로 하고 나는 산행길에 올랐다.

우리나라 섬 중에 큰 산은 울릉도의 선인봉(986m), 가거도의 독실산(639m), 사량도의 지리산(398m)을 꼽는다. 그중에서 사량도의 지리산 등반로가 가장 험하다.

많은 등반 애호가들이 이곳 지리산과 연결된 불모산, 가마봉, 옥녀봉에 매력을 느끼지만 쉽게 오를 수 있는 산은 아니다.

이곳 지리산은 세 개 도(道)의 경계를 한 몸에 지닌 육지의 '지리산을 바라보는 산'이라 하여 지리망산(智異望山)으로 불리다가 지리산으로 되었다.

등반코스는 일반적으로 돈지 · 지리산 · 불모산 · 가마봉 · 옥녀봉에서 진촌마을로 하산한다. 하지만 나는 역으로 진촌에서 시작하여 옥녀봉에 오르고 있다. 심하게 얽은 암벽으로 이어진 등산로가 아찔하다.

암벽 등반의 스릴을 맛본다. 위험한 코스에는 줄사다리를 설치했지만 크게 주

옥녀봉

의를 요한다. 옥녀봉에 올랐다.

윗섬과 아랫섬은 파란 바다를 갈라놓고 한려수도의 유·무인도가 바다를 수놓는다. 옥녀봉(玉女峰, 261m)은 산봉우리의 형상이 봉곳한 여인의 가슴을 닮았다 하여 붙여진 이름이다.

슬픈 전설이 전해지기도 한다.

아주 옛날 옥녀봉에 홀아비인 어부가 옥녀라는 외동딸과 살았다. 옥녀가 아리따운 처녀로 성숙해지자 어느 날 아버지가 이성을 잃고 딸에게 욕정을 품고 범하려 했다. 옥녀는 천륜을 버릴 수 없어 이 바위 벼랑으로 떨어져 자살했는데 지금도 그 자리에 선혈 같은 검붉은 이끼가 피어 있다고 한다. 불쌍한 옥녀의 넋을 위로라도 하듯 붉은 진달래가 외롭게 피어 있다.

잠시 바다를 바라보며 땀을 식히고 가마봉에 오른다. 산이 험하다. 천인단애한 바위벽에 부착한 밧줄을 잡고 오르다가 흔들거리는 줄사다리를 기어오른다. 한발 한발 오를 때마다 다리가 후들거린다.

서울에서 왔다는 몇몇 등산객을 만났다. 그들은 돈지마을에서 출발하여 지리산(398m), 불모산(399m)을 거쳐 이곳에 왔다고 한다. 이들과 평평한 곳에 앉아 물 한 모금을 마시고 헤어졌다.

가마처럼 생겼다 하여 가마봉(303m)이다. 정상 바위틈에 몇 그루의 잡목이 끈기 있게 생명을 부지하고 불모산으로 이어지는 아슬아슬한 절벽 곳곳에 진달래가 매달려 등산인의 눈길을 잡는다.

시간을 아껴 바쁜 걸음으로 불모산을 향했다. 이게 무슨 일인가. 아차 하는 순간 돌부리에 채여 넘어졌다. 순간 다리가 부러지는 것 같았다. 무릎에서 피가 흐르고 통증이 온다. 다행히 뼈가 상하지는 않은 것 같다. 계속 산행은 무리다. 가까이 불모산과 지리산을 지적에 두고 훗날을 기약하고 절룩거리며 되돌아 내려왔다. 산행을 완주하지 못하고 패잔병처럼 후퇴한다.

여객터미널에 왔다. 한산도로 가기 위해 집사람과 오후 2시 50분, 배에 승선한다. 한 시간도 채 안 되어 통영에 도착한다.

무릎 통증이 다소 가라앉으니 배가 고프다. 선창에서 복국으로 시장기를 면했다. 이어서 오후 5시 배로 한산도로 건너갈 것이다.

한려수도의 청정바다에 뱀이 꼬리를 물고 다리처럼 지나다녔다는 사량도, 두 개의 섬이 바다를 맞물고 바다 따먹기 놀이를 하는 것 같다.

여유를 갖고 한 번 더 오고 싶은 쌍둥이 섬이다.

어느 날, 다시 사량도에 올 때도 지금처럼 바다를 끼고 윗섬 아랫섬으로 남아 있으면 좋겠다. 혹시라도 낯선 대교와 원초적 자연이 충돌하지 않을까 염려스럽다.

여행자 수첩

찾아가는 길(선편)
- 통영여객터미널 → 사량도(1일 4회 왕복)
- 장승포 → 사량도(1일 4회 왕복)
  (계절에 따라 시간이 변경될 수 있으니 확인 요망)

문의
- 통영(055-647-0147)
- 장승포여객터미널(055-687-6767)

섬 둘러보기
- 윗섬 아랫섬
- 사량초등학교
- 칠현산
- 지리산, 옥녀봉, 가마봉

추봉도

망산 오르는 길의 풍경

사량도를 보고 통영에 왔다. 선창에서 허기진 배를 채우고 오후 5시, 한산도 가는 배를 탔다. 크고 작은 섬들이 바다에 널브러져 있고 배들은 하얀 물거품을 물고 어디론가 오고 간다.

통영여객터미널에서 한산도 가는 교통은 비진도, 용호동, 죽도, 장사도를 경유하는 선편과 직행(약 30분 소요)하는 배가 하루에 여러 번 왕래한다.

한산도에서 하선했다. 한산도는 충무공, 국립해상공원으로 유서 깊은 곳이다. 40여 년 전, 아내와 결혼하기 전 이 섬에 왔던 추억이 새롭다.

한산도는 내일 보기로 하고 추봉도(통영시 한산면 추봉리)에 가기 위해 한산도 진두마을 선착장에 왔다. 이곳에서 배로 5분 거리다.

한산도와 추봉도 간의 대교

한산도와 추봉도 간에 연륙교가 거의 완공되어 얼마 후면 배 아닌 육로로 통행할 수 있게 된다. 이렇게 가까운 거리를 배로만 왕래해야 하는 불편도 어려움도 많았을 것이다. 생활환경의 개선을 위해 축하할 일이다. 하지만 또 하나의 섬이 사라지는 아쉬움도 함께한다. 과학과 문명의 발달은 생활에 편익을 주지만, 어쩌면 원초적 자연의 천적인지도 모른다.

차를 선착장에 주차시키고 오후 6시 50분, 추봉도로 가는 소형 배를 탔다. 운임은 1인당 일천 원을 받는다.

추봉도는 60 가구가 채 안 되는 조용한 섬이지만 한때 6·25사변의 격랑으로 홍진을 겪었던 섬마을이기도 하다. 선착장 근처 추봉펜션 201호실에 여장을 풀었다. 원룸으로 깨끗하게 꾸민 아늑한 방이다.

곧바로 바닷가로 나왔다. 파도가 전진 후퇴할 때마다 돌 구르는 소리에 낯섦과 낭만이 합창한다. 집사람과 한참을 걸었다. 적막 속에 안식이 찾아든다. 이따금 뱃고동이 소리가 고요를 흔든다.

봉암마을 몽돌해변

2007. 3. 29

뱃고동 소리가 새벽을 가른다.

선창에서 바다를 본다. 새벽바람에 비릿한 갯내음이 달콤하다.

봉암해변에 왔다. 활처럼 휘어진 흑진주 몽돌해변이다. 원초부터 거친 파도와 사랑싸움으로 만들어진 넓고 긴 몽돌밭이 추봉마을을 품고 있다. 파도는 위대한 조각가인가. 뼈도 없이 물렁한 것이 단단한 돌을 다듬는 괴력은 어디서 나올까.

대기만성(大器晚成)의 교훈을 시사한다. '봉암수석'이라 불리는 색채석(色彩石)이 검푸른 미색으로 아름답게 수마되어 수석 애호가들의 관심을 끌 만하다.

여름철 뜨겁게 달구어진 몽돌 밭을 걸으면 신경통이나 성인병에 효험이 있다고 전해지면서 이곳을 찾는 사람들이 많다고 한다.

망산(256m) 등반길로 접어들었다. 시멘트길은 중간에 끊기고 정겨운 흙길로 이어진다. 바다와 평행선을 그은 산 벚꽃이 화사하다.

해안은 완만한 굽이를 이루지만 해벽은 급경사로 해식애(海蝕崖)가 잘 발달하였다. 봄 햇살이 내려 파랗게 변한 밭, 뱀처럼 꼬부랑 해안에 파도는 하얀 선을

땅두릅을 캐는 아낙과 외지인

망산 안내판

굿고 해송과 산벚의 조화가 유화와 묵화가 만난 듯하다.

밭에서 한 아낙이 호미로 땅을 헤집는다. 무엇을 캐느냐고 물으니 두릅을 캔다고 한다. 땅에서 두릅 캐는 것은 처음 본다. 파느냐고 물으니 판다고 한다. 집사람이 만 원어치만 달라고 하니 너무 많이 주어 조금 덜어놓았다. 섬의 인심인가.

망산 정상에 올라 바다를 바라본다. 안내판이 해설을 한다.

추봉도의 예곡, 추원마을은 6·25동란 때 유엔군 포로수용소가 있었다. 1952년에 설치되어 거제도 수용소에 있던 1만여 공산포로가 수용되었던 곳이다. 동족상잔의 비극이 이 조용한 섬마을에도 피를 뿌렸다.

숙소에 들러 짐을 챙기고 매운탕으로 점심을 즐기고 한산도로 가기 위해 선창에 왔다. 언젠가 한 번 더 오고 싶은 섬이다.

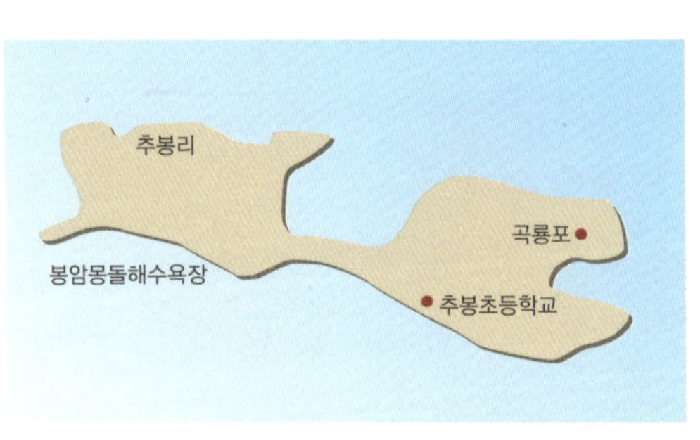

🚌 여행자 수첩

찾아가는 길(선편)
- 한산면 진두마을 선착장 → 추봉도
  (도선이 자주 있음)
- *2009년부터는 추봉교가 가설되어 육로로
  통행됨

문의
- 한산면사무소(055-650-3600)

섬 둘러보기
- 봉암해변(몽돌밭) · 망산등반, 망산 정상의 진달래 소사 군락지, 봉수대 터
- 유엔군 포로수용소 · 추봉교

한산도

수루에서 바라본 한산도 앞바다

갈매기들의 여유(위), 대첩문(중), 제승당(아래)

추봉도에서 5분 뱃길인 한산도에 왔다.

오후 1시, 제승당에 가는 중에 갈매기 무리를 만났다. 평화롭다. 행복해 보인다. 먹고 즐기는 것이 그들의 일과다. 부러워할 것도, 욕심 부릴 것도 저축할 필요도 없다. 과거와 미래도 생각지 않는다. 지금의 상태로 족하다. 푸른 창공도, 뭍도, 바다도 마음 내키면 오고 간다. 이념도 갈등도 빈부도 구속도 없다.

잠시 그들의 세계에서 머물다가 제승당으로 향했다. 선착장에서 제승당까지 2km의 산책길은 그림처럼 아름답다. 호수 같은 바다에 한려수도가 펼치는 풍경은 가경이고 충무공의 얼이 서려 있다.

대첩문(大捷門)에 들어섰다. 한문으로 쓴 대첩문(大捷門) 현판은 고 박정희 대통령의 친필이다.

입구부터 꽉 들어찬 적송과 동백, 그리고 벚나무와 상록수림으로 하늘을 가린 실크로드를 따라 단아하고 장엄한 제승당에 이르렀다.

제승당은 충무공이 왜적을 크게 무찌른 수군의 본영으로 한산대첩의 역사가 아로새겨져 있는 유서 깊은 사적지다.

임진왜란 때, 이순신 장군이 삼도수군 초대 통제사로 3년 8개월 동안 이곳에 군사기지를 두고 진두지휘하던 곳이다.

이 제승당 안에는 충무공의 전적을 그린 5폭의 벽화, 명조팔사품의 병풍과 해전도, 거북선조형, 화포 등이 진열되어 있다.

충무공의 우국충정과 담력 그리고 지략에 머리 숙여 참배한다.

충무사

수루(戍樓)에 올랐다. 수루는 적의 동정을 살피던 망루다. 임진왜란 당시 고동산, 망산, 용화산 등지의 봉수대에서 불이나 연기 같은 신호로 위급상황을 이곳에 보냈다. 수루 중앙에는 승전고가 놓여 있다.

충무공은 이 수루에 올라 얼마나 많은 시름과 지략의 성을 쌓고 허물었을까. 한 치의 앞을 볼 수 없는 전황에서 기도와 전략으로 밤낮이 없었을 것이다.

한산섬 달 밝은 밤에 수루에 혼자 앉아 큰 칼 옆에 차고 깊은 시름하는 차에 어디서 일성호가는 남의 애를 끊나니.

그분께서는 절체절명의 상황에서도 카리스마 넘치는 위엄과 시상(詩想)의 감성을 지닌 위대한 무인이고 문인이다. 우국충절이 반역으로 몰리면서도 나라를 걱정하고 최후를 영광의 승전에 헌신한 전무후무한 영웅이 아니던가.

나는 수루에 서서 바다를 바라보며 그분의 얼이 서려 있는 역사의 현장을 한 장의 사진에 담는다.

충무사에 왔다. 이 사당은 충무공 이순신 장군의 영정을 모신 곳이다. 기존의 사당을 헐고 1976년에 재 건립했다.

경내를 돌며 충무공의 유적을 공부한다.

1739년 107대 통제사 조경이 충무공의 공적을 기린 유허비, 충신이나 열녀가 태어난 집 앞에 홍살문을 세워 그 집안의 공덕을 높게 인정했다는 홍살문, 군사들과 매일 활쏘기를 연마했다는 한산정을 두루 살핀다. 제승당과 충무사는 충무공의 혼이 서린 성역이다.

오후 5시 30분 통영으로 가는 배를 탔다.

많이 힘들었나 보다. 여느 때 같으면 배 맨 위에 올라가 바다를 바라보고 메모하고 사진 찍고 할 텐데, 오늘은 선실에 앉아 있는 내 모습이 지쳐 있다.

한산도는 짧은 일정이지만 역사공부를 겸한 소중한 섬 기행이었다.